Fonn na Fola

Beairtle Ó Conaire

Cló Iar-Chonnachta
Indreabhán
Conamara

An chéad chló 2005
© Cló Iar-Chonnachta 2005

ISBN 1 902420 68 3

Dearadh clúdaigh: Clifford Hayes
Dearadh: Foireann CIC

Tugann Bord na Leabhar Gaeilge tacaíocht
airgid do Chló Iar-Chonnachta

Bord na
Leabhar
Gaeilge

the arts
council
schomhairle
ealaíon

Faigheann Cló Iar-Chonnachta cabhair
airgid ón gComhairle Ealaíon

Clóchur: Cló Iar-Chonnachta, Indreabhán, Conamara
Teil: 091-593307 **Facs:** 091-593362 **r-phost:** cic@iol.ie
Priontáil: Clódóirí Lurgan, Indreabhán, Conamara
Teil: 091-593251/593157

do Mhicheál, Antaine agus Tomás

Níl isteach an fhuinneog sin ach scáil crainn, agus sin mar is fearr liom é. Ní chuireann scáth as d'aon duine mura bhfuil sé ag iarraidh a bheith faoin ngrian. Nílimse á iarraidh sin. Ní hamhlaidh nach maith liom mo ghoradh. An-tóir go deo a bhí agamsa ar an ngrian. Ní raibh lá ar bith sách geal ná sách fada dom. Ach sin mar atá. Sin é an saol agat. Ar mo chomhairle féin a tháinig mé anseo. I bhfad ó thuaidh as Londain. Go hAlbain. Mo rogha féin ar fad. I bhfad as Baile an Tobair. I bhfad ó lucht aitheantais. Is deacair dealú ó lucht aitheantais. San áit is lú súil leis, aithníonn duine éicint tú. Deacair a bheith beo i ngan fhios don saol. Ach is féidir é a dhéanamh. Cén fáth nach bhféadfaí? Tá amanna ann nuair is fearr uait lucht aitheantais. Nuair is é sin atá tú ag iarraidh. Agus táimse á iarraidh. Táim á iarraidh mar go bhfuilim mar atáim. Níl aon mhaith dul ródhomhain sa scéal. Ná call leis ach oiread. Ná ní theastaíonn sin uaim. Cén fáth a dteastódh? Díchéille a bheadh ann dom. Is mó go mór an mhísc a dhéanfadh sé dom ná aon bhuntáiste a bheadh dá bharr. Buntáiste dá laghad. Ach mé a fhágáil níos measa ná mar atáim. Ní ag casaoid atáim ach oiread. Ní dhéanfaidh casaoid aon mhaith. Maith ar bith. Más tada, is dochar é.

Ní bheadh sé ceart a rá nach raibh an dara rogha agam ach teacht anseo. Mar bhí. Rogha amháin eile. D'fhéadfainn fanacht ansiúd. Níor thoiligh mé sin. Ní hé gur locht ná tada mar é a bhí agam air. Bhí sé chomh maith leis an áit seo, nó míle uair ní b'fhearr. Comparáid ar bith ní raibh eatarthu. B'amhlaidh nár fheil an áit dom ag an am áirithe sin agus nach bhfeilfeadh arís go deo. Mé féin amháin a cheap é agus ní haon duine eile. A mhalairt a cheapfadh daoine eile. Iad in amhras go mbeinn ag éirí corr nó ní ba mheasa. Dia idir sinn is an anachain. Ní cheapfadh aon duine gur dhíchéille a bhí orm, nó dá gceapfadh, ní déarfaidís é. Thuig mé féin nach gceapfadh. Ba é an tubaiste eile a cheapfaidís. Thiocfadh duine ón díchéille.

Bhí mise in ann chuig fear ar bith i mo lá. Ach ní bheinn inchurtha le Séamas an Chrompáin. An fear ba láidre i mBaile an Tobair. A spealfadh leathacra féir in aon lá amháin. A d'ardódh trí mhála mine, céad meáchain an ceann, aníos as an húicéir suas ar an gcéibh ar an tácla. Agus gan é ach ina sheanghasúr. Ag obair go seasta. Leis féin. Gan neach ag cur isteach air. Thoir ansin ag barr an chrompáin. Thuig sé chuile chor dár chuir an taoille di. Scil aige i dtrá is i dtalamh. D'inis sianaíl na bhfaoileán dó an sórt aimsire a bhí air. Bhain sé scil as comharthaí na séasúr mar a d'fhoilsigh siad chuige. D'aithin sé boladh an arbhair is an fhraoigh. Chuir ceol na n-éan le maidneachan lae faoi Fhéile Bríde ardú ar a chroí. Dhúisigh stoirmeacha agus búireach na farraige é as a chodladh i lár na hoíche. B'eol dó an ghealach ag líonadh is ag dul ar gcúl. Chonaic sé na réaltaí ag glioscarnach sa spéir oícheanta seaca. Rinne sé a bhealach gan stró timpeall an chrompáin sa dorchadas. Cé nach bhféadfainn é a shamhlú ariamh ina fhear óg, ní fhéadfainn an aois a shamhlú ag teacht air ach oiread. Cosúil leis na séasúir. Mar go raibh mise óg. É ansin i gcónaí, ag cur is ag baint, le freastal orthu. Thriall daoine air ag iarraidh a chomhairle. Ba é a leag amach os cionn cláir m'athair mór. Gan é ariamh díomhaoin. An púcán feistithe sa gcaladh beag gar do bhinn an tí. Chuile dheis aige. Thaitin an obair leis. Saoirse aige an lá a chaitheamh ar a rogha bealach. Gan é gann i ní ar bith saolta. Ach ba í an obair a shaol. Bhí a shliocht air agus ar a fheilm. Ómós dó dá bharr. Gan bean ná clann sa teach le bac a chur air, gur phós sé ina sheanaois. Mar gur theastaigh cúnamh uaidh. Mar go raibh sé á bhualadh suas.

Ní fios dom cén fáth na smaointe sin ag teacht isteach i m'intinn. Mar táim réidh leo.

Níor bhreathnaigh mé timpeall ceart orm féin fós. Banaltraí, dochtúirí is lucht freastail a thiocfaidh tríd an doras. Níl i ndán do dheoraí eile teacht thar tairseach. Gan chead, ar ndóigh. Níl locht agamsa ar an socrú sin. Is mar sin a d'iarrfainn é. Dá mbeadh neart air, ní bheadh ceachtar den dream eile ag dubhadh an dorais ach oiread. Ach níl, agus caithfidh mé déanamh leis, maith olc liom é.

Ní bheidh an tsaoirse chéanna agam anseo lena raibh mé cleachtaithe. Cén chaoi a mbeadh? Ní bheidh cead mo chos agam. Ní haon duine beo atá á bhaint sin díom. Sin mar atáim anois ó Dhia is ón saol. Nílim cosúil le daoine eile, ar an mbealach sin. Ní spéis liom comhluadar. Mo dhóthain mór le déanamh agam is aire a thabhairt do mo ghnaithe féin. Sin an fáth gur anseo a tháinig mé. As bealach daoine cunóracha. Deis anseo le saol nua a thosú. Saol a bheidh d'uireasa daoine, cé is moite díobh seo a thiocfaidh isteach le freastal ar pé riachtanas a bheidh orm. Gan aithne agam ar dhuine díobh. Gan mé ag iarraidh aithne a chur orthu. Ní mar gheall ar aon locht faoi leith é sin ar dhaoine. I bhfad uaim é sin a cheapadh.

Ar bhealach, táim sásta go maith. Ní luíonn sin le réasún, mar níor chóir dom a bheith amhlaidh. Táim sásta go

bhfuilim sásta go bhfuil cinneadh déanta agam. Tá m'intinn
sásta, dá bhrí sin. Agus beart déanta agam dá réir. Mar go
bhfuilim san áit seo. Le tosú amach arís. Mar tá orm tosú.
Mé sách aibí an babhta seo le mo bhealach féin a rianú. É a
cheapadh dom féin. As an nua. Ní hé go lochtaím an saol a
bhí agam le go n-iarrfainn athrú. Athrú mór é seo, ar aon
nós. An saol a d'athraigh. Thar a bheith ina athrú. An saol
a d'fhág mise, ar bhealach. D'fhág an saol ina dhiaidh mé.
Liom féin. Gan neart ag duine air. Is ar éigean a bhí neart
agam féin air. Má bhí neart ag deoraí air, b'agam féin é. 'Bhí
sé le tarlú duit,' a déarfadh mo mháthair, nó sin, 'Bhí sé ag
faire ort.' Ag faire ormsa a bhí sé. An saol atáim ag rá –
agus murar thapaigh sé a dheis. Mar a thránn an taoille gan
aireachtáil.

Ní féidir liom smaointe mar sin a bheith agam nó béarfar
sa bhfásach orm. Rófhada a bhí mé sa bhfásach. Chuaigh
Mac Dé go dtí an fásach. In aon turas. Le teacht as arís.
Mar nárbh áit do dhuine é. Is amhlaidh gur tháinig an
fásach chugamsa. I ngan fhios. Cheap mé ar feadh tamaill
gur ann a d'fhanfainn. Nach raibh dul as agam. Mé
sáinnithe. Nó gur tháinig mé anseo.

Táim as an bhfásach anois. As an gcriathrach. Mé féin a
chuimhnigh air, é a fhágáil. Is maith an scéal gur
chuimhnigh. Ní raibh ach an t-aon bhealach amach. Mura
mbeinn anseo, bheinn sa bhfásach. Gan a fhios agam go
baileach cén fhad a bhí mé sa bhfásach. Míonna, bliain, dhá
bhliain … ? Gan soilíos i gcomhluadar agus duine sa riocht
sin. Gan cumas do dhuine tarrtháil a dhéanamh air féin. I
saol eile ar fad. Tuigimse é sin ach ní thuigeann siadsan. An
t-ádh ceart orm, ar bhealach. Gur chuir mé ar mo shon féin
in am. Go bhfaca mé an deis éalaithe. Nó, ar a laghad ar
bith, go mbeidh mo leagan amach féin agam ar chúrsaí.

Theastaigh uaim i gcónaí dul go Beag-Árainn, cé nár

shroich aon duine ariamh é ach an t-aon duine amháin. Níl a fhios agam go díreach céard a thug isteach ann é. Sheolfainn siar ó dheas, na seolta crochta, siota beag gaoithe mar chóir, lá fada samhraidh. D'fheicfinn na cnoic is an talamh a d'fhág mé i mo dhiaidh ag éirí ní ba ghoirme nó go dtí nárbh fhéidir iad a aithint ón spéir. Ansin d'ardódh Beag-Árainn aníos as croí na mara, as an rosamh de réir a chéile. Bheadh liom. Jeaic Mór a dhéanfadh an húicéir. Lá mo chéad Chomaoineach a d'iarr mé ar dtús air é. Is mór idir Beag-Árainn is an áit seo. Ach is maith ann é. Feileann sé dom. Agus beidh Beag-Árainn go deo ann.

Ar aon bhealach, ní thoileoinn ar a bhfaca mé ariamh go mbeadh a fhios ag daoine céard a tharla. An t-ádh arís orm ansin gur strainséirí a bhí ar an eolas. Strainséirí, mar gur in áit strainséartha a tharla sé. Cé go raibh mé i mo chónaí ann formhór mo shaoil, bhí sé fós coimhthíoch dom. Gan deoraí ann as Baile an Tobair ná cosúlacht aige le Baile an Tobair. Sin é an fáth go bhfuil sé strainséartha. Ní dhéanfadh go scaipfeadh aon luaidreán faoi go Baile an Tobair. Deacair imeacht ón saol nuair is é sin atá tú ag iarraidh. Ar bhealach, leanann sé tú. Ní bheadh sé in ord ar fad a rá go bhfuilim ag iarraidh imeacht uaidh. Dul ar foscadh uaidh, tarraingt as de bheagán nó dul i bhfolach ar chuid de, nó a bhunáite ba chirte a rá. Sin go díreach atá déanta agam. De bhuíochas an tsaoil. Rud a chinn ar a lán, táim cinnte. Agus éirithe liom de réir cosúlachta.

Ní locht liom aon duine beo. Is orm féin an locht, pé áit é sin a luíonn sé. Agus fós ní heol dom cén ball ar chóir an locht a leagan air. Nuair a chuimhním air, éiríonn sé níos deacra. Dá mhéid dá gcuimhním air, is deacra agus is casta é. Sin é an fáth gur fearr gan cuimhneamh. Mar ní fhuasclaíonn sé aon rud seachas duine a mhearú. Is mearaithe a bheinn murach an cinneadh a d'éirigh liom a dhéanamh. Mé sásta go raibh sé de spiorad ionam an méid sin féin a dhéanamh. Tá sé déanta anois agus fanadh sé déanta. Mar gurb é an rud ceart é.

Is féidir liom an t-eolas a theastóidh uaim a dhéanamh amach san áit seo. Aithneoidh mé an lá ag fadú is ag giorrú. Beidh an t-am de lá agam má bhíonn grian ann. Aithneoidh mé an t-earrach agus beidh a fhios agam go bhfuil an nádúr á athnuachan féin. An sabhaircín ag meangadh ar thaobh na gréine den chlaí. Ansin an samhradh. Ní féidir é a cheilt orm. Aireoidh mé istigh ionam féin é. Sa bhfuil. Le beagán den ádh, féadfaidh mé an chuach a chloisteáil. Ach is cuma. Tuigfidh mé go bhfuil sí thart agus a séasúr ann. Beidh a fhios agam go mbeidh an sceach gheal faoi bhláth agus coiníní óga le feiceáil. Gan boladh an fhéir nuabhainte isteach an fhuinneog chugam, seans. Ach arís, mé in ann é a fháil mar go bhfuair mé cheana é agus nach féidir liom é a dhearmad. An smugairle cuaiche ar gach dara gas glas. Ina dhiaidh, an fómhar. Na míoltóga ina bplá san aer gan aon duine á n-iarraidh. Ní fhéadfadh duine gan an geimhreadh a bhrath. Na stoirmeacha ag réabadh thar an teach. An toirneach ag soilsiú an dorchadais trí na cuirtíní in uair mharbh na hoíche. An sioc ag fáisceadh a ghreama ar an tír ar fad. Ag leitísiú mar ghalar gach ní ina bhealach. Beidh a fhios agam go mbeidh rabharta mór ann as solas na gealaí, agus beidh sé furasta ansin an meathrabharta is an mhallmhuir a dheimhniú. Ní fonn liom imeachtaí an tsaoil mhóir a chloisteáil, mar ní bhaineann siad liom.

Tá sé i gclár is i bhfoirm gur sa leathchos a chailleann duine a airíonn sé an phian. Leathchos nach ann di. Gur inti atá an phian agus nach sa gcos slán. Deacair rudaí áirithe a thuiscint. Má tá tuiscint ag dul leo. Chonaic mé fear sa leaba siúd thall. Ní brionglóidí ar bith é. Ná ní dímheabhair ach oiread, agus is deacair liom mearbhall a shamhlú leis.

Deirtear go bhfeictear lochanna is aibhneacha do dhaoine sa bhfásach, le teann tarta. Tá réasún leis. Ní hamhlaidh chor ar bith mo scéalsa, ach a mhalairt. Mé tagtha an bealach ar fad anseo le bheith liom féin. Ansin an comhluadar gan iarraidh seo buailte orm. An leaba a chur amach as an mbealach ba cheart a dhéanamh. Ní seomra é a mbeadh taibhse á fheiceáil ann. Seafóid. Níl géilleadh ar bith agam do thaibhsí. D'aithneofá duine as a scáil. Ach ní hé mo scáil féin a chloisim ag fonnadóireacht leis féin san oíche ná a bhí sa leaba sin thall dhá lá ó shin. Leanann taisí daoine. Daoine faoi leith. Ní duine mar sin mise. Ní chreidim i dtaise ná i dtaibhse. Ná nílim pisreogach. Is mór is fiú dom sin. Ach caithfidh mé mo shúile is mo chluasa a chreidiúint. Fear eile cinnte a bhí ann. Faitíos, a deir tú. Cén fáth a mbeadh faitíos orm? Is siúráilte gur ag brú ar an doicheall a bheidh sé liomsa. Ní cheapfainn ach oiread gur cathú é atá curtha i mo bhealach, ar nós Eoin Baiste. Le go mbrisfí mo dhiongbháilteacht. Airím teas na gréine ar mo leiceann. Trasna uaim ar an mballa tá scáil an chrainn. Deacair cumraíocht duilleog amháin a aithint leis an gcorraíl atá ar an scáil chéanna. Gaoth lag is dócha. Dúnaim mo shúile. Airím siosarnach i mo chluasa mar a bheadh suaitheadh na mara ar an rabharta. Níor fhág an torann sin mé ariamh. Neart an rabharta. Cloisim an fuinneamh atá faoi. Ag lonnadh aniar ón tseanfharraige. Feicim an ghealach sa spéir agus an cosán solais a dhealraíonn sí amach an cuan ar an bhfarraige. Domhan na gealaí éalaithe ar maidin. An ghrian sa spéir agus an fharraige ag glioscarnach go mífhoighdeach.

Na clabhtaí bána ag beoú ghormshnua na spéire. An ghaoth ón talamh ag mionú na farraige.

D'fhógróinn ar Mhicil Ó Tnúthail go mbeadh farasbarr seoil againn ar ghaoth fhuinniúil, go mb'fhearr an seol tosaigh a ísliú. Sheolfadh sí ní ba chothroime ar an dá sheol go Beag-Árainn. Bhreathnóinn suas ar an seol mór. É ag boilsciú le gaoth. Shínfinn mo chloigeann thar bord amach féachaint an mbeadh an jib le fáisceadh. Ní bheadh. Scairdfeadh cáitheadh farraige orm. Chnapfadh fuacht an uisce an craiceann ar m'éadan. Thiocfadh gliondar orm. 'Tá mé á tabhairt timpeall,' a bhéicfinn ar Mhicil, a bheadh ligthe in aghaidh an tseasa sa bpoll tosaigh. Ní chorródh seisean ná ní labhródh.

Ligfinn an bád siar ón ngaoth beagán le tuilleadh siúil a thabhairt di. Chuirfinn mo dhroim leis an halmadóir agus bhrúfainn uaim é chomh fada agus ab fhéidir, ag tarraingt chugam san am céanna an scód ón mbúm. Chasfadh an bád go támáilte isteach sa ngaoth. Thitfeadh an búm agus an seol mór trasna os a chionn go dtí an taobh eile. Bheadh corraí sa jib tar éis é a bheaiceáil nó go bhfáiscfeadh Micil é ar an taobh eile. Tharraingeoinn chugam an scód, chasfainn ar an mullard é agus chuirfinn an halmadóir faoi m'ascaill. Dhéanfadh sí gob Oileán na nGeabhróg ar an leathbhord seo. Mhothóinn mar fhéileacán ag imeacht le gaoth. Mar a bheadh an rabharta ag sruthú trí mo chorp. Ní bheadh amharc fós ar Bheag-Árainn. B'eol dom a cheard ó na daoine ar fad a chonaic é siar ó dheas uathu sa bhfarraige ag bun na spéire. Dheamhan gnaithe a bheadh ag ceachtar díobh chomh fada sin siar. An iomarca ar a n-aire mar a bhí siad. Agus go leor ann faoi Bheag-Árainn nár chuala mise.

Bheadh Sibéal ag labhairt. An t-athrú tobann saoil ó Londain go Baile an Tobair nach mbeadh sí fós ina chleachtadh, ba dhócha.

'Ní chaitheann tú an oiread sin ama sa teach, cuimhnigh.'

'Tá a fhios agat féin ... ' a d'fhreagróinn.

'Mar gheall ar Sheán go háirithe.'

'Bliain nó dhó eile agus beidh mé ar mo chosa i gceart. Tá sé deacair tosú in áit mar seo sa gceird seo. Chomh luath in Éirinn agus is féidir liom é, agus le cúnamh Dé ní i bhfad é sin. Beidh duine éicint agam a thógfas m'áit, bainisteoir – sea, bainisteoir a rithfeas Tigh Lúcáis chuile phioc chomh maith liom féin, ach caithfidh foighid a bheith againn tamall eile, bliain nó dhó.' Ní bheadh amhras ar bith i m'intinn nach n-éireodh liom. Mar rinne mé cheana é. I Londain. Más féidir é a dhéanamh i Londain, is féidir é a dhéanamh in áit ar bith.

'Bliain nó dhó!' Bheadh iontas ina glór.

'Sea. Bliain nó dhó.'

'Nach mbeidh Seán fásta faoin am sin?'

'Agus céard faoin teach ósta? Céard air a mhairfeas muid?'

'Mairfidh muid.'

'Níl tú réasúnach'

'Tá a fhios agamsa é. Mo mháthair ag dul i bhfolach orm aon uair nach raibh braon ólta aici. B'in an óige a bhí agamsa. Liom féin, is m'athair i mbun a ghnaithí féin.'

'Ní teach ósta mar a cheapann tusa a bheas ann. Tá mé le gairdín pléisiúir a dhéanamh amach ansin os a chomhair. Níor chuala tú ariamh cheana faoi ghairdín pléisiúir, cuirfidh mé geall. Beidh bláthanna ann gach tráth den bhliain. Bláthanna cearta. Tá a leithéidí ann. Tá cineálacha fraoigh ann anois a thagann faoi bhláth gach séasúr. Beidh crainn le foscadh a thabhairt thart leis na ballaí, agus toir – toir shíorghlasa ar a dtiocfaidh caora dearga is buí. Ansin suíocháin ar aghaidh na gréine agus ar shúil an tsrutháin a bheas ag rith tríd. Bheadh broic is gráinneoga is coiníní ann. Duitse is do Sheán.'

'Gairdín!' a déarfadh Sibéal go hamhrasach.

'Ansin brisfidh mé fuinneog mhór amach ar thaobh an tí. An fhuinneog is mó dá bhfaca tú ariamh. Leis an ngairdín a ligean isteach sa teach, mar a déarfá. Sa gcaoi go mbeidh duine sa ngairdín, bíodh sé istigh nó amuigh.'

'Níor labhair tú faoi seo cheana.'

'Níl a leath cloiste fós agat. Agus an húicéir. Le seoladh siar amach. An triúr againn. Sa samhradh. Le haghaidh athrú aeir ón teach ósta. Faoi Fhéile San Seáin. Nuair is faide an lá. Nuair is ar éigean oíche ann. Inár gcodladh faoin deic le bogadh réidh na farraige. Muid ag súil le talamh a fheiceáil gach nóiméad. Áit iontach nach bhfaca aon duine fós ach muid. Ár n-intinn sásta ansin.'

Ní raibh a fhios agamsa sin faoina máthair ag an am ar fhág mé baile den chéad uair. Ní shamhlóinn deoch ná ól léi. Is aisteach mar a bhreathnaíonn daoine do dhuine óg. Mar nár ól mo mháthair féin. Cheap mé go mbeadh chuile mháthair mar a chéile.

'Caithfidh mé seasamh isteach tigh mo mháthar.'

'An mbeidh tú chomh cruógach seo i gcónaí?' a déarfadh Sibéal.

Bheadh imní orm faoi Shibéal. Go mbeadh sí ag éirí mífhoighdeach. Go gcaithfeadh sí i gcártaí mé féin is mo theach ósta. Ní bheadh a fhios agam ó Dhia anuas céard a bheadh ag teastáil go minic uaithi. Céard a shásódh í. Bheinn ag déanamh lán mo dhíchill. Cén mhaith a bheadh ann mura mbeadh sise ar a suaimhneas? Ach chaithfinn seasamh isteach tigh mo mháthar féin. Agus an aois a bheadh aici. Léi féin sa teach folamh sin.

'Tá tú ag imeacht arís?' Labhródh Sibéal go ciúin. Ligfinn mé féin síos sa gcathaoir. Faitíos mo chroí orm go gcaillfinn í ar bhealach ar bith anois agus an tsíoraíocht ar fhan mé ag tnúth léi. Chuile nóiméad den lá ar feadh na mblianta. Mar a bheadh an taoille ag trá uaim, nó go dtí ar deireadh agus an chéibh ag triomú, bhí dóthain taoille fágtha le himeacht uirthi. Le seoladh amach mar ba dhual dom. 'Tada ar an teilifís?' a déarfainn. 'An teilifís, an ea?'

Agus mo mháthair ag dul in aois. B'in údar amháin le go dtiocfainn anall as Londain. Ba mháthair dom Baile an Tobair fré chéile. Nó b'in a cheap mé. Bhí mé le teacht anall ar aon nós. Níor iarr mo mháthair ná aon duine eile orm é. Ná níor iarr Baile an Tobair orm é. Mar ba le teacht ar ais arís a d'imigh mé an chéad lá. Ní bheadh sise ag iarraidh ariamh a bheith ag brath ar aon duine. Í ceanndána. An aois á croitheadh. Gan mairg ar a hintinn. Thabharfainn aire di nuair a thiocfadh an t-am chuige. Bheadh sin deacair mar b'fhearr léi a bheith básaithe ná i dtuilleamaí aon duine. Go fiú a clann. Ba mhinic a thug sí sin le fios. Ba chuma sin. Ansin chuirfinn go gnaíúil í. É sin ag dul di. Ní spárálfaí airgead ar an gcónra ná ar an tsochraid. Sin a thaitneodh léi dá mbeadh sí beo. Ansin cros. Cros ar fónamh. Ní leithscéal de chros. Í postúil ar bhealaí áirithe. Cheil sí é mar b'eol di gurbh fhurasta titim. Tuisle a bhaint as duine. Bhí a fhios agamsa é. Gan níos mó a rá faoi sin. É sin ar fad san am atá caite. Mar sin ab fhearr é. As cuimhne san am atá caite. Curtha i dtalamh go brách. Níor cuireadh cosa fós faoi mar scéal, agus ní chuirfí. Aithne níos fearr agam uirthi ná aon duine eile den chlann.

Imní uirthi Jeaic Mór a bheith i ngaol léi de bharr a stiallta caite a bhíodh a chuid éadaigh. Go leanfadh duine againne a bhealach. Mar go mbeadh sé sa bhfuil. Le feiceáil ag an saol go raibh sé sa bhfuil. Níor mhilleán uirthi sin. 'Casadh Frank Seoighe liom inniu,' a déarfadh Sibéal gan súil agam leis. Cheapfainn gur chuir sí brí ar leith sna focla leis an gcaoi a mbreathnódh sí orm. 'Aon duine eile?' a d'fhreagróinn le mífhonn. 'Stop sé an carr. Tabhair carr ar charr. D'fhiafraigh sé an raibh marcaíocht ag teastáil uainn agus gan le dhul againn ach cúpla céad slat.' 'Bhuel, bhuel!' 'Ní chreidfeá céard a dúirt sé liom.' 'Níl aon dul amú air.' 'Gur mhaith leis píosa cainte a bheith aige liom. Gur ar éigean a chonaic sé mé ó tháinig mé abhaile.' 'Is é a déarfadh.' 'Níor dhúirt mé tada. Ní raibh a fhios agam céard a déarfainn. Coinníonn sé an-slacht air féin.' D'éireoinn i mo sheasamh. Trasna an urláir liom. Bhreathnóinn amach an fhuinneog. Anall liom arís. 'Céard a bheadh le rá aige leat?'

Aithním na coiscéimeanna gearra fuinniúla ag teacht faoi dhoras an tseomra.

'Tá tú sa dorchadas fós,' a bheannaíonn Sharon isteach.

'Tá tú deireanach inniu,' a fhreagraím.

'Cén chaoi a bhfuil tú ar maidin?' Tá sí ag sracadh na gcuirtíní i leataobh. 'Go maith, feicim. Beidh an bricfeasta agat nóiméad ar bith anois. Ar chodail tú an oíche go maith?' Tá sí anois go cruógach ag bogadh amach an pheiliúir faoi mo ghuaillí.

Casaim mo chloigeann i leataobh. Tá an Fear Eile ag stánadh orm anall lena shúile troma donna. Braithim sna súile go bhfuil olc air liom, mar a bheadh rabharta feirge ag tuile iontu. Tagann col agam leis. Col nach féidir liom a mhíniú. Mar nach bhfuil a chuideachta ag teastáil uaim. Gan trácht ar a bheith sa seomra céanna leis. Ní bheinn á iarraidh sin. Sin an fáth a bhfuilim anseo. Le bheith asam féin. Níl cor as ná suáilceas d'aon chineál ann. Tá sé ag titim i bhfeoil freisin ó chuir mé aithne air. Geolbhaigh throma ag sileadh lena leicne síos ar a mhuineál. Á chur as riocht.

'Aon rud le hinseacht inniu agat dom inniu?' a deireann Sharon os íseal i mo chluas.

'Má thagann aon duine ar cuairt chugam ... Ní dócha go dtiocfaidh. Ná lig ort féin go bhfuilim anseo.'

'Tá tú ag súil le cuairteoir.'

'Níor dhúirt mé sin.'

'Céard, mar sin, a dúirt tú?'

'Ní bheidh sé i gceist ar aon nós.'

'Beidh an dochtúir isteach maidin amárach.'

'Sin scéal eile.' Aiféala anois orm gur dhúirt mé aon rud. Déanann Sharon miongháire. 'Níl dochtúir uait, mar sin.'

'Níl aon ghnaithe agam do dhochtúir.'

'Aon rud eile?' ar sise go neamhairdeallach.

'Bhfuil an ghealach seo lán fós?'

'An ghealach!' ar sise agus corp iontais uirthi liom. 'San oíche a bhíonn an ghealach ann.'

'Bhfuil sí lán fós?'

'Níl a fhios agam an lán nó folamh di. An ghealach?' Tosaíonn sí do mo ghrinniú. Tá meangadh faiteach ar a héadan. 'Tá tú ceart go leor, mar sin. Níl aon dochtúir ag teastáil uait.' Tá sí ag déanamh go giodamach ar an doras.

'An Bádóir Con Raoi,' a deireann an Fear Eile. 'Ar chuala tú ariamh faoin mBádóir Con Raoi?' Ní fhreagraím. Ní fhéadaim freagairt. Ag spochadh asam atá sé, ag fiodmhagadh. Céard a bheadh a fhios aige faoin mBádóir Con Raoi ar aon nós, nó faoi aon bhádóir dá dtéadh sé sa gceann sin leis? Airím an seomra coimhthíoch. Tá an troscán agus na ballaí coimhthíoch. Tá Sharon coimhthíoch, canúint aisteach ar a cuid cainte. Agus an Fear Eile. Nílim ag iarraidh cuimhneamh ar aon rud eile. Ní fhéadaim gan cuimhneamh ar aon rud. Sin é an deacracht. Dhúisigh mé i lár na hoíche aréir. Nuair a bheadh súil ag duine suaimhneas a dhéanamh. Ní liom mo shaol féin feasta. Nó is mar sin a dhealraíonn sé. Dorchadas ar fad a bhí timpeall. Cheap mé nach bhfaca mé dorchadas chomh tiubh ariamh. Bheadh léas éicint ó na réaltaí nó na soilse sráide féin murach na cuirtíní troma. An Fear Eile ag iarraidh amhrán a rá ina chodladh le mo thaobh. Mar a bheadh na focla dearmadta aige. Trí huaire as a chéile a dúirt sé, 'Tá an gairdín seo 'n' fhásach, a mhíle grá, agus mise liom féin.' Uaigneas an tsaoil mhóir orm. I lár na hoíche. Nuair ba chóir gur i mo shrann chodlata a bheinn. Gan ní le cloisteáil ach rámhailleach an Fhir Eile. Ní féidir liom uaigneas ná rudaí mar sin a ligean i mo ghaobhar. Mar gur anseo atáim. An ruaig le cur orthu chomh luath is a nochtann siad chugam.

D'iarrfainn ar Mhicil Ó Tnúthail dul ar an stiúir. D'fháiscfinn an tsnaidhm ar an mbabstae is réiteoinn amach arís na láinnéir ar an ngúsnaic. Bheadh gaoth chóiriúil linn i gcónaí.

'Tá rud éicint le rá agam leat,' a déarfadh Micil, a bheadh ag breathnú amach díreach uaidh ar an spéir.

'Céard sin, a tháilliúir?'

'An leathcheann eile … '
'Lucy! Céard fúithi?'
'Déarfaidh mé ar ball é.'
'Abair anois é.'
'Ní gaoth í a thitfeas ó dheas?'
'Mar sin is fearr í.'
'B'fhéidir nach mbaineann sé duit, a bhitse?'
'Murar tú atá goilliúnach,' a déarfainn go magúil.
'Idir mé féin is tú féin is an balla … Dá mbeadh arís ann.'
'Go gcuire Dia an t-ádh ort.'
'Sin mar atá an scéal anois.' Chromfadh Micil a cheann.
'Níl tú ag rá liom …?'
'Ní raibh sé ceart ar bhealach éicint ón tús. Níor thuig mé sin ag an am, a shonbhégun.'
'Níor cheap mé ariamh … '
'Ní mé an chéad duine a bhfuil rudaí as compás air.'
'Airgead?'
'Airgead mo leath deiridh.'
'Ní maith liom sin a chloisteáil. Is fíor dom é.'
Theannfadh Micil chuige an scód, chuirfeadh cos leis i dtaca agus bhreathnódh faoi. 'Is maith le duine clann a bheith ina dhiaidh.'
'Tabhair am daoibh féin.'
'M'anam ón diabhal agat é. Céard a bhí orm á rá leat? Ní thuigfeá. Ní milleán ort gan a thuiscint. Ní cás dúinn beirt. Is mise an t-aon duine sa gclann, cuimhnigh. Bhí an t-ádh ortsa. Clann is bean ar do mhian. Níor stop aon rud thú. A chonách sin ort.'
'Caithfidh foighid a bheith agat.'
'Stop an tseafóid chainte sin, as ucht Dé ort.'
'Thriáil tú dochtúirí?'
'Thriáil muid dochtúirí is chuile dhuine eile. Cén t-am de lá é?'

'Diúilicíní, a chladhaire.'

'Nár fheice Dia bail ort.'

'Tá na diúilicíní molta.'

'Nach réidh leat?'

'Tá na mílte mar thú.'

'Nach maith an scéal atá agat!'

'Ní chuirfidh siad deoir i do shúil is ní bhainfidh siad deoir aisti, mar a deir an ceann eile.'

'Go maithe Dia dom é. Ní locht ormsa é. Ná uirthise é ach oiread. Ní bhfaighidh muid é sin amach go deo. Is cuma faoi na rudaí sin anois. Ná habair liom tarraingt as. Faoi aon rud a déarfas mé leat. Ní féidir liom. Is léi chuile shórt. Ní thuigfeá. Ní ormsa an milleán. Bhí mise ag cuimhneamh ... Tá mé ag cuimhneamh air le tamall. Ná cloistear amach as do bhéal céard atá mé ag dul ag rá anois leat. Níl aon duine ag éisteacht?' Chaithfeadh sé súil thart air. 'Beart a dhéanamh.' Bheadh scéin ina shúile agus giorranáil air. Ar éigean a bheadh sé le cloisteáil.

'Cén chaoi?' Dhíreoinn mé féin go teann.

'Níor chuala tú tada. Tuigeann tú sin. Níl aon bhealach eile as.'

'Go sábhála Mac Dé sinn. Bhfuil saochan céille ag teacht ort? Bhfuil tú i ndáiríre?'

Chasfadh Micil uaim. Bhéarfadh ar rópa. Scaoilfeadh uaidh é.

'Níor cheart dom tada a rá leat. Bhí a fhios agam é. Sheas tú i gcónaí liom. Tusa an t-aon chomrádaí a bhí ariamh agam. An t-aon chomrádaí a d'éist i gcónaí liom.'

'Ní dhéanfá rud ar bith as bealach ... '

'Ní thuigeann tusa. D'éirigh an saol leat. Ní bheinn ag súil go dtuigfeá mo chás. Ní hé an bealach céanna atá ceachtar againn ag dul. Ní hé an saol céanna atá uainn. B'fhéidir go raibh sé amhlaidh i gcónaí ach nár thug mé faoi deara é. Nó sin tharla rud éicint. I ngan fhios dúinn. Is ar éigean a labhraíonn muid le chéile. Ní bhíonn an troid féin eadrainn níos mó. Níl mise sásta ná níl sise sásta. Tá ceann cúrsa sroichte againn. Níl aon áit le dhul. Níl mise ag fáil níos óige. Faoi cheann cúpla bliain eile, beidh sé rómhall. Sin é mo thaobhsa de chúrsaí. Beidh aiféala orm nár chuir mé le mo mhian. Caithfidh fear a bheith ina fhear. Más bocht féin an scéal é. Aiféala orm nár thapaigh mé mo dheis. Tá sé chomh tábhachtach domsa le mo bheatha féin. Mar gur cuid de mo bheatha féin é. Sin mar atá an scéal.'

'An oíche ar inis tú dom go raibh tú le barainn a chur ort féin, cheap mé gur ag magadh a bhí tú. Gur ag séideadh fúm a bhí tú.'

'Sa teach ósta.'

'I Londain.'

'An Bell.' Mé cinnte go mbeadh athrú chun réasúin ina ghlór.

'Is fíor duit. An Bell. Níor fhan iúmar ar bith ort an chuid eile den oíche. D'iarr mé ort seasamh liom.'

'Chuir do scéala ag cuimhneamh mé.'

'Bhí Sibéal geallta, nó an raibh sí le David ag an am?'

'Tá teacht ar ghasúir nó páistí, más in é atá uait.'

'Chuile shórt deas simplí, dar leatsa.'

'Bíodh misneach agat. Níor dhún Dia bearna ariamh nár oscail sé ceann eile.'

'Cé aige ar chuala tú é sin?'

'Nach bhfuil mé á rá leat?'

'Bhfuil tú liom nó nach bhfuil tú sásta?' a déarfadh Micil le dúshlán.

'Is mór an trua gur dhúirt tú rud mar sin liom. Ní fhéadfá místaid a dhéanamh ar dhuine eile, pé scéal é. Ní fhéadfainn. Agus aithne agam uirthi. Dul i gcomhcheilg ina haghaidh. Tú féin a chuirfí in aer.'

Bhreathnódh Micil go grinn orm. Chuirfeadh an t-amharc ina shúile míshuaimhneas orm. 'Tá bealaí ann, bealaí nach bhfaighfí amach go deo fúthu.' Chaochfadh sé leathshúil.

∞

Mise a thug Séamas an Chrompáin go dtí an t-ospidéal. An dara turas aige ann le seachtain. Bid Lúcáis, a bhean, a d'iarr orm é. B'in ar mo chéad turas abhaile as Sasana. Mise freisin a cheannódh an teach ósta uaithi blianta ina dhiaidh sin.

Ar éigean a dheasaigh Bid agus mé féin Séamas isteach sa gcarr, bhí a chuid alt chomh docht sin ag na scoilteacha. Níor thug mé faoi deara go dtí sin chomh seangtha is a bhí sé. Fathach fir a shamhlaigh mé leis ariamh ach bhí an airde caillte aige agus cromshlinneán á lúbadh i dtreo na talún. Bhí a éadan is a ghéaga feoite, cheapfá. Snua buí na gréine imithe dá lámha agus iad mílítheach, féitheach. Ina shiúl is le hiarracht a chuir sé cos thar an gcos eile. An teannas agus an forrach a bhíodh ina ghlór, bhí siad ar iarraidh agus an chaint ag teacht go séimh socair uaidh. Ach ní fhéadfadh aon donacht mór a bheith ar Shéamas, mheas mé.

'Nár laga Dia tú,' a deir Bid. 'Pictiúr t'athar Seán Ó Maolrúin, slán beo leis na mairbh. Is maith an aithne a bhí agam air. Nuair a bhí sé ina fhear óg, atá mé ag rá, agus mise i mo ghearrchaile.'

'Tá tú ceart, mar sin, a Shéamais,' a d'fhógair mé nuair a bhí Séamas feistithe go sábháilte sa suíochán tosaigh, agus chuir mé an t-inneall ar siúl.

'An dochtúir a d'ordaigh isteach arís mé,' arsa Séamas ag breathnú roimhe.

'Na scoilteacha,' a dúirt mise ag géarú ar an siúl.

'Ní hiad na scoilteacha. An goile.'

'Drochshlaghdán nár chaith sé,' arsa Bid. 'Dá ndéanfadh sé mo chomhairle: fanacht ar an leaba nó go nglanfadh sé, ach ní raibh aon mhaith a bheith leis.'

'Tá rud éicint as fidil,' a d'fhreagair Séamas go himníoch. 'An gcloiseann sibh anois é? Chuir an dochtúir isteach thú le bheith cinnte. Tá leath na tíre á n-ordú isteach. Sa lá atá inniu ann caitheann an dochtúir breathnú amach dó féin freisin. Nár dhúirt sé liom é gur dhócha nach raibh tada ort.' 'Níor cuireadh ariamh san ospidéal mé, buíochas le Dia. Níor sheas mé istigh ann ó cailleadh m'athair. Faoi Fhéile Míchíl. Níor tháinig bliain chomh breá léi ó shin. Nuair a bhí an fómhar ar fad bailithe. In aghaidh a thola a chuaigh sé isteach.' Cheap mé boige tagtha i nglór Shéamais.

'Ní imeoidh tú den iarraidh seo,' arsa mise go magúil.

'Le cúnamh Dé.' Bhí Séamas ag iarraidh lámh a chur ina phóca.

'Níl daoine ag fáil na sláinte níos mó. Ó thosaigh siad ag fáil na beatha ar fad sa siopa. Nach bhfuil sé mínádúrtha?' Bhí fíbín cainte ar Bhid. 'Ó d'éirigh daoine as an gcur. Níl a fhios ag aon duine beo céard atá ag teacht amach as na siopaí sin. B'fhéidir gur deargnimh atá muid ag ithe.'

Ba le stró a tháinig Séamas as an gcarr ag an ospidéal. A ghéaga strompthaí ag an aistear. Bhí ar Bhid é a thacú an bealach isteach. D'fhanfainn leo nó go mbeadh sé réidh. Ní dhéanfadh sé moill a choinneáil ar Shéamas.

Níl raibh a fhios agam go díreach céard a tharla an oíche sin. Beagán thar mo dhóthain ólta agam. Nuair a d'fhág mé an Crown. Céard a thug orm stopadh ag an teach ósta sin agus mé ar mo bhealach ó Epsom? Chrochfadh Sibéal léi go faghartha ar bheagán údair, a cheapfainn. Í luathintinneach, a bealach féin bainte amach aici ón tús. Ligfinn bóthar léi. Abhaile ar an mbus nó ar an traein ba dhócha di dul. Ba cheart dom í a leanacht agus mo leithscéal a ghabháil. Sin a bheadh uaithi. Gan faoi ná thairis sin uaithi. Gan de phrionsabal ionam an méid sin féin a dhéanamh, a cheapfadh sí. Ach níorbh eol dom go baileach cén leithscéal a bheadh le gabháil. Nó cén cás a bheadh le míniú. In áit dom dul láithreach agus pardún a iarraidh go gnaíúil agus gan a bheith ag fiafraí cé faoi. Ina áit sin, d'fhan mé sa gCrown ag ól. Ba bheag soilíos a bhain mé as. Bhí sé ar intinn agam mo mhístaid a leithscéalú chomh luath agus a bhainfinn baile amach.

Thiomáin mé an carr abhaile go réidh. Bhí mé fíorchúramach. An faitíos ba mhó a bhí orm go dtitfinn i mo chodladh. Bheadh na póilíní an-airdeallach thart ar Londain. Ní dhéanfadh carr mórán tornála ar an mbóthar i ngan fhios dóibh. Níorbh é an chéad uair agam é sa riocht sin agus d'éirigh liom teacht i dtír gan chalm i gcónaí. Ní fhéadfainn séanadh nach raibh buairt orm, ach ag an am céanna bhí dóchas agam go réiteofaí pé siléig a tharla idir mé féin agus Sibéal, cé go mbeadh an éiginnteacht ann i gcónaí. Dá mbeadh arís ann!

Nuair a tháinig mé amach as an gcarr i ngeard an tí ósta, ní raibh an tapa céanna i mo chosa. Chonaic mé go glé i m'intinn an staighre liath stroighne ón ngeard go dtí an chéad urlár, mar a raibh mo sheomra. Bhí barr an staighre ag síneadh isteach sa dorchadas. Bhí dorchadas i gcónaí mar scamall ina luí timpeall bharr an staighre san oíche. Mheabhraíodh an néal dorchadais céanna dom agus mé ag teacht abhaile deireanach rud éicint nach raibh mé ag iarraidh cuimhneamh air. É ansin romham chuile oíche beo dá dtagainn isteach. Bhí an t-ól ag breith orm, seans. Gan tógáil mo chinn agam as dhá lá as a chéile de bharr mo chuid oibre. Mar go raibh sé faoi mo shúile an t-am ar fad. Gan mé i ngreim aige ná baol air. Mé in acmhainn a bheith sáite ann. Mé in ann éirí as am ar bith dá dtógróinn. Cé nach raibh orm é sin a thriail ariamh. Mar nár fheil sé dom éirí as.

Cúpla bliain roimhe seo a thiocfadh Sibéal mo bhealach arís nuair ba lú a bheadh súil agam leis. B'fhéidir nach mbeadh sí ach ag cluichíocht an lá sin ag na rásaí, ag iarraidh mé a bheoú suas, gus a chur ionam, mé a bhíogadh as blianta ar mo chomhairle féin, faghairt a chur ionam nó olc a chur orm. Fear a dhéanamh díom arís. Nó sin an t-ól. Níor thaitin an t-ól léi, agus údar aici. Ní hé go raibh mé ar an ól, mar a dúirt mé, ná rud ar bith mar sin. Babhtaí óil anois is arís. Sin an méid. Gan thairis sin. Ní fhéadfaí a bheith ina dhiaidh ar dhuine an cúpla pionta a bheadh dlite dó tar éis lá oibre. Feictear dom nár ól mé mo dhóthain ariamh tar éis ar ól mé. Ní thuigfinn an chúis a bhí aici, tar éis dúinn lá breá a chaitheamh ag na rásaí agus cúpla punt déanta agam tar éis an lae. Cén mhaith a bhí ann ach oiread leis na puint eile ar fad a rinne mé? Ba bheag é suim Shibéal i gcapaill. Ní chuimhneoinn go mb'fhéidir go raibh sí as a cranna cumhachta le leadrán an lae. Chuile sheans go mba mhar a chéile di capall amháin agus capall eile nó rás amháin agus rás eile, go mbeadh a raibh le feiceáil aici sa gcéad rás. Go mbeinnse chomh tógtha leis na himeachtaí nárbh ann di. Mise a mholfadh dul go hEpsom. Ní chuimhneoinn go deo nárbh é Epsom rogha chuile dhuine ar domhan. An iomarca ama caite agam liom féin, mé i gcleachtadh an iomarca nósanna leithleasacha ar feadh na mblianta, ba dhócha. Thiocfadh sé sin roimh dhuine, luath nó mall.

Agus nár thráthúil gur ar leic an teallaigh a chaithfeadh sé tarlú. Dhreap mé an staighre liath céanna na céadta uair i ngach riocht ag gach am de lá is d'oíche. B'eol dom é mar chroí mo bhoise. Sin é an fáth nach bhfaca mé contúirt ann. Cuireadh ar gcúl mé ar an dara céim. Suas liom arís, mo lámh dheas ar an runga ach ní raibh aon fháisceadh sna méaracha ag fuacht na hoíche, seans, nó caithfidh nach raibh. Ag dreapadh liom go mall chuig an scamall dorchadais ag barr an staighre. Ag barr an staighre a baineadh tuisle asam. Gan aon chuimhne agam cén chaoi ar tharla sé. Ag bun an staighre a frítheadh mé ar maidin. Na mná glanta ar a mbealach isteach chun an áit a ghlanadh. Cheap siad nach raibh dé ionam i dtosach.

Ar an mbealach chuig an ospidéal a tháinig an mheabhair ar ais chugam. Dúirt mé le lucht an ospidéil nár thoil liom scéala a chur chuig aon duine a bhain liom. Na dochtúirí sásta sa deireadh cloí le mo mhianta, cé gur chomhairligh siad dom nár bheart céillí é. Ach ní fhéadfainn inseacht d'aon duine céard a tharla. Ní chreidfidís é. Go dona a chreid mé féin é. Dá mbeadh a fhios ag duine, bheadh a fhios ag an saol é.

Is mór idir inné is inniu. Turas eile abhaile. Saoire a mheas mé a bhí ag dul dom. Bliain, dhá bhliain, trí bliana roimh an timpiste. Níor thug mé an t-athrú faoi deara go dtí an babhta sin. Tá an doras faoi ghlas. Iontas an tsaoil mhóir orm. Téim go cúl an tí agus gheobhaim an eochair bhreise ar eol dom í a bheith i dtaisce sa scioból. Tugaim faoi deara go bhfuil an fál fiúise le hais an chlaí imithe i bhfiántas ceal bearrtha. Baile an Tobair ar fad á ligean i léig. B'fhéidir gurb amhlaidh go bhfeictear dom é. Rófhada caite i Londain agam. Ní féidir gur mé féin atá athraithe. Tá féar agus luifearnach ag ionradh ar fud an chlóis. Ar an leaba atá mo mháthair.

'Ní raibh mé ag súil abhaile inniu leat,' ar sise ag díriú aniar. Meabhraím di cén lá atá ann.

'Chomh luath seo sa lá, anall as Londain.'

'Níl sé luath.' Tarraingím na cuirtíní.

'D'fhan mé sa leaba le mo scíth a ligean. Ní raibh tada le déanamh agam ar maidin. Nuair a thiocfas feabhas ar an aimsir, beidh neart le déanamh agam.'

'Tóg go réidh é. Níl call ar bith agat leis.'

'Ní i bhfad a bheas mé féin á dhéanamh.'

Is eol dom agus í á rá nach bhfuil ar intinn aici obair mar sin a dhéanamh. Nach bhfuil sí ach á rá. Nach mian léi go gceapfainn í a bheith ag dul i léig.

'Scíth atá ag dul duitse. Gan agat ach cúpla lá abhus,' ar sise.

'Ar mhaith leat go gcuirfinn fios ar an dochtúir?'

Díríonn sí í féin agus breathnaíonn go géar orm. 'Cén fáth a ndéanfá rud mar sin? Ag ligean mo scíthe atá mé. Níl aon leigheas ag dochtúir ar an tuirse seo.'

'Tiocfaidh tú anonn liomsa go Londain go ceann seachtaine nó dhó. Fanfaidh muid i dteach ósta.' Ag iarraidh misneach a thabhairt di atá mé níos mó ná ag tairiscint.

'Teach ósta! Stop anois. Ní fhéadfainn néal a chodladh i dteach ósta, leis an torann.'

'Dhéanfadh an t-athrú maith duit.'

'Níor ligeadh an talamh sin againne i mbliana. Feiceann tú féin. Níl sé inrásta ag duine é a shiúl, le driseacha agus raithneach. Ní raibh aon duine eile ag iarraidh an fhéaraigh. Is aisteach an saol é. Saol aisteach. Tá sé mínádúrtha. Níl a fhios agam. Tiocfaidh an lá – caithfidh go dtiocfaidh – nuair a bheas malairt poirt ann.'

Tá an chaint seo ag goilliúint orm. Ní mar seo a labhraíodh sí. Ba cheart go dtuigfinn. Ach níor thuig. Ag teacht anall as Londain is ag súil go mbeadh gach ní beo mar a bhí nuair a d'fhág mé an uair dheiridh. Go háirithe i gcás mo mháthar, a bhí ariamh chomh piocúil sin. Chuirfinn leigheas ar an scéal. Ghlanfainn an teach ó bhun go barr. Phéinteálfainn na ballaí. Dhófainn an dramhaíl – nó sin a cheap mé a bhí sna páipéir, na cupáin scoilte, an troscán ó mhaith a bhí ag carnadh i chuile choirnéal. Ghlanfainn an luifearnach den tsráid agus nochtódh na leacracha geala a bhí mínithe ag cosa na nglúinte roimhe sa teach. Bhearrfainn an fhiúise leis an deimheas agus d'fhágfadh cothrom a barr. Bheadh an teach is an clós mar a bhí. Thabharfadh sé sin croí arís di. Ní raibh sise in ann chuig an obair sin. Ní admhódh sí é sin di féin ná d'aon duine eile. Ba thrua nár thuig mé a cás i bhfad ó shin. Bheadh sí go meanmnach arís timpeall an tí. Ní sa leaba a bheadh sí an tráth sin de lá. Bheadh sí ag tuineadh orm saoire fhada a thógáil an chéad bhabhta eile. Bheadh meangadh aoibhnis ar ais ar a héadan nuair a bheannóinn isteach. Agus bheinn féin i mo dhuine nua. Ní bheadh sí ag rá, mar a bhíonn, go bhfuilimse athraithe freisin ó chuaigh mé go Sasana. Níor dhúirt sí ariamh cén t-athrú é sin. Ach go bhfuilim athraithe. Má tá aon athrú orm, agus nílim ag rá go bhfuil, is de mo bhuíochas é. Agus an iarracht ar fad a rinne mé gan a bheith cosúil leis an dream thall ar bhealach ar bith. Níor dhúirt sise go raibh bealaí gallda liom.

'Luaigh tú an Bádóir Con Raoi,' arsa mise. Meastú cén fhaisnéis a bheadh ag an bhFear Eile ar an mBádóir Con Raoi? B'fhéidir, ach oiread le scéal, nach magadh a bhí ann, gur ag caint leis féin a bhí sé. Le gairid bhíodh sé ag caitheamh tréimhsí ní b'fhaide ag caint leis féin. Níor bhac mé ariamh le caint a bheadh ag duine leis féin. Mheasfainn nach raibh ciall ná réasún léi, gur le dímheabhair a bhíodh daoine ar an gceird sin.

'Chuala tú faoin mBádóir Con Raoi?' arsa an Fear Eile, ag caitheamh súile anall orm ón bpeiliúr.

'Chuala chuile dhuine faoin mBádóir Con Raoi,' a fhreagraím. 'Ach céard faoi?'

'Níl tada faoi. Sin é an rud aisteach faoin mBádóir Con Raoi: nach bhfuil tada le rá faoi.'

'Is tráthúil gur thagair tú dó ag an am sin. Bhí mé in amhras ... '

'Nuair a chuala mise faoin mBádóir Con Raoi agus mé i mo ghasúr, cheap mé go raibh scéal breá suimiúil faoi. Ní bhíodh ainm mar sin ar bhéal daoine mura mbeadh scéal mór faoi. Ní inseodh aon duine an scéal dom a cheap mé a bheith faoi. "Céard a tharla dó, mar sin?" a d'fhiafraigh mé de m'athair. "Níor tharla tada ariamh don Bhádóir Con Raoi," a dúirt sé. "Céard a chuir i do chloigeann gur tharla rud éicint dó? Má tharla, níor chuala mise faoi."'

'An raibh bunús ar bith leis mar dhuine, mar sin?' arsa mise leis an bhFear Eile go mífhoighdeach.

'M'anam go raibh a leithéid ann. Trasna an chuain uait go díreach san Iorras Beag. Níor chorraigh sé amach as an mbaile sin ariamh. Chaith sé a shaol ar nós an chuid eile againn, ag cur is ag baint ... Ná níor sheas sé i mbád seoil ariamh.'

'Nach bhfuil a fhios agam! Cé dó a bhfuil tú á inseacht? Níorbh aon bhádóir é. Níor sheas sé i mbád seoil ariamh. Deirtear nár sheas. Ainm mar sin a bheith air nach dtuigim.'

'Tá sé ag tarraingt chainte, nach bhfuil?' arsa an Fear Eile.

'Gabhaim do phardún. Cheap mé gur chuir tú brí éicint ann inné nuair a luaigh tú an t-ainm.'

Iompaíonn an Fear Eile a chloigeann anall. 'Tá mise ag tabhairt comhairle amháin duitse, a dhuine chóir: más leat saol socair a chaitheamh, ní chuirfidh tú brí i gcaint nach bhfuil inti.'

'Cuirfidh mé mo bhrí féin inti?'

'Ní chuirfidh tú de bhrí i gcaint ach an bhrí atá inti. Séard atá ortsa, go bhfuil an iomarca ama agat le bheith ag cuimhneamh ort féin ... '

'Ní mar sin atá an scéal. Níl nóiméad agam.'

'Cuirfidh sé sin as do chranna cumhachta tú, cuirfidh sé in aer tú, cuirfidh sé saochan ort ... ag cur brí i chuile fhocal fánach atá ag dul thar do chluasa.'

'Níl mo mháthair ar fónamh. Ceapaim nach bhfuil sí ar an fónamh,' a deirim, ag súil go stopfaidh sé.

'Tá saol fada caite ag do mháthair, más beo fós di. Ó cheart, ba chóir gur caillte agus curtha le fada a bheadh sí. Má tá sí ar an saol seo ... '

'Stop, a deirim leat. Is olc an mhaise duit a bheith ag caint mar sin faoi mo mháthair.' Faobhar anois orm, agus dírím mo chloigeann den pheiliúr. Fonn orm rud éicint a chaitheamh leis, rud ar bith – bróg nó rud ar bith a stopfadh é. Ní raibh tuiscint an scéil aige. Máirtín, an deartháir ab óige, fós ar scoil nuair a thug mé an bealach go Londain orm féin. Chaithfinn imeacht go Londain. Mar a bheinn faoi gheasa. An saol ní b'fhearr ann ar aon nós. Nach ann a bhí mo chomrádaithe? An tsaoirse. Cead mo chinn agam. An fheilm a cheangail mo mhuintir romham ariamh don sclábhaíocht a ligean ar féarach. Choinneodh bulláin Shéamas an Chrompáin smacht ar an raithneach, ar an luachair, ar an draighean, ar na driseacha agus ar an seileastram. Níor lig mo mháthair uirthi féin liom ariamh go mbíodh mairg uirthi in oícheanta dorcha an gheimhridh léi féin. Mar nach raibh mo thrua-sa ná trua aon duine ag teastáil uaithi. Ná ní raibh ariamh. Ba bheag a cheap sí go dtiocfadh cor chomh géar sa saol nuair a cailleadh chomh tobann a fear céile Seán agus a clann fós ina ngasúir. Ach níor chaill sí misneach. Gan an saol ariamh ar a toil aici ina dhiaidh sin. Í amhrasach faoi ón lá sin. Í amhrasach faoi Dhia. B'in an fáth ar éirigh sí as an Aifreann. As an bpaidrín is a cuid paidreacha a rá. Go ceann bliana, beagnach. Mar rabhadh do Dhia. Mar go raibh fearg uirthi le Dia. Mar gur chreid sí ann. Go ndearna sé faillí uirthi. Ní thógfadh Mam rud mar sin ó Dhia ná ó dhuine. Bhí an bonn bainte dá saol. Ní bheadh an saol chomh cinnte feasta. Gan cinnteacht in aon rud. D'fhéadfadh rud ar bith tarlú, dise nó do dhuine dá clann. In áit ar bith. Níor bhac sí mise ar imeacht. Cén fáth nach dtabharfadh sí cead a cinn don óige? Dá mb'in a bhí uaidh, ba chuma céard a dhéanfadh aon fheilm. Mhairfeadh sí mar a mhair sí nuair ba dheacra an saol. Ní aicise a bhí laincis a fháisceadh ar aon duine. Cén fáth nach mbainfinn sult as an saol? Róluath, faraor, a bhuailfí imní is cúram orm, nó ní ba mheasa. Níor mhian léi cuimhneamh ní b'fhaide ná sin. Cheap sise gurbh fheabhas ar mo shaol é Londain má cheap mise é.

Comhluadar as an mbaile i Londain ach é difriúil. Ní ba dhifriúla ná a mheas mé a bheadh. Coimhthíos na háite. Bhí na daoine féin coimhthíoch. A gcanúint is a n-urlabhra, dá fheabhas é. Gach cineál duine – dubh, bán is buí. Gan dáimh cheart agam leis na sluaite daoine a bhí ag dul fúm is tharam gach nóiméad ar an tsráid. Neamhdhaoine, mar go rabhadar chomh flúirseach agus nárbh aithin dom deoraí díobh. Nár thug duine amháin díobh suntas dom. Ná leis na foirgnimh ná leis na sráideanna ná na páirceanna, dá áille iad, cé gurbh iad an ghrian agus an ghealach chéanna a bhí ag scaladh orthu agus ar Bhaile an Tobair. Ná leis an traein faoi thalamh, dá iontaí é. Ná le deifir na ndaoine sna stáisiúin síos na tolláin chuig na traenacha, cé go mbíodh traein isteach gach trí nóiméad. Ní fhéadfainn a ndriopás a thuiscint. Ach d'fhan mo dháimh ariamh le claíocha, bóithríní is garranta saothraithe Bhaile an Tobair, gan trácht chor ar bith ar na daoine. Le cosán dearg an mhadra uisce ar an muirbheach. Leis na locháin, srutháin, sceacha, crainn is fiailí an bhaile. Mar gur bhain siad liom ar bhealach éicint nach mbainfeadh Londain, dá fhad dá bhfanfainn ann.

Uaigneas freisin ar mo mháthair sa mbaile, ba dhócha. Níor lú de phionós é an t-uaigneas ná Seán Dubh aon uair a thagadh sé ar cuairt chuici. Ag iarraidh uirthi pósadh in athuair. Gheobhadh seisean fear, dar leis, fear crua fáiscthe. Nuair nach mbíodh sé ag fáil sásaimh uaithi, luadh sé an fear seo nó an fear siúd – fir nach samhlódh sí léi féin choíche. Choinníodh sé an deilín céanna ag imeacht ar feadh na hoíche. Olc air léi nuair nár léir di a leas. A dhá oiread oilc uirthi féin. Sa deireadh ní bhíodh sí sásta labhairt leis, ach ní chuireadh sin iamh ar a bhéal.

D'airigh sí uaithi comhluadar a céile. Ba pheiríocha ann féin é sin. Ach bhí cinneadh déanta aici gan pósadh arís. Ní bheadh sé nádúrtha di agus a clann suas. Sin a cheap sí. Ní raibh an scéal chomh simplí sin ach oiread. Bhí fear amháin, ar a laghad, agus beirt, a raibh fonn aici dóibh. Ach bhí siad pósta. Dá dtéadh an scéal amach go mbeadh aon phlé aici leo, bheadh sí ina baileabhair. Uirthise a chuirfí an milleán; ise a mheall iad chun an mhístaid a dhéanamh. Ní bheadh ceart le fáil ag bean mar í sa raon sin den saol. Ceart ar bith. Ní bheadh bean san áit nach mbeadh in airdeall uirthi. Cá mbeadh sí ansin? Ba mhinic gur mhó de chead a cos a bhí aici sna réimsí sin nuair a bhí a fear beo. B'fhéidir gur á cheapadh a bhí sí. D'fhulaingeodh sí an aistíl faoi leith sin. Chuaigh baintreacha ní b'óige ná í tríd an saol ar bheagán gearáin. Mar sin a chonacthas é. Ar aon nós, níor theastaigh uaithi pósadh arís. Ba leor an pósadh amháin di. Chúiteodh comhluadar a clainne nuair a bheidís thart an easpa cuid mhaith. Sin a cheap sí. Ach bhí na hamanna sin ag dul i líonmhaire, nuair nach dtiocfadh le mac ná iníon an tnúthán sin a shásamh. Ní fhéadfadh sí a rún a scaoileadh le neach beo. Níor thrust sí Seán Dubh. Duine é a chuirfeadh luaidreán thart. Ar mhaithe léi, mar a cheapfadh seisean. Níor thuig seisean a dearcadh. Níor chomhair dearcadh aon duine faoi leith mórán sa saol sin i mBaile an Tobair. De réir a mhaoine a mheas sé fear di. Ní dhearna a thréithe aon difear dó. Níorbh amhlaidh dise. Cé nár shaibhir di, níor airigh sí bocht, ach ba phianmhar i gcónaí Seán Dubh a bheith ag útamáil i ngan fhios dó féin, chomh gar don mhian a bhí chomh goilliúnach sin gur choinnigh i bhfolach go domhain ina croí é.

'Níl mise ag rá tada in aghaidh do mháthar,' arsa an Fear Eile, ag socrú a chinn ar ais ar an bpeiliúr.

'Níl tada le rá agat fúithi,' arsa mise go cosantach.

'Ní móide go bhfuil.'

'Níl aon aithne agat ormsa. Cén chaoi a mbeadh?'

'Nach bhfuil muid le taobh a chéile sách fada?'

'Ní labhraíonn tú focal ariamh ach an uair annamh a mbíonn fonn ort.' Cuirim dúshlán i mo ghlór.

'An uair a bhíonn rud éicint le rá agam.'

'Níl fonn cainte ortsa. Aithním ón strainc ar t'éadan é. Bheadh fonn cainte orm dá mbeadh duine ann a labhróinn leis. Ach níl.'

'Níl tú ag iarraidh aithne a chur orm.'

'Tá tú ag cur bréaga orm,' arsa mise go feargach, ag iompú uaidh. 'Is fearr leat a bheith ag fuarchaoineachán faoi do mháthair. Tá sé deireanach anois. Ní dhéanfaidh caoineadh aon mhaith di.'

'Níl a fhios agatsa céard faoi a bhfuil tú ag caint!' a bhéicim anonn chuige. Samhlaím nach dtagann athrú dá laghad in éadan an Fhir Eile. 'Cén chaoi a mbeadh? Ní fhaca mise call ar mo mháthair ariamh. Nuair a cailleadh m'athair, thairg mé fanacht sa mbaile agus an fheilm a rith. Níl bliain san aer nár tháinig mé anall as Sasana ar feadh seachtaine nó coicíse, agus níorbh aon dóithín é sin go minic.'

'Tá sé deireanach agat a bheith ag caitheamh ina diaidh. Tá a ré thart. Níl tusa amhlaidh. Tá an saol amach romhatsa.'

Téann m'éadan. An ag magadh fúm atá sé? Nach mór a bhaineann mo mháthair ná mo shaol dó. Ag séideadh fúm. Fios ag an saol mór nach ag teastáil ag baile a bhí mé, nach raibh áit dom ann. Go raibh an fheilm róbheag. I mo ghiolla ag an saol a bheinn. Nár fhan duine de mo chomhaoiseanna faoi bhaile ach Frank Seoighe agus cúpla duine fánach mar sin. Nach raibh ag iarraidh imeacht. Gan é de theacht aniar i Frank mar nárbh fhear oibre a bhí ann. Faitíos air roimh an obair chrua thall. Ansin ag díol carranna don gharáiste sin in Áth na Sreabh. Droch-charranna. Gan cur amach ar an gceird aige. Ag obair i Siopa Uí Mhaoláin a bhíodh sé go dtí sin. A Dhia is a

Chríosta, ní gnaithe a bheadh ag duine a charr a cheannacht. Dá bhfeicfeá anois é. Ceapann sé gur ar a thóin atá an ghrian ag éirí. Cén fáth an díbliú seo ar Frank Seoighe? Lena cheart a thabhairt dó, ní dhearna sé tada orm. É siúd trasna uaim atá do mo chorraí in aon turas. Ag cur oilc orm. É furasta duine a chur le báiní in áit mar seo. Tugaim claonfhéachaint trasna air. É ag breathnú ar an tsíleáil go smaointeach. Furasta sin dó. An dochar déanta aige.

Ansin deireann an Fear Eile, gan súil leis, 'An gceapann tusa gur fear maith oibre a bhí ionat?'

Ní fhreagraím in aon turas. Do mo mhealladh isteach i gcaochpholl eile. Mé ag éirí smeairteáilte dó.

'An gcloiseann tú ansin mé nó an i do chodladh atá tú? Ní ag imeacht ó obair gan tairbhe ar bith a bhí tú nuair a d'fhág tú baile. B'in é an leithscéal a bhí acu ar fad ag imeacht dóibh.' Iompaíonn an Fear Eile na súile móra donna orm. 'Níl mé i mo chodladh ... An tráth seo de lá.'

Chloisfinn an glór sa mbeár. 'Hello, hello, aon duine anseo?' Ar mo theacht amach ón stór go dtí an beár, cé a bheadh ina sheasamh go sollúnta cois cuntair ach Frank Seoighe. Thosódh sé ag lasadh toitín. 'Bhí mé leis an áit seo a cheannacht uair amháin. Tá mé happy gur cheannaigh duine éicint é. Sín amach Bacardi ansin chugam.'

Thomhaisfinn an Bacardi amach, agus sula mbeadh am agam an ghloine a leagan ar an mbord, d'fhiafróinn, 'Tada ag teastáil uait leis?'

'Ar a aghaidh a ólaim Bacardi. Ní chuile dhuine a ólann Bacardi ar a aghaidh. Níl a fhios agam aon duine eile a

ólann ar a aghaidh é. Ar a aghaidh is fearr é. Tá a fhios
agat. Beo beathach.' Dhéanfadh sé meangadh leis féin.
'Céard fút féin?'
'Ní ólaim an stuif.' Gan aon iontas orm é a bheith dea-
ghléasta. É sa bhfaisean nuair nach raibh aon duine dá
chomhaoiseanna sa bhfaisean. É chun cinn ar bhealach
éicint i gcónaí. Chun cinn orainne, a chomhaoiseanna. É
gléasta ar nós Elvis Presley. Ioscaidí caola ar an treabhsar
agus na bróga ag caolú go dtí a mbarr. Thabharfainn faoi
deara gurbh ioscaidí leathana a bhí ar threabhsar a
chulaithe, ag coinneáil le nós.
'Bhí tú *dead on* an áit seo a cheannacht. Fuair tú saor é.
Tá cúpla custaiméara maith thart anseo. Coinneoidh siad
busy thú. Tá a fhios agat go bhfuil Seán Dubh bearáilte
agamsa. Féadfaidh sé a bheith agat.' Dhéanfadh sé gáire leis
féin, agus bhainfeadh gal as an toitín.
'Cén chaoi a bhfuil t'athair?' Mé ag iarraidh an comhrá
a athrú.
'Sa *nursing home*, le fada, tá a fhios agat. Bheadh sé
chomh maith le ariamh murach an buille a fuair sé ó Sheán
Dubh.'
'Sa gcloigeann.'
'Sa gcloigeann. Chomh maith agus a bhí sé in ann le
maide draighin.'
Dhéanfainn miongháire, gan neart air, os íseal.
'B'fhurasta olc a chur ar Sheán Dubh. Chuile lá ariamh.'
'An fhírinne a bhí m'athair ag inseacht dó. Bhí aithne
agat ar m'athair. Fear é a d'inis an fhírinne i gcónaí, olc
maith le duine é. Tá daoine ann nach dtaitníonn an fhírinne
leo. Ródhíreach atá sé.'
'Tá an duine bocht bearáilte agat.'
Shínfeadh Frank amach a mhéar, do mo cheartú. 'Ní faoi
sin atá sé bearáilte. Tá sé an-bhadráilte, ag cur isteach ar mo

chustaiméirí. Dá ndéanfadh sé murdar mar sin in aon áit eile, ní leis a d'éireodh. Ní raibh m'athair ceart ariamh ina dhiaidh. Meabhrán ina cheann agus staigear ann. *Mind you*, ní raibh m'athair ach ag inseacht na fírinne dó.'

'Tagann na rudaí sin leis an aois, freisin.'

'Níl tú ag rá gur á chumadh atá mé?'

'Tá spadhar i Seán Dubh. Níl de dhochar thairis sin ann.'

'Agus é ag iarraidh duine a chriogadh! Dá scoiltfí do chloigeann ó bhaithis go cúl do chinn le coillearán de mhaide draighin, thuigfeá ní b'fhearr céard é dochar. Ar aon nós, cén chaoi a bhfuil Sibéal?'

'Maide draighin, a deir tú.' Bhorróinn mo dhá lámh faoi mo cheann ar an gcuntar agus bhreathnóinn go grinn ar Frank.

'Tá sé crua uirthi cónaí in áit mar seo ...'

'Nár rugadh agus nár tógadh i dteach ósta í: Óst an Tobair, an teach ósta atá agatsa anois. An gcaithfidh mé é sin a mheabhrú d'fhear as an áit, ar nós thú féin?' a déarfainn, idir shúgradh agus dáiríre.

'*Guesthouse* a bhí in Óst an Tobair ag an am. Is nuair a dhíol Tomás Mélia, athair Shibéal, liomsa é a rinneadh teach ósta de.'

'Is ionann cás dóibh beagnach.'

'Ní fhéadfá Óst an Tobair agus Tigh Lúcáis lá den tsaol a chur i gcomórtas le chéile. Ní raibh aon chomórtas le déanamh eatarthu ariamh. I gcead duit, níl an dá áit sa *g*class céanna beag ná mór. Ach is maith liom go bhfuil Sibéal ar ais i mBaile an Tobair.'

'An dá mhar a chéile iad, mar a deir mé.' Bhreathnóinn fúm.

'Bhí mé féin is Sibéal an-mhór le chéile uair amháin. D'iarradh sí orm a theacht trasna go dtí an teach léi ó Shiopa Uí Mhaoláin. Sé an leithscéal a bhíodh aici go mbíodh na hearraí róthrom di. Chuirtí mise léi. Bhí géim inti. Nach muid a bhí seafóideach.' Chúngóinn mo leathshúil. 'Seachain nach tú féin a bhí cunórach. Gur iompair tú na boscaí di gan iarraidh gan achainí.'

Bhreathnódh Frank isteach ina ghloine agus shiúlfadh cúpla coiscéim amach ón gcuntar. 'Sin é do leagansa den scéal. *Fair enough.* Bíodh sin mar atá.'

'Fuair tú saor Óst an Tobair, déarfá?' Choinneoinn súil os íseal ar Frank.

'Cén mhaith sin? Caitheadh airgead mór a chur isteach ann. Tá mé cinnte gur mhaith le Sibéal an teach inar tógadh í a fheiceáil anois. Ní aithneodh sí é. Caithfidh mé é a spáint di. Nuair a fheicfeas mé í ... '

'Tuilleadh den aimsir mhaith seo atá geallta. Is gearr anois go bhfeilfeadh múr báistí.'

'Ní fhaca mé Sibéal fós ag obair sa mbeár. An cúpla uair a bhí mé anseo ... '

'Ná ní fheicfidh.'

'Ní bheadh luí aici leis.'

'Cén chaoi?'

'An cineál sin oibre.' Dhéanfadh Frank miongháire.

'Cén sórt ... ?' Bheadh mífhoighid orm.

'Aithne agat ar Rós Mélia, a mháthair? Bean a raibh sé deacair margadh a dhéanamh léi. Thriáil mé carr a dhíol léi uair amháin, Volkswagen, Beetle beag gorm.'

'An carr gorm sin a bhíodh tú ag tiomáint agus d'uillinn amach an fhuinneog.'

'Carr nua as an bpíosa a bheinnse ag díol. Bhí mé ag tnúth Sibéal a fheiceáil an lá sin. Nuair a bhí mé ag an teach. Bhí sé *too bad* fúithi sa deireadh. Rós, atá mé ag rá.'

'Cén chaoi?'

'An t-ól. Bhí Óst an Tobair i ndroch-chaoi nuair a

cheannaigh mise é. Ní bheadh aon Óst an Tobair ann inniu murach mise. Bheadh sé tite go talamh. Mise a cheannaigh é is a chuir cuma air. Obair mhór a bhí air. Ba é an t-ól ba chionsiocair le hÓst an Tobair a dhul ar an margadh an chéad lá nó is mór atá mise ag dul amú. Nuair a bhí chuile dhuine íoctha, ní mórán a bhí dá bharr ag na Méliaigh. Creid uaimse é.'

'Ná creid gach a gcloiseann tú.'

'Agus ansin cheannaigh Tomás Mélia is a bhean an teach eile seo in Áth na Sreabh, le hais na farraige. Fiafraigh díomsa é. Bhídís ag iarraidh lóistéirí a choinneáil. Chonaic mé an teach, drochtheach. Cé dó a bhfuil mé á inseacht seo ar fad?'

'Ní domsa é, ar aon nós.'

'Ní labhróinn chor ar bith murach go bhfuil a fhios agat féin faoi. Ach ní le comhrá a tháinig mé anseo.' Chuirfeadh sé an ghloine ar an gcuntar. 'Cuir braon eile inti. Beidh deoch agat féin an iarraidh seo.'

Dhéanfainn geáitsí le mo lámha. 'Ní bheidh.'

'Is maith liom labhairt go díreach le daoine, lomchlár cainte gan hú ná há, *frankly*, mar a déarfá. Tá an teach ósta seo oscailte agat anois le tamall. Ní nuaíocht d'aon duine againn gur chuig mo theach ósta-sa, Óst an Tobair, atá tarraingt na ndaoine.'

'Cé a dúirt é sin leat?' Bheinn ag at le míshuaimhneas. 'Tabhair am dúinn. Cén fhad anseo muid?'

'Sé an difear atá ann, go bhfuil Óst an Tobair i lár Bhaile an Tobair agus tá Tigh Lúcáis anseo amuigh san iargúil. Níl dóthain daoine thart anseo lena choinneáil ag imeacht. Bhí sé *all right* ag Bid Lúcáis nuair a bhí sí ann. Bhain sí drochmhaireachtáil as, ach ní raibh sí ag iarraidh thairis sin. Tá bean agus clann agatsa.'

'Tabhair seans dúinn, a mhic ó.' Thosóinn ag cuimilt an

chuntair. 'Bíonn gach tosú lag. Fan go bhfaighidh daoine amach faoi Tigh Lúcáis.' Chuirfeadh sé iontas orm féin a fhoighdí is a bheinn le Frank.

'Níl mise ag brath ar mhuintir na háite. Is as taobh amuigh den áit seo is mó a fhaighimse custaiméirí. Níl na daoine ann do dhá theach ósta. Ach déanfaidh mé tairiscint duit. Ceannóidh mé Tigh Lúcáis. Tabharfaidh mé praghas maith duit, i bhfad níos mó ná mar is fiú é. Céard a déarfá?'

'Ní dhéarfainn tada. Níor chuimhnigh mé é a dhíol. Ní raibh sé ar intinn agam é a dhíol. Céard a dhéanfainn féin?'

'Más maith leat. Is fút féin ar fad é seo. Tá *manager* ag teastáil uaim, duine a thógfadh ar láimh Óst an Tobair. Tá mo mhac Keith ró-óg. Níl a dhóthain cleachtaidh aige do jab chomh mór sin. Chaith tusa blianta i do *mhanager* ar theach ósta i Londain, cloisim.'

'Agus cuirfidh tú Keith Tigh Lúcáis, ag foghlaim na ceirde,' a déarfainn go searbhasach.

'Ní bheadh ósta ar bith agam anseo. Ní fiú do sheacht mallacht an áit le haghaidh *business* mar sin. An t-aon rud ar fiú tada é faoi Tigh Lúcáis an *licence*.'

'An gcloiseann sibh anois é? Nach bog a d'fhás an olann orm a cheapann tú.'

'Tá mé dáiríre leat. Mar a dúirt mé, insím an scéal mar atá sé. Amach díreach. Bheadh teacht isteach cinnte agat chuile sheachtain. Bhánódh an áit seo thú in *no time*.'

'Cén fáth a bhfuil an oiread sin d'fhonn ort é a cheannacht, mar sin?'

'Tá pleananna eile agam dó.'

'Pleananna? Agus muid istigh inár gcónaí ann.'

'An dtarraingeoidh mé na cuirtíní píosa eile? Níl tú ag iarraidh an lá geal a choinneáil amach. Chonaic tú an scéal sin sa bpáipéar inniu? Faoi Tokyo. Nach bhfuil sé go huafásach? An méid sin daoine maraithe. Crith talún. Níl fonn cainte ort inniu,' arsa Sharon liom.

'Níl tada le rá agam,' a fhreagraím.

'Tá tuirse ort, an bhfuil?' ar sise.

'Ní fhéadfadh tuirse a bheith orm.'

'Is minic daoine tuirseach ar maidin – an-tuirseach – ach imeoidh sé sin ar ball.'

'Maraithe ag an leaba atá mé.'

'Stop anois.' Breathnaíonn sí amach an fhuinneog. 'Tá an spéir ag glanadh. Is gearr go mbeidh an ghrian ag scaladh isteach sa seomra.'

'Goilleann an ghrian orm, ar mo shúile. De bharr a bheith anseo sa dorchadas an t-am ar fad.'

Seasann sí siar uaim agus síneann amach a lámha. 'Tá an seomra seo breá geal. Tá péint bhán go fiú ar na cófraí agus na cathaoireacha.'

'Cén mhaith sin?'

'Beidh an bricfeasta aníos go gairid.'

'Is cuma cé chomh geal is a dhéantar é, tá an seomra seo dorcha. Tá sé foirgthe le scáileanna dorcha.'

Ní thugaim faoi deara gile an tseomra ar chúis éicint, cé gur bán é a dhath. Tá sé ar nós aon seomra eile. Tá mionscrúdú déanta agam ar na patrúin sna cuirtíní: bláthanna uaibhreacha, iad ar fad díreach mar a chéile. Na siopail ghlasa ag lúbadh amach ó bhun na bpiotal ag dul ó léargas faoin gcéad bhláth eile. Uaireanta samhlaím gur eascainn a bhíonn sna siopail, nó sin nathracha nimhe. Mura ndearcfá go grinn ar an gcuirtín, cheapfá gur limistéar criathraigh é atá os comhair do shúl i ndeireadh an tsamhraidh, nuair a bhíonn an drúchtín móna amuigh, an fraoch faoi bhláth, an t-aiteann ag tréigean beagán agus bruacha is tuláin an chriathraigh ag sméideadh go dorcha trí na dathanna. Ansin téim ó bhláth go bláth díobh, á gcur i gcomórtas le chéile. Ceapaim, corruair, go mbíonn uige ar lár i gceann acu, ach nuair a bhíonn an chomparáid déanta as an nua arís agam, feicim gur orm féin atá an dearmad. Níl uair dá mbreathnaím orthu nach dtugaim faoi deara lúb éicint eile sa ngréasán nach raibh feicthe cheana agam.

Scaladh grian an tsamhraidh trí fhuinneog mo sheomra agus mé i mo ghasúr. Chaitheadh sí patrúin mhíchruthacha aimhréiteacha ar an mballa bán ar aghaidh na fuinneoige. Ní bhíodh cead éirí agam go dtí am áirithe. Mar sin, chaithinn an t-am ag iarraidh meabhair a bhaint as na patrúin dhorcha a d'athraíodh ar an mballa de réir mar a chorraínn mo chloigeann. Cuirfidh mé ceist ar Sharon nuair a bheidh sí isteach arís cén cineál crainn atá ag fás taobh amuigh den fhuinneog.

I dtús an tsamhraidh agus an ghrian ag ardú, d'fheicinn scáileanna na nduilleog ag damhsa ar an mballa trasna uaim nuair a tharraingíodh duine éicint na cuirtíní de leataobh. Bhíodh a gcumraíocht caillte ag na duilleoga sna scáileanna, cuid acu beag, cuid eile san ainmhéid, ag croitheadh go hainrialta ar ghileacht an bhalla. Crann fuinseoige a bhí ag fás os comhair m'fhuinneoige agus mé i mo ghasúr. Chloisinn siosarnach na gaoithe amanna trí na duilleoga, agus na patrúin ar an mballa ag damhsa i dtiúin leis. Ach ní bhíodh na scáileanna socair ariamh, go fiú ar chalm. Shamhlaínn an uair sin gurbh ainmhithe fiáine nó báid ag seoladh na farraige nó éin san aer nó clabhtaí ag trasnú na spéire a bhíodh iontu. Ní chloisim fuaim na gaoithe sa seomra seo ina bhfuil mé anois, mura mbeadh ina dheargstoirm, ach bíonn scáileanna ag léimneach ar an mballa.

Ceapann na patrúin agus na scáileanna seo m'aire. Ní

airím an t-am ag imeacht leo. Tá cumarsáid de chineál agam leo, iad ag meabhrú rud éicint dom. Mar a bheidís ag caint liom. Is fearr go mór liom a gcuideachta ná an Fear Eile. Dá gcuimhneoinn mar sin ar aon duine lá den tsaol, d'aireoinn ciontach. É mínádúrtha. Ach níl aon neart agam air. Mé athraithe. Iarrfaidh mé ar Sharon an Fear Eile a athrú amach as an áit. B'fhearr liom i bhfad a bheith liom féin. Cleachtadh fada agam a bheith asam féin. Asam féin atáim ó d'fhág mé baile, d'fhéadfaí a rá. Mé féin go minic a chruthaigh pé comhluadar a bhí agam mar a d'fheil sé dom. Tháinig mé anseo ar mo thoil féin, le tosú as an nua. Ach ansin arís cén leagan a chuirfidh mé ar m'iarratas? Ní fhéadfaidh mé a rá lom díreach amach léi nach bhfuil gean agam air, nach bhfuil sé éasca é a sheasamh agus gan fios a údair sin agam féin. Ar bhealach eile, níl rud ar bith sa saol agam ina aghaidh. Ná ní fhéadfaidh mé a rá léi nár chumas dom an smaoineamh príobháideach féin a bheith agam agus é go síoraí i mo chomhluadar.

Nuair a bhíonn Sharon istigh tráthnóna, triailim labhairt léi. Tá sí féin ag caint, ag cur ceisteanna, gan í ag fanacht le freagra. Mar is gnách, nílimse ag éisteacht ach oiread. Is cuma léi de réir cosúlachta. Í mar dhuine ag iarraidh coimhthíos a d'airigh sí a ruaigeadh, í féin a stopadh ó chuimhneamh, an dubh a chur ina gheal uirthi féin, nó ormsa. Ní heol dom. Tapaím mo dheis nuair atá sí ag deisiú na cuilte faoi mo smig. Breathnaím anonn ar mo leathbhádóir. É ag breathnú anall. 'Nár fheice Dia bail ort,' a deirim liom féin. Cuirim cogar i gcluas Sharon, 'An bhféadfá mo dhuine sa leaba thall a athrú amach as seo?'

Geiteann sí. Tarraingíonn ar ais uaim agus tosaíonn ag stánadh anuas orm, a héadan leitísithe le hiontas. Imíonn an chaint uaithi mar a bhuailfí ar an gcluas í. Tugaim faoi deara a beola ag corraí, ag iarraidh rud éicint a rá. Ansin deireann os ard, 'Céard?' Nach beag an cuibheas atá inti, a cheapaim, agus an Fear Eile le mo thaobh.

'Chuala tú mé?' a deirim.

'Bhfuil tú *all right*?' ar sise. 'Más maith leat, cuirfidh mé fios ar an dochtúir duit.'

'Ní ag dochtúir atá mo leigheas.'

'Cheap mé go raibh tú breá sásta san áit seo.'

Tugaim faoi deara go bhfuil athrú iomlán tagtha ar a pearsantacht. Duine eile ar fad, nach aithin dom, atá anois ag labhairt liom. Mé ag sméideadh uirthi a bheith os íseal ina cuid cainte i láthair an Fhir Eile. Í a bheith caothúil ar a laghad ar bith. 'Níl locht ar bith ar an seomra.'

'Caithfidh mé ceist a chur ar an mátrún nó ... ' An meangadh glanta dá héadan. Tá sí in imní.

'Déanfaidh tú sin, más é do thoil é.'

'Ní thuigim ... '

Í fós idir dhá chomhairle. Ba cheart go dtuigfeadh sí nach bhféadfadh sí gnaithí íogaire mar sin a chur faoi mo bhráid agus an Fear Eile ar an láthair. Ní fhéadfainn a rá go bhfuil sé chomh fírinneach réasúnach ina chuid cainte go gcuireann sé fonn múisce orm. Ar a laghad ar bith bhíodh an fhiacail sa bhfírinne, mar a d'inisíodh Antaine Seoighe í. An fhírinne ghlan, a déarfadh a mhac Frank. Níl greim fiacaile ar bith sa mboc seo ach ní lúide sin an ghoilliúint as a chuid cainte. B'fhearr liom cuideachta Antaine féin ag an nóiméad seo. Níl an rogha sin agam. Ní raibh rogha ar bith agam chomh fada is a bhaineann leis an bhFear Eile. Níl dul uaidh. Ní thuigeann Sharon mo chás. Tiocfaidh duine éicint ar ball a labhróidh liom, cur i gcéill, mé a chur ar mo shuaimhneas. Is ríchuma ach iadsan a cheapadh go bhfuilim ar mo shuaimhneas. Is mór an gar a dhéanfaidís fáil réidh leis an bhFear Eile. É a chur as an mbealach go háit éicint eile. D'fhanfainn glan ansin air.

'D'fhéadfainn labhairt le duine ... ' arsa Sharon mar a bheadh na cosa ag rith uaithi amach an doras. An chaint ag cliseadh uirthi ag an am céanna. Ní léir dom a fadhb.

Ní go maith a chodail mé aréir. As brionglóidí a dhúisigh mé. Séamas an Chrompáin. Ní thuigim cén fáth gur faoi Shéamas a bheinn ag brionglóidí seachas aon duine eile. Agus gan géilleadh agam do bhrionglóidí. Mar a thiocfadh a thaise ar ais chugam ón mbás, anseo ar an iargúil in Albain le gnaithe éicint a réiteach liom. Ná níl a fhios agam fós cén gnaithe é sin. Bhí Séamas ar a chailleadh nuair a casadh dom go deireadh é. Ní raibh a fhios agam go raibh sé ar a chailleadh nó gur cailleadh é. Níor chreid mé an lá sin é nuair a d'inis sé an drochscéala dom. Cheap mé go bhfágfadh na dochtúirí san ospidéal slán é. Mar gur i lár a mhaitheasa ab fhearr aithne agam air agus nár thug mé faoi deara an aois agus an donacht ag breith air.

Ní soilíos ar bith a rinne mé dó é a thabhairt chuig an ospidéal le drochscéala a fháil. Níor cheap mise é sin ag an am ná ní dócha gur cheap Séamas a mhalairt ach oiread. Bhí mé i gcarrchlós an ospidéil, ag fanacht go dtiocfaidís amach. D'éirigh mé míshuaimhneach. Isteach liom. Chuaigh Séamas an Chrompáin tharam i bpasáiste an ospidéil, gan bheannú. Ba í Bid a bhí aniar ina dhiaidh san ospidéal leis. Theastaigh ón dochtúir í a bheith ar an bhfód nuair a bheadh a bhreithiúnas le chéile aige faoi Shéamas.

'Cá bhfuil tú ag dul? Tá Brian anseo le muid a thabhairt abhaile,' a d'fhógair Bid ina dhiaidh. Chas Séamas, rinne leathbheannú dom agus shiúil romhainn go dtí an doras.

'Tá sé beagán corraithe,' a chogar Bid i mo chluas.

'Tá sé *all right*, nach bhfuil?' arsa mise.

D'fháisc Bid a liopaí ar a chéile agus chroith a ceann. Ní raibh mórán comhrá sa gcarr. 'Seasfaidh tú anois ag an gcéad teach ósta eile.'

Chuir sí gloine mhaith fuisce os comhair Shéamais. D'fholmhaigh Séamas í sula raibh sí críochnaithe leis an gcéad ordú. Chuir sí a oiread eile ar chlár dó nuair a chonaic sí an ghloine folamh. Ní raibh an cíocras céanna air in éadan an dara gloine. Bhog an t-ól amach é, shílfeá.

'Níor choinnigh siad i bhfad istigh thú,' arsa mise leis.

'Beidh turas eile fós air,' a d'fhreagair Bid. 'Níl an scéala go maith.' Choinnigh Séamas a shúile ar an mbord.

'Dochtúir deas lách é siúd a bhí ag plé leat,' arsa Bid.

'Níl sé go maith,' arsa Séamas. 'Sin eadrainn féin.'

'Beidh sé ag dul isteach arís go luath. Nuair a bheas leaba ann dó,' arsa Bid.

'Tá faitíos orm gur beag an mhaith dom a dhul isteach arís leis an donas sin. Níor cheap mé … '

'Níorbh in é a dúirt an dochtúir. Dúirt sé go raibh do sheans chomh maith leis an gcéad duine eile sa gcás céanna,' arsa Bid

'Bíonn ar dhochtúirí rudaí mar sin a rá,' arsa Séamas.

'Tá fios a ghnaithe aige. Sin é an fáth gur dochtúir é,' arsa Bid.

'Tá mise réidh. Airím i mo chnámha é. Tá mé tite siar go mór ó Cháisc. Céard atá mé ag rá? Tá mé tite siar le seachtain. Tá mé tite siar ó inné.'

Níor fhan smid ag Bid. Ní raibh sí in ann focal a rá.

'Dúirt sé amach sách soiléir liom é. Ní bheinn á iarraidh ní ba shoiléire. Ní raibh aon tsúil agam go raibh mé chomh buailte. Ba chuma liom dá mbeinn ar bhealach ar bith réidh ina chomhair. Cheap mé go raibh blianta fós ionam. Dá bhfaighinn cairde bliana nó dhó féin. Tá an saol tobann.'

'Tá an teach is an talamh i riocht maith agat.' Ní raibh

mé cinnte céard ba chaothúil a rá. Ach gur shamhlaigh mé teach is talamh le huachtanna is le bás.

'Beidh an talamh agus an teach ceart. Mise atá go dona. Is furasta cur chuig an duine faoi dheireadh. A Bhid, níl blas maitheasa dom a dhul isteach le go ndéanfar búistéireacht orm. Chuile sheans gur giorrú liom a dhéanfar.'

'Ná bí ag caint mar sin, as ucht Dé ort.' Bhí deora anois ag briseadh i súile Bhid.

'Tá a fhios agam féin é. Níl maith le déanamh dom.'

'Nuair a chuimhneos tú i gceart air ... ' a deir Bid.

'B'fhearr scéala a chur chuig Darach. Níl mórán seans go dtiocfaidh sé nuair nach ndearna sé sin le dhá scór bliain.'

'Ní bheadh a fhios agat,' arsa mise.

Bhreathnaigh Séamas ar Bhid. 'A rá leis go bhfuil mé tugtha suas. Sin mar atá an scéal.'

Fonn gáire orm. Mé ag ceapadh gur seafóid a bhí ag bualadh Shéamais.

'As ucht Dé ort, ná bí ag caint mar sin.' Chuir Bid naipicín lena súile.

'Ba mhaith liom Darach a fheiceáil sula n-imeoidh mé.'

Bhí Séamas chomh leagtha amach ag an mbeagán óil go mb'éigean don bheirt againn lámh chúnta a thabhairt dó go dtí an carr.

'Ní dhéanfaidh sí Beag-Árainn ar an leathbhord seo. Beidh muid rófhada ó dheas,' a bhéicfinn ón stiúir.

'Tabharfaidh muid timpeall arís í, mar sin,' a d'fhreagródh Micil Ó Tnúthail ón seas tosaigh. 'Bhfuil tú réidh?'

Chasfainn an bád isteach i súil na gaoithe agus thabharfainn timpeall gan stró í.

'Níor cheart bád a thabhairt timpeall mar sin go deo,' a déarfadh Micil.

'Ná bí ag fáil lochta anois,' a déarfainn go magúil.

'Is fíor dom é, a bhitse. In aghaidh na gréine a thug tú timpeall í … An raibh a fhios agat?'

'Nach in aghaidh na gréine atá muid ag dul le fada.'

Agus muid ag bordáil amach anois in éiginnteacht na teiscinne móire, gan comhartha ná marc le leanacht againn, theannfadh Micil i mo threo is déarfadh, 'Tar ar ais anseo, a striapach. Níl aon duine thart. Níor inis mé é sin anois d'aon duine beo ach duitse, agus ní inseoidh. Coinníodh tusa i do bholg freisin é. Fainic an ligfeá gaoth an fhocail féin thar do bhéal amach.'

'B'fhearr liom gan é a chloisteáil, seans.'

'Caithfidh tú é a chloisteáil.'

'Más mar sin é … ' a déarfainn go himníoch.

'Is mar sin é agus i bhfad níos measa.'

'Níl tú i ndáiríre?' Bheadh anbhá i mo ghlór.

'Ní maith liomsa lámh ná páirt a bheith agam i ngnaithe mar sin ach oiread. Níor cheap mé ariamh go mbeadh. Breathnaigh anseo. D'fhéadfadh duine imeacht as an saol seo go tobann lá ar bith. Ní ag dul in óige atá muid. Ní féidir liomsa fanacht go deo ach oiread.'

'Céard atá i gceist agat, ar aon nós? Nó an dtuigim i gceart tú? Níl tú ag iarraidh … ?'

'Tuigeann tú i gceart mé, a sclítigh.'

'Má thuigim i gceart – agus nílim ag rá go dtuigim – ach más rud go bhfuil tú ag rá liom … Tá saochan céille ort. Glan as do mheabhair. Níl tú sábháilte thart ar dhaoine. Faoi ghlas ba chóir duit a bheith.'

'Foighid ort, a shonbhégun. Dá mbeadh clann agamsa le bean éicint eile, tá a fhios agat féin … '

'Cheap mé i gcónaí gurbh fhear ciallmhar a bhí ionat.'

'Orm féin an locht. Tuilleadh diabhail agam ar bhealach. Bhreathnaigh sé ceart dom ag an an am.'

'An cuimhneach leat an cailín eile úd?'

'Ena.'

'Ena, sea.'

'Ní teannach leat a rá liom ... Ar ndóigh, ní raibh ionam ach deargamadán, deargshonbhégun.'

'Níl aon mhaith a bheith ar an gcaint sin.'

'Cé leis atá tú á rá?'

Bheadh teas na tine ag goradh m'éadain nó arbh é an t-uisce beatha é? Leagfainn uaim an ghloine as mo lámh. D'éistfinn go cúramach leis an tráchtaireacht faoi rás mór an lae ar an teilifís. Bheadh sé sin ag dul d'fhear ar bith. Deoch ar a shuaimhneas tar éis seachtain mhór oibre. Gan dul thairis sin leis mar ól. Deoch nó cúpla deoch ... Ba mhaith a bheadh sé saothraithe ag duine. Deoch mhaith. Roinnt piontaí, sin an méid. Cén caitheamh aimsire eile a bheadh ag mo leithéid? Bheadh Sibéal á cóiriú féin go fuadrach timpeall na háite. Nach bhféadfadh sí suaimhneas a dhéanamh cosúil liom féin tar éis an lae? Seachas a bheith ag tabhairt aghaidhe ar fhuacht is ar dhorchadas na hoíche. Ach ní suaimhneas ná compord a bhí uaithi. Ag casadh le cara éicint. Bean. Rud cinnte amháin faoi Shibéal: bheadh sí díreach le duine.

'Tá sé thar am agatsa a bheith i do chodladh,' a déarfadh sí le Seán, ag dúnadh an leabhair os a chomhair ar an mbord agus á threorú suas an staighre chuig a sheomra. Ar theacht anuas, thairgfinn deoch di. Chuirfeadh sí suas dó, mar a bheinn ag súil leis.

'Frank Seoighe a bhí isteach inniu,' a déarfainn, mo shúile fós sáite sa teilifís.

Stopfadh sí go tobann is sheasfadh os mo chomhair. 'Inis dom céard a thug thart é.'

'Ag ceannacht, má b'fhíor dó féin é.'

'Céard a bhí le rá aige?'

'Nach bhfuil mé ag rá leat. Ag iarraidh orm an áit seo a dhíol leis.'

'Ag magadh atá tú.' Bheadh iontas ina héadan. 'Ar dhúirt sé tada eile?'

'Tá a chuid pleananna cheana féin aige don áit seo, a leabhairse. Céard a déarfá leis sin?'

'Sin é Frank.' Dhéanfadh sí gáire croíúil.

'Ní bhíonn Frank ag magadh.'

'Nach raibh sé ag iarraidh áit do mháthar a cheannacht cheana? Nuair a chuaigh Máirtín go Meiriceá, an cuimhneach leat, nó an bhfuil an scéal ceart agam?'

'Níl aon dul amú ar Frank.'

'Agus céard a dúirt tú?'

'Jab á thairiscint dom, freisin. *Manager*, mar a deir sé, ar Óst an Tobair.'

'Pé ar bith faoi a bheith i do *mhanager* air, níor mhaith liom a dhul ar ais i mo chónaí ann arís,' a déarfadh sise.

'Agus an bealach atá le Frank?'

'Caithfidh tú jab eile a fháil luath nó mall. Níl an áit seo in ann muid a choinneáil ag imeacht, agus tá muid ag caitheamh airgid air seasta.'

'Bhfuil tusa ag rá liom … ?' Bheadh ruibh i mo ghlór.

'D'fhéadfaí an áit seo a dhíol leis.'

'Ní bhfaighinn ó mo chroí é a dhíol.'

'Tá Frank *all right* ina bhealach féin.'

'Ina bhealach féin, seans. Mar a dúirt tú.'

'Ní thaitníonn sé leat.'

'Frank, an ea?'

'Ní bheadh sé éasca an áit seo a dhíol,' a déarfadh sí.

'Caithfidh foighid a bheith againn. Tógann gnaithe ar bith am le theacht chun cinn.'

'Ceapaimse gur duine suimiúil é Frank.' Agus thiocfadh meangadh ar a héadan.

Leanfadh sí ar ais ar an gcóiriú, ag sá coise léi isteach i mbróg. Bhreathnóinn os íseal anonn uirthi. Céard ba bhrí leis an ráiteas sin? Ní thrustfainn dhá orlach Frank. Fear ban. Fear ban a bhí ariamh ann. Ní in aisce a bhí an ghalamaisíocht seo a bhí ag roinnt leis. Tharraingeodh sé sin aird na mban air. Cleachtadh aige cead a chinn a fháil. Ach ní thabharfadh Sibéal aird air. Intinn dá cuid féin aici. Ní dhallfadh péacóg mar Frank í lena chuid éirí in airde. Ní chuirfeadh airgead iontas uirthi. Níor cheart go gcuirfeadh. Mar sin féin, ba chríonna an beart Frank a choinneáil ó dhoras. Dá dtógfainn an jab uaidh, bheinn réidh. I mo ghiolla ag Frank agus ní tada eile agus, Dia idir sinn is an anachain, Frank ag cluicheáil le Sibéal. D'fhéadfadh sé tarlú. Gan gair agam breathnú cam orthu. Chonaic mé ag tarlú go minic é sa mBell, le daoine nach raibh pingin acu a dhéanfadh torann ar leic. Bhíodh an chosúlacht ann. Ba leor an chosúlacht. Dhá thrian de chuile shórt an chosúlacht.

Cheap Sibéal gur dhiabhal cruthanta mé an lá sin fadó ar chuir mé ag caoineadh í agus muid beirt inár ngasúir. Neartaigh a máthair an tuairim sin ina hintinn. Sin a cheap mé ar aon nós. Mar a cheapfadh aon ghasúr. Chaithfeadh sí mo chomhluadar a sheachaint. Agus sheachnódh, go fonnmhar. Bhí sórt éada uirthi liom an lá sin, mé feistithe amach i mo chulaith nua céad Chomaoineach, chuile bhlas chomh breá léi féin. Caithfidh go raibh. Ó chuimhním i gceart anois air. D'fháiltigh sí roimh an deis rith abhaile ag caoineadh agus inseacht orm.

Agus ansin an lá sin, blianta ina dhiaidh, a chasfaí di féin agus dá mháthair mé ar mo bhealach abhaile ón bpáirc agus mé faoi phuiteach. Frank Seoighe ba bhun liom dul sa bpoll portaigh agus muid ag imirt peile. Le gualainn uaidh. Go féaráilte. Mar a mheasfadh aon mholtóir. Ní raibh gair ar bith ag an moltóir breathnú cam air. B'eol do Frank é sin. Ba é a bhí deas ar a chártaí a imirt. Níl aon riail sa leabhar faoi pholl portaigh ar thaobh na páirce a sheachaint. Dá mb'ábhar gáire dá mháthair mé a bheith in anchaoi faoi phuiteach ó bhaithis go sáil, níorbh amhlaidh di féin, mheasfainn. Mé ag súil ar a laghad nach gcloisfeadh sí céard a tharla. Bheinn sé bliana déag ag an am. Agus ina dhiaidh sin ghabhfadh sí Tigh Mhaolrúin ar cuairt, chuig mo dheirfiúracha Nóra agus Béib. Ní bheinn thart. Dhéanfainn a gcomhluadar a sheachaint – beagán cúthail. Bheadh díomá orm is í ag dul abhaile. Ach bheadh arís ann.

Agus an Domhnach sin a gcasfaí dom i Sasana í. Cúpla seachtain thall déanta agam. Bheinn i m'fhear anois. Athraithe. Dath na gréine ar m'éadan ag an samhradh ag baile. Shonróinn na súile meabhracha céanna inti. Bheadh sí féin agus David ina gcónaí le chéile in árasán i St Albans. Chasfainn léi i dteach ósta an Dick Turpin i St Albans. B'fhearr léi féin bualadh liom i Londain. Theastaigh uaim St Albans a fheiceáil. Mé tar éis teacht anall. D'inis dom faoi David. Leathinseacht. Nár thráthúil go dtiocfadh an bheirt isteach ina saol beagnach le chéile? Ní raibh mé ag iarraidh cloisteáil faoi. Cén fáth a mbeinn? Chomh fada is a bhain sé liomsa, níorbh ann dó. An babhta seo ar aon nós. Ní aireoinn an lá sin ag imeacht. Bheodh sí rud éicint faoi leith istigh ionam. D'fhanfainn ina comhluadar go deo.

Shuífeadh muid ar bhínse sa bpáirc. An tráthnóna ag teacht. Gheobhadh sí réidh le David. Déarfadh sí leis an t-árasán a fhágáil. Nach dtaitneodh an ceangal sin léi. Aisti féin ab fhearr léi. Go mbeadh dearmad uirthi. Nó sin, mura mbeadh sé sásta, d'fhéadfadh sí féin imeacht. Ach ní fhéadfadh sí St Albans a fhágáil. B'ann a bheadh a cuid oibre. Nuair a d'fhógródh airíoch na páirce go mbeadh na geataí ar tí a ndúnta, bheadh an áit fúinn féin. Bhéarfainn ar a lámh. Greim faiteach. Ní bheadh aon mhothúchán i mo ghreim. Ní bheadh aon phaisean ann. Bheadh súil aici, ar a laghad, go bpógfainn í. Go dtarraingeoinn isteach faoi scáth na gcrann í. Go gcuirfinn mo lámha ina timpeall. Cúplaí i bhfostú ina chéile ar fud na háite. Gan mé i dtiúin leis an tírdhreach ar bhealach éicint lena dhéanamh. Nó sin, David idir mé is sprioc. Ní bheadh David i bhfad ag cuimhneamh air féin sna gnaithí sin. Go gceapfainn féin an ní céanna. Diabhal éicint ionam do mo chosc.

Bheadh olc aici liom. D'aireodh sí ligthe síos agam í. Ní bheadh sí ag iarraidh ach go léireoinn mothúchán éicint di. Tar éis an lá a chaitheamh i mo chuideachta. B'fhéidir nach dtuigfeadh sí mé. Gan mé sách fada abhus. Ní bheadh sí ag iarraidh mé a thuiscint feasta. Bobarún.

Ar an ardán agus muid ag fanacht leis an traein a bhéarfadh ar ais go Londain mé a luafadh sí David arís liom. D'inseodh sí an scéal ar fad dom. An gean a bhí aige uirthi. Bheinn ag iarraidh mo chuid iontais a cheilt. D'aithneodh sí an díomá i m'éadan. Bhainfí an chaint díom. B'in é a sprioc, dar léi. Mé a bheoú. Gus a chur ionam. Olc a chur orm. Mo mheon a ghéarú ina leith le go gcuirfinn David ó bhalla. Ní bheadh dabht uirthi ná go n-oibreodh sé. Agus seans go n-oibreodh.

'Ar chuala mé ag casadh thú?' a fhiafraím den Fhear Eile. Geiteann sé. 'Ag casadh amhráin? Mise?'

'Nóiméad ó shin,' a mhíním.

'Fan anois go gcuimhneoidh mé.'

'Níor éirigh liom na focla a fháil.' Cén fáth nach dtugann an Fear Eile freagra díreach orm? Ag spochadh asam atá sé. Agus ansin é ag ligean air féin nach bhfuil a fhios aige.

'Gabh mo leithscéal, ach cén cheist a chuir tú i dtosach orm?'

'An raibh tú ag rá amhráin leat féin faoi rud éicint nóiméad ó shin?' Tá teannas i mo ghlór.

'Cén fáth a gcuireann tú an cheist?'

Tá fonn aisteach orm. Coinneoidh mé guaim orm féin. Níl an t-am tráthúil. Ní ghabhfaidh mé níos faide leis an scéal.

'Freagróidh mé do cheist, cé nach bhfeicim cúis ar bith léi. An raibh mé ag rá amhráin, a deir tú. An freagra is fearr atá mé in ann a thabhairt ort: b'fhéidir go raibh. Ach ní móide. Ach ar deireadh thiar, níl a fhios agam. Más i mo chodladh a bhí mé.'

'*Jesus!*'

'Céard sin?'

Cloisim ag casadh é. 'Níl toradh ar bith ag fás ann, bláth na n-airní ná duilliúr na gcraobh … '

Táim ag fiuchadh nuair a thagann Sharon isteach an doras. Cloisim í ag geabaireacht leis. Tá a fhios agam go bhfuil seisean ag éisteacht le chuile fhocal dá bhfuil ag teacht uaithi. Ansin tiocfaidh ráiteas uaidh, ar nós Pápa, lán dá chiall agus dá réasún. Ní bheidh brabach ar bith le fáil ar a chuid cainte. Déanfaidh sé cinnte de sin. Tógfaidh sé a chuid ama. Chuile fhocal meáite. Gan a dhath fágtha ar sliobarna. Nár fheice Dia an t-ádh air.

Déanann Sharon a bealach go maolchluasach anall

chugam, ceapaim. Níl focal aisti. Aon lá eile ní bhíonn stopadh uirthi. Ní miste sin. Nuair a labhraíonn sí, cuireann a caint iontas orm. Bhfuil fearg ort liom?' ar sise. 'Níl.' Cén fáth a ndéarfadh sí rud mar sin? 'Ní bhreathnaíonn tú an-sásta leat féin.' 'Ní tusa atá ag cur as dom. Bhfuil ...?' 'An drochlá atá ann. Tá sé ag cur as do chuile dhuine. Ach, ar bhealach, tá an t-ádh orainn gur ag breathnú amach ar an mbáisteach atá muid.' Breathnaíonn sí amach an fhuinneog. 'Tá sé ag glanadh, buíochas le Dia.' Tosaíonn sí ag déanamh ar an doras. Is cinnte go bhfuil sí do mo sheachaint. Glaoim anall uirthi. In aghaidh a cos a thagann sí, dar liom.

'Ar labhair tú le duine éicint faoi siúd?'

'Céard seo atá tú ag caint faoi?'

'Coinnigh do ghlór íseal. É sin ar labhair mé leat faoi inné.'

'Ó! É sin. Seomra eile a fháil duit.'

'Ná cloiseadh sé thú. Ní hea.' Tá mífhoighid orm léi.

'Seomra eile a fháil dó seo thall.'

'É seo thall! Cé?'

'Cé a cheapann tú?' Cén chliobaireacht atá uirthi? Cén fáth a bhfuil sí ag cur i gcéill. Nár thuig sí mé ar dtús? 'Dúirt tú ag an am ... '

'Ní raibh an mátrún istigh inné. Ní fheicim thart inniu í ach oiread. Ná bíodh imní ort. Níl aon dearmad déanta agam ort. Chomh luath is a fheicfeas mé í.'

Ceapaim gur fada léi go bhfuil sí glanta as an seomra uaim. Mothaím níos fearr. Níl an t-olc a bhí agam don Fhear Eile tráite ar fad. Cinnteoidh mé go mbeidh an bhróg ar an gcos eile má bhíonn arís ann. Fanfaidh mé taobh na gaoithe de. Inseoidh mé dó faoi Shibéal. Coinneoidh mé liom é.

'Sí Sibéal an t-aon chailín ariamh a dtabharfainn grá ceart

di. Bheadh an t-ádh orm. Ní chuile fhear a mbeadh bean dá rogha aige.'

'An dtabharfadh sise grá duit?' arsa an Fear Eile.

Measaim éad ar an bhFear Eile liom, sin nó fearg, ón gcaoi ar chuir sé an cheist. Fágfaidh mé mar sin é. B'in an déanamh air. Mar sin é a bhí sé ag iarraidh. In am agam cur ar mo shon féin.

'An tusa an t-aon fhear a bheadh ina saol?'

'Fiafraigh leat anois.'

'Níor fhreagair tú mo cheist.'

'Nach cuma faoi do cheist. Ní dhéanfadh sé aon difear cé mhéad fear a bheadh aici romhamsa, an fhad … '

'Ní bheadh ionatsa, cuimhnigh, ach fear eile a thiocfadh ina bealach ag am faoi leith. Ina dhiaidh sin a thiocfadh an chinniúint i gceist. Seans gur fear eile … '

'Ní dhéanann sé difear ar bith, na rudaí sin atá tú ag lua.' Tá mífhoighid ag teacht orm anois.

'Mar sin is fearr.'

'Ní call d'aon duine é a rá liom.'

'D'fhéadfadh fear eile fós teacht isteach ina saol, nó bean eile i do shaolsa. Sin mar atá na cúrsaí sin.'

'Ní thiocfadh.'

'Níor dhúirt mé go dtiocfadh. D'fhéadfadh go dtiocfadh, a dúirt mé. Sin dá mbeadh leithéid Shibéal ariamh ann.'

'Tuigim go maith thú.'

'An fhad is go dtuigeann.'

'Cén fáth a bhfuil tú go síoraí ar an tseafóid chainte sin?' a deirim leis go teann. 'Gan ciall ná réasún léi. Ní féidir le duine comhrá a bheith aige leat. Ag faire brabach éicint a fháil air. An chaint is fánaí. Do mo stopadh, do mo phriocadh nó ag iarraidh duine a bhascadh.'

'Tú féin atá do do phriocadh is do do bhascadh féin.'

'Mise do mo bhascadh féin … '

'Tá go leor a deirtear nach bhfuil ciall leis. Tá níos mó cainte fós nach bhfuil réasún léi. Tá daoine tugtha do chaint mar sin. Caithfidh muid glacadh leis an saol mar atá. Mar sin, feiceadh muid é mar atá sé.'

'Ní thuigim céard atá i gceist agat. Níl mé ag iarraidh é a thuiscint ach oiread. Feicfidh mé an saol pé bealach is mian liom. Murar miste leat mé á rá.'

'Ní fheileann an fhírinne do chuile dhuine.'

'Bhfuil tú ag rá nach bhfuil mise fírinneach?'

'Níor dhúirt mise aon ní fút. Cén fáth nach n-éisteann tú lena bhfuil le rá ag duine. Dúirt mé … '

'As ucht Dé ort agus ná habair arís é. Chuala mé an chéad uair thú. Tá mé ag fiafraí an é go bhfuil tú ag cur bréaga i mo leith?'

'Tá daoine ann, a deirim … '

'Cé hiad. Cuir ainm orthu … mise, tusa? Dá gcoinneofá do bhéal dúnta faoi chéard a cheapann tú leath an ama … Ag cur isteach ar shuaimhneas chuile dhuine.' Ní chuireann mo racht aon chlaochmú air.

'Suaimhneas intinne atá i gceist agat. Anseo?'

'Stop, is go gcuire Dia an t-ádh ort.' Cuirfidh mé an Fear Eile as m'intinn.

Leanann air ag cantaireacht … 'Tá bunús an tí ina luí is tá mise liom féin … is an saol ina chodladh ach mé … '

Tá an lá glanta agus an ghrian ag taitneamh isteach sa seomra. Feicim scáileanna dhuilleoga an chrainn. Craobh de chrann taobh amuigh den fhuinneog, ag léimneach ar an mballa. Gaoth aniar, sea, aniar atá sí ag teacht ceart go leor, leis an gcaoi a bhfuil na scáileanna ag truslógacht soir agus anoir, ag moilliú thoir. Ag déanamh amach go bhfuil fórsa a cúig nó a sé léi. Bheadh cúr bán ar na tonnta le fórsa a sé, bheadh, agus le fórsa a cúig is a ceathair. Ní bheadh aon stró ar an húicéir le fórsa a sé. Cúrsaí a bheith sa seol mór, gan aon seol tosaigh. Dá mbeadh sí á plúchadh féin, ag bá an bhoghspriot sna maidhmeanna, cuid den bhallasta a theannadh siar as an bpoll tosaigh.

Agus téann scáileanna i gcosúlacht le daoine san oíche. Ag teacht abhaile ón siopa dom sa dorchadas agus mé i mo ghasúr, d'fheicinn na scáileanna éagruthacha ar sconsa na coille. Chuiridís mo chroí ar líonrith, cé gurbh eol dom nach raibh iontu ach scáileanna. D'fhanainn uathu chomh fada is a d'fhéadainn ar an taobh eile den bhóthar. Chomh cinnte le bó i gConnachta, d'fheicinn mar a bheadh fear fada tanaí ina sheasamh ansin le balla, gan cor as sa gciúnas agus cúinní dorcha ina thimpeall. Gan deoraí thart le misneach a thabhairt dom. Thuiginn nach bhféadfadh a bheith ann ach scáil, ach níor lú an faitíos a bhí orm dá bharr sin. Faitíos roimh an saol eile. Faitíos gurbh fhear a bhí básaithe a bhí tagtha ar ais. Agus, ar deireadh, faitíos a admháil le haon duine go mbíodh faitíos orm san oíche. Ar chúis éicint ní bean a shamhlaínn leis an scáil ariamh. An t-aon rogha a bhíodh agam ná rith. Ní hionann chor ar bith na scáileanna a fheiceann duine sa lá. Iad go síoraí ag corraí. Iad beo. Iad ag leanacht a chéile thar na cnoic, de réir mar a ghluaiseann na clabhtaí sa spéir faoi Bhealtaine nó na scáileanna preabacha ó dhuilleoga an chrainn fhuinseoige ar an mballa.

Níor airigh mé faitíos mar sin ariamh i Londain. Ba mhó an faitíos a bheadh agam roimh an duine beo ná roimh a thaise. Ní fhaca mé scáil ariamh ag barr an staighre sa ngeard. Ná níor tugadh aon taispeánadh dom ach oiread. San áit ar baineadh an leagan asam.

D'fheicfinn Seán Dubh ag póirseáil timpeall an tí. Do mo chuardach. Deoch a bheadh uaidh. Gan an beár oscailte go tráthnóna.

'An bealach seo,' a d'fhógróinn ón doras.

'In ainm an diabhail,' a déarfadh Seán. 'Cá bhfuil chuile dhuine bailithe?'

'Níl fios an bhealaigh thart anseo fós agat.' Isteach liom roimhe sa mbeár. 'Pionta, is dócha?'

'Ó, a chladhaire, ní hea. Mharódh pionta an tráth seo de lá mé. Tiocfaidh mé le leathcheann.'

'Buail fút ansin.' Tharraingeoinn cathaoir ón mbord chuige.

'Níl mé in ann chuig piontaí anois. Na duáin. Gan an t-uisce ag teacht ceart. Na duáin dambáilte ag geir. Tiocfaidh mé le leathcheann. Níl aon chailleadh orm thairis sin. Chuala tú go bhfuil Colm tagtha abhaile?'

'Le fanacht?'

'Níl sé le dhul ar ais go Boston.'

'Ní aithneoinn é.'

'Tá sé pósta. Duine clainne ... Níl a fhios agam.'

'Go n-éirí sin leo.'

'B'fhéidir gur thall ba chóir dóibh fanacht.'

'Céard?'

'As Boston í féin.'

'Is minic gurb iad is túisce a shocraíonn síos in áit mar seo. Daoine as bailte móra.'

'Céard atá tú ag rá? Níl muintir na háite féin ag fanacht ann. Níl, muis.'

'Is mór is fiú daoibh beirt an chuideachta.'

'Cuideachta!'

'Leathcheann, a deir tú.'

'Ní hé an teach céanna a bheas ann. Domsa, ar aon nós.'

'Céard atá tú ag rá?'

'Is fíor dom é. Dá mb'as an tír seo féin di, ach *Yank*. Ní bheadh nádúr aici leis an áit ná leis na daoine. Nach mbeifeá féin mar í sa gcás céanna?'

'Ní féidir leat é sin a rá.'

'Tá mé á rá.'

'Tógfaidh sé seachtain nó dhó.' Suím os a chomhair amach.

'Is furasta a bheith ag caint. Nuair atá duine ag dul in aois, tá sé níos deacra. Níos deacra air a bhealaí a athrú. A bhealaí a athrú do dhaoine eile. Nach bhfuil a fhios agam go maith céard faoi atá mé ag caint. B'fhéidir gurb í an duine is fearr ar domhan í. Ní dhéanann sé difear. Caithfidh nádúr a bheith agat le háit mar seo.'

'Bhí mé ag caint le Frank Seoighe arú inné.'

'Bhí, muis.'

'Ní chreidfeá?'

'Ní ag ól a tháinig sé.'

'Ní hea. Teach ósta eile atá uaidh'

'Is cuma dó sa diabhal é. Tá a shaibhreas déanta aige. Mac Antaine Seoighe. Níor sheas mé istigh in Óst an Tobair le blianta.'

'Tá Antaine ag seasamh an fhóid i gcónaí.'

'Ní thabharfainn an oiread de shásamh dó. Go bhfágfainn mo chuid airgid aige. Ag mac Antaine Seoighe. Níor mhórán d'fhear é Antaine an lá ab fhearr é, ach fágfaidh muid mar sin é. Tá sé ag coinneáil go maith, an ea, a deir tú? Níl sé ag coinneáil go maith. Tá Antaine Seoighe buailte suas le blianta. Frank a dúirt é sin leat, cuirfidh mé geall. Ná tabhair aird ar bith air. Nár fheice Dia bail air. An mheabhair atá ag imeacht uaidh. Ní hé an chéad duine é a chaill a mheabhair.'

'Go dtarrthaí Dia sinn.'

'Is fíor dom é. Frank ag déanamh amach seo agus siúd.

Sin é an chaoi ar imigh athair Antaine roimhe. Bíonn na rudaí sin sa bhfuil. Ní ag guí aon donacht dó a bheinn. Tá a fhios agat féin é sin. Níl mé ag rá nár thug sé údar go minic dom. Ní bhainfeadh aingeal ceart d'Antaine Seoighe, bíodh a fhios agat. Bhí sé chomh contráilte leis an diabhal. Ní raibh sé ag dul ag ligean le haon duine. Cén bhrí, dá mbeadh réasún leis. Sin rud nach raibh leis. Bheadh an braon céanna sa mac. In ann é a cheilt níos fearr ná a athair. Ach tá mise ag rá leat go bhfuil sé ann. Ní fhéadfadh gan contráil a athar a bheith ann. Ag ceannacht, a deir tú, a bhí sé?'

'An áit seo. An teach ósta is a bhfuil ann.'

'An fíor duit é?

'An é nach gcreideann tú mé?'

'Fainic ar a bhfaca tú ariamh.'

'Dá mbeadh an t-airgead ceart,' a deirim, idir shúgradh is dáiríre.

'Ní bheadh sé de chathú ort?'

'Cathú?'

'Ní thabharfainn de shásamh dó é. Ní theastódh ó Bhid Lúcáis gurbh é mac Antaine Seoighe a bheadh anseo ina diaidh, is cuma cén t-airgead a bheadh i gceist. Tá a fhios agamsa é. Dúirt sí liom é. Bhí sé chuici féin faoi. Is cuma cén t-airgead a thairgfeadh sé di, ní raibh sé lena fháil. Bhí an ceart ar fad aici. Ní bheadh sé ceart. An dá theach ósta san áit a bheith aige. Ní fhéadfá tada a rá mura dtaitneodh sé leis na Seoighigh. Is fíor dom é. Dá gcuirfeá aon straidhn air, bheifeá bearáilte. Bheadh a fhios aige nach raibh aon áit eile thart a bhféadfá a dhul. Ba bhocht an scéal é dá mbeadh sé de chumhacht ag mac Antaine Seoighe gobán a chur i mbéal an phobail. Sin go díreach a bheadh ann.'

Níl aon duine feicthe ag Sharon faoi sin ó shin. Má tá, níor luaigh sí liom é. Tá an Fear Eile ag breathnú anall orm, ceapaim. Déarfaidh mé rud éicint.

'Rud amháin faoi Shibéal ... '

'Sibéal?' ar seisean ag dul romham.

'Deacair agam a bheith chuile áit ... '

'Níor fhreagair tú mo cheist.'

'Sibéal. Sí Sibéal mo bhean chéile. Cheap mé go raibh a fhios agat é sin?'

'Cén chaoi a mbeadh a fhios agam?'

'Mar gur inis mé duit.'

'Níl tusa pósta.'

'Níl muid ach ag caint. Má ligeann tusa domsa nóiméad, tuigfidh tú céard atá mé ag rá.'

'Cén chaoi?' arsa an Fear Eile.

'Sibéal agus mé féin.'

Rinne an Fear Eile racht gáire.

'Tuige an gáire?'

'Tuige, a deir tusa?'

'Fúmsa atá tú ag gáire.'

Fáiscim m'fhiacla ar a chéile. Criogfaidh mé an brogús. Ó tharla gan iad sásta é a chur as mo bhealach amach as an seomra, bheadh orm féin gníomhú. É a phlúchadh an bealach is handáilte giorrú leis, ach an baol i gcónaí go n-aimseodh na dochtúirí céard ba thrúig bháis dó. Thitfeadh amhras ormsa, ba bhaol. D'fháiscfí an dlí orm. Gheofaí ciontach mé. Nó sin, nuair a gheobhainn ar imeall na leapa é uair éicint, sonc a thabhairt dó a dhéanfadh ceirtlín faoin urlár de. Is ar éigean a mharódh titim ón leaba é. Fear láidir. Ní bhainfeadh titim mar sin feanc as. Má tá sé trom féin, tá an teacht aniar ann. Sin mura dtitfeadh sé ar a chloigeann agus a mhuineál a bhriseadh. Ní haon ribín réidh cor a chur ina mhuineál tairbh siúd. An bealach is fearr duine a fháil a dhéanfadh an cleas. Duine a mbeadh muinín agam as. Nach mbeadh béalscaoilte.

Ceapaim gur olc an mhaise dom a bheith ag cuimhneamh mar sin. Nach bhfuil sé ceart ná cóir. Go maithe Dia dom é. Nach bhféadfadh lá den ádh a bheith orm. Dhéanfadh Micil Ó Tnúthail an beart. Tá liom. Bheadh an bheirt againn faoi chomaoin ag a chéile ansin. Chomh luath in Éirinn agus a fheicfidh mé Micil. Bás deas réidh, bás nach mbeadh fulaingt mórán leis. É a bhá. Is é an bás is réidhe é, a deirtear. Ach ní fhéadfaí é siúd a bhá go héasca, leis an toirt agus an meáchan atá ann. Ní fhéadfaí é a fhuadach amach as an áit i ngan fhios.

Ach, ar ndóigh, dá dtabharfadh Sharon aird orm, ní bheadh orm dul i gcomhcheilg le haon duine. Gan uirthi ach é a chur áit éicint as m'amharc, áit a mbeadh sé as m'éisteacht. Bheadh an báire liom ansin. Mo shaol ar mo thoil agam, gan aon chloch ancaire orm. Nuair a thiocfaidh sí isteach arís, beidh píosa den teanga le tabhairt agam di.

'Ar chuir tú an cheist sin ar aon duine?' a déarfaidh mé.

'Cén cheist?' Ligfidh sí uirthi féin nár thuig sí mo chás.

'An burla seo le mo thaobh a thabhairt as mo bhealach.'

'An cheist sin! Is fíor duit. Labhair mé leis an mátrún faoi. Bheadh uirthi sin an dochtúir a fheiceáil i dtosach ... '

'Ní chreidim tú.'

'Níl tusa ag aireachtáil go maith inniu. Aithním ar t'éadan é. Tá tú cinnte nach bhfuil teocht agat? Gheobhaidh mé cúpla táibléad duit a chuirfeas ar do shuaimhneas tú.'

'Ag cur i gcéill atá tú. Tá a fhios agat nach bhfuil maith dá laghad sna táibléid sin dom. Agus fós coinníonn tú á gcaitheamh chugam.'

'Cuirfidh mé fios ar an dochtúir duit.'

'Ag cur na gcaorach thar abhainn atá sibh ar fad anseo.

Cuir fios ar an dochtúir anois díreach agus cuirfidh mé féin an cheist air. Anois díreach a theastaíonn sé uaim. An gcloiseann tú mé? Cuirfidh sé sin fuadar fúithi.

Tá na scáileanna an-socair ar an mballa. Anois is arís corraíonn ceann, nó b'fhéidir gurb í an ghrian atá preabach. Ní thuigim. Scáil amháin cosúil le coill. An choill soir ó bhóthar na céibhe. Gheobhaim boladh na féithleoige atá ag lúbadh trí na sceacha draighin. Agus an boladh spíosrach sin a thugann an sprús uaidh agus é ag cur amach i dtús na Bealtaine, ag sceitheadh amach ar fud an bhóthair le teas na gréine. Soir ansin faoi scáth na gcrann seiceamair a shiúil mé féin agus Sinéad de Barra. B'in blianta ó shin. Cá ndeachaigh an t-am? Lár an tsamhraidh a bhí ann, deireanach go maith ach an clapsholas ag fánaíocht i mallmhuir na hoíche. Mise ar mo bhionda. Fonn orm seo siúd a rá le Sinéad. É ag cinnt orm. Thuig mé sin. Tháinig an deis aniar aduaidh orm. B'fhearr liom go mór ansin dá mb'uair éicint eile a bhuailfeadh sí liom. Trí sheans a casadh orm í. Nó sin a cheap mise. Caithfidh mé an oíche sin a ghlanadh as m'intinn. É a ghlanadh amach as. Le nach mbeidh sé ar ais ag bradaíl.

Níor chuidigh an forbhás sin mo chás le Sinéad ina dhiaidh sin. Cén t-iontas gur chaith Sinéad i gcártaí mé chomh luath is a chas an chéad fhear ceart uirthi i mBaile Átha Cliath.

Ní fhéadfadh milleán a bheith agam uirthi. Thriail mé an comhar a chúiteamh léi ar a céad chuairt abhaile. Neart ama agam le cuimhneamh orm féin. Bhí seilbh aici ar mo chroí is ar m'intinn ón oíche sin. Pleananna leagtha amach agam.

Thapóinn mo dheis an babhta seo. Dhéanfainn na rudaí ar fad a chlis orm a dhéanamh an uair dheireanach. Agus bheadh an deis agam, neart deiseanna, saoire na Nollag ar fad. I bhfeabhas a bhí an scéal ag dul le gach lá ag teannadh don Nollaig.

Fuair mo mháthair caidéis dom cúpla uair. Céard a bhí ag goilliúint orm, a d'fhiafraigh sí. Gan aird ar mo ghnaithe agam, mé machnamhach, agus údar agam. Í ag teacht idir mé agus codladh na hoíche. Dhéanfadh muid socrú scríobh chuig a chéile nuair a ghabhfadh sí ar ais tar éis na Nollag. Ba mhór an sólás dom a bheith ag súil lena litir gach seachtain. Ní raibh leithéid eile Shinéad ann. Thuig mé anois céard é an grá. Ba mhéanar dom. Romham amach a bhí sé. Thuig mé céard ba mhisneach ann. Ba mhór ab fhiú go raibh Sinéad chomh mór le mo dheirfiúracha Nóra agus Béib. Bheadh sí ag an teach a luaithe is a bhuailfeadh sí baile. Ní bheinnse i mo phúca á seachaint mar a bhíodh san am a caitheadh. Bhí an t-am sin caite. Ní raibh aon chaitheamh ina dhiaidh orm faoi. An t-aon fhaitíos a bhí orm go sílfeadh Sinéad gur bobarún a bhí ionam ón oíche sin cois na coille. Ní raibh mé ag iarraidh cuimhneamh air. Ní raibh leithscéal ar bith ann dom. Shílfeá gurbh í an chinniúint a chas le chéile muid ag an bpointe sin. Dá mba chailín goilliúnach í Sinéad, ní labhródh sí arís liom. Ach bhí aithne ní b'fhearr ná sin aici orm ó bheith ar scoil liom agus ón am ar fad a cháith sí sa teach. Ní bheadh grá mar sin agam arís d'aon duine beo. An céadghrá sin a bhí agam ina néal bán ag foluain i spéir ghorm.

Céasadh mé an Nollaig sin. An Nollaig ba mheasa a bhí ariamh agam. Áthas ar chuile dhuine, mheas mé, ach orm féin. An gáire ón gcisteanach do mo bhuaireamh. Bhí m'intinn gafa. Ní fhaca mé na soilse ar na coinnle dearga Nollag. Níor chuidigh lúcháir na gcarúl Nollag liom ná gealgháire na ndaoine ná an cuileann glas ná na cártaí Nollag ina línte ar an bhfuinneog. Ná an draíocht faoi leith sin a bhaineann le hOíche Nollag agus leis an siúl chuig an Aifreann i mbreacsholas na maidne dár gcionn. Ní fhéadfainn ábhar mo chiaptha a admháil d'aon duine beo. Nár thráthúil gur faoi Nollaig seachas tráth ar bith eile bliana a tháinig an mí-ádh mo bhealach. Gan súil ar bith leis, ach a mhalairt. Mé ag fanacht leis an Nollaig seo go háirithe.

'Tá an saol tobann,' a deireadh an ceann eile. Ní raibh ann dom go dtí sin ach leagan cainte ar bheagán brí. Tháinig ciall sa nath. Ciall nár shamhlaigh mé ariamh leis. Ar bhealach, ní raibh sé féaráilte. Chuimhnigh mé freisin gur mhór de mo chloigeann a bhí fós folamh. Ba cheart go dtuigfinn gur shaol eile a bhí sa gcathair agus go n-athródh sé daoine. Ansin fuair mé mo sheans.

D'fhéadfainn mé féin a mharú. Sinéad a iarraidh soir cois na coille i ndúluachair na bliana mar ar shiúil muid an oíche aerach shamhraidh úd. In aghaidh a cos a chuaigh sí anois ann. D'fhiafraigh sí díom an raibh breall orm ag dul soir in áit mar sin. Cheap mise go mbeadh rudaí mar a bhí. Ní bhíonn mórán soilís ag roinnt le lá geimhridh. Ní raibh aon bhláthanna ná boladh cumhra ach muid go rúitíní i láib agus bualtraí taobh thoir den gheata. Spéir scéiniúil ag breathnú anuas orainn. An beagán di a bhí le feiceáil trí ghéaga loma an tseiceamair os ár gcionn. Iontas orm go raibh an fásra a bhí chomh huaibhreach an uair dheiridh ann dom chomh feoite. Ise ag fáisceadh a cóta ina timpeall le fuacht. Mé ag ceapadh go raibh sí searbhasach liom cúpla babhta. Í ag fiafraí díom céard a thabharfadh síos ar an gcéibh muid, céard a thabharfadh soir le coill muid. Mise ag meas gur chóir freagraí na gceisteanna sin a bheith aici féin. Nó an amhlaidh go raibh dearmad déanta aici ón samhradh? Ní dhearna mise dearmad. Bhí an pictiúr go glé i m'intinn. Mé in amhras anois go raibh an pictiúr ceart agam. Bhí mé ar nós duine a bhí ag dúiseacht as a chodladh agus solas an lae ag gortú a shúl. Ní raibh aon mhaotháin ar shúile Shinéad. Bhí sí athraithe ar bhealaí eile, cheap mé, nuair a bhreathnaigh mé i gceart uirthi: í ina bean óg, cóiriú nua ar a cuid gruaige, éadaí faiseanta agus rian de chanúint ar a cuid cainte. Í ag obair. In oifig éicint. Mise fós ar scoil. Ní bhacfadh sí liom feasta. Cairde nua aici. Cén fáth a mbacfadh? An chulaith chéanna, na bróga céanna, an bearradh gruaige céanna – bearradh an chapaill nár athraigh ariamh. Ar dhócha é a bheith ní ba sclamhaí sceadaí de bharr an drochsholais i gcearta bhróg Phete, an gréasaí, a bhearr é.

Níor airigh mé chomh cráite ariamh i mo shaol. Ní raibh an ghaoth cóiriúil dom ar aon bhealach. Mé cinnte nach bhféadfadh ach í a bheith amhlaidh feasta tar éis a raibh fulaingthe agam. Orm féin an locht. Ní minic a fhaigheann duine an dara seans. Bheadh orm tosú as an nua agus gan a fhonn sin orm. Ag leathnú a bhí an caoláire idir mé féin agus Sinéad. Chaithfinn an méid sin a thuiscint nó bheinn i mo bhaileabhair ar fad. Mé cosúil leis an seanfhear a bhíodh ag leanacht ban, agus iadsan ag rith uaidh. Slán an tsamhail. Ceap magaidh. Ní raibh aon mhaith a bheith ag brú ar an doicheall. Chaithfinn Sinéad agus gach rian di a ghlanadh as mo cheann ach oiread is nárbh ann di ariamh.

Gasúr an-óg a bhí ionam nuair a chonaic mé gráinneog den chéad uair. Chuir sí scéin ionam. Na spící dubha. M'athair do m'airdeallú gan lámh a chur uirthi. Í ina liathróid dheilgneach gan cheann gan drioball, ina chaipín – ina chaipín a thug sé aníos as an ngarraí í le go bhfeicfinn í. Mé ag gáire le faitíos. Dar liom nach raibh cumhacht ar bith agam uirthi. Difriúil ar fad le cat is le madra agus le haon ainmhí beo ar m'eolas. D'inis m'athair dom fúithi ach ní fhéadfainn a shamhlú cén chaoi a bhféadfadh cosa agus cloigeann a bheith uirthi.

Mise a chaithfeadh cead a cos a thabhairt arís di. Sa gcoill bheag ag ceann an bhóithrín a scaoilfí di. Scata fear óg ag an gcrosbhóthar. Thaispeáin mé an ghráinneog dóibh. Gan mórán suime acu inti, mheas mé. Níorbh iontas ar bith dóibh í. Neart gráinneog feicthe acu. Rug duine acu ar an gcaipín leis an ngráinneog as mo lámha. Ní chreidfinn mo shúile céard a tharla ina dhiaidh. Baineadh an mothú asam nuair a chaith sé an ghráinneog agus shíl duine dá chomhghleacaithe a bhualadh léi. Thit an ghráinneog go trom ar an mbóthar. Thuig mé go raibh sí gortaithe. D'airigh mé féin an phian. Ní raibh cumas ar bith agam ar na fir mhóra seo. Mé ag iarraidh an ghráinneog a fháil ar ais ach ní raibh mé in ann tada a dhéanamh faoi. Chaith an fear eile ar ais í. Torann bodhar aici in aghaidh na talún. Trua agam di. An stopfaidís choíche? Í leathmharaithe acu. Iad anois ag rith anonn is anall. Ifreann a bhí ann dom. Mé ag caoineadh de mo bhuíochas. Mé ar mo dhícheall ag iarraidh na deora a cheilt. Dá gcloisfí go raibh mé ag caoineadh na gráinneoige, bheadh náire orm. Bheifí ag magadh fúm. Ní raibh sí uafar a thuilleadh. Ina luí ansin ar an mbóthar ag fulaingt. Ní thaispeánfadh gráinneog pian a bheith uirthi dá leathmharófaí féin í. Gan caint aici lena rá. Mar bharr ar an donas, tháinig fear eile fúithi lena bhróg thairní gur chuir thar chlaí í. Bhí siad ag gáire. An-bhrón orm ag dul abhaile. Mhothaigh mé ciontach. Cén chaoi a mbeadh daoine mar sin ann? Nár thuig gráinneog? Ní aistil a bhí ormsa ach oiread le haon duine acu go mbeadh trua agam do ghráinneog. Ní raibh comhbhá agam leis an ngráinneog nó go bhfaca mé an íde a bhí á fáil aici. Gan comhbhá dá shórt agam leis an bhFear Eile. Gan é sin ceart ná réasúnach ar bhealach éicint. An Fear Eile mar mo leathcheann eile ar a lán bealaí. Ní heol dom aon pheiríocha a bheith á bhfulaingt aige. Murach gur dúairc liom gach uile rud faoi.

Báid eile ag nochtadh chugainn ón gceard ó thuaidh. Ar an mbealach ar ais. Báid seoil ar fad. D'aithneoinn ar fad iad. Chuile cheann díobh. As a gcuid seolta. Mar a d'aithneofá crann as a chuid duilleóg. Muid ag trasnú ina mbealach. Níor bhaol go dteagmhódh muid le chéile. Mo húicéir féin. Mise ar an stiúir. Oileán romhainn. Ní hea. Carraig. Carraig an Iolair. Muca farraige ag éirí uirthi. D'fhanfainn go maith os a cionn. D'fhéadfadh scoth cladaigh a bheith ag síneadh uaithi. Cor sa mboghspriot ag an jib. Níor bhaol dó. Bheadh sé ceaptha lúbadh. Í leagtha. Ag díriú. Róghar anois don ghaoth. Ligfinn amach ón ngaoth í beagán. Na báid eile ag dul as amharc. Ag tréigean isteach sna cnoic cois cósta. Muid asainn féin. Gan mapa ná compás. Ag tnúth go n-éireodh meall talún romhainn aníos as lár na farraige. Ná bacáin ag gíoscán. Thaitneodh an torann liom. Micil Ó Tnúthail, mo leathbhádóir, ag ardú an tseoil beagán. É ag tarraingt an láinnéir thróit. Ní ghabhfadh sé thairis sin. Beagán eile píce. An jib a fháisceadh beagán eile. Í ag seoladh uaithi féin. Mo dhroim leis an halmadóir. Saoirse na farraige móire anois fúm. Ardú croí orm. Spleodar i mo shúile. Mo shúile ag leanacht síoraíocht na farraige go híor na spéire agus thairis sin go Beag-Árainn. Sheasfadh an aimsir. Níor bhaol d'aon bhriseadh ar an ngaoth seo. D'fhrógróinn ar Mhicil a bheith réidh le teacht timpeall.

Chasfainn an bád isteach sa ngaoth. Í tagtha timpeall go gleoite. Micil ag fáisceadh scód an jib ar an taobh eile. Ní bheadh mórán tornála eile le déanamh. Thiocfainn píosa maith ar an leathbhord seo. Sheolfainn is sheolfainn, ag seoladh is ag seoladh nó go mbainfinn Beag-Árainn amach.

Níor labhair an Fear Eile ar an mBádóir Con Raoi ó shin. An sceilp sin caite as a chloigeann aige. Ní hé go raibh aon ní beo contráilte leis an mBádóir Con Raoi. An bealach ar chas sé liom é. Nó sin, an chaoi ar dhúirt sé é. Ag breathnú ar an tsíleáil atá sé. Ní fhaca mé ariamh é ag baint meabhrach as na scáileanna. B'fhurasta a aithint nár bhádóir é. Ní bheadh éadan mín sleamhain mar sin ar bhádóir, agus bheadh tapa ní ba mhó ann. Agus na lámha boga bána. Níor tharraing siad sin aon láinnéir ná téad ancaire ná tácla. Agus na súile móra. Níor chleachtach dóibh glioscarnach na farraige.

Ba mhór an trua sin. D'fhéadfadh muid beirt an t-am a chaitheamh ag seoltóireacht. Ní bheadh aon mhaith an t-ábhar a tharraingt anuas. Gan comharsanacht ag teastáil uaidh. Ach téann duine i gcleachtadh na haistíle. Chuaigh mé i gcleachtadh na gráinneoige. Chaoin mé an ghráinneog.

Scanradh a chuir an duine áirithe seo orm nuair a casadh dom é an chéad uair. Ag teacht ón scoil a bhí mé. Cheap mé nach raibh deoraí san áit nach raibh ar m'aithne. Caithfidh nach gcorraíodh sé amach. É bacach. Ag tarraingt na coise ina dhiaidh. Mar a bheadh cos amháin i bhfad ní ba ghiorra ná an ceann eile. Píosa bainte di de bharr galair, ba dhócha. Gan é ar fad ar leathchois, cheapfá. Idir eatarthu. É fíor-ard ach é cromtha ar a mhaide siúil a bhí róghearr dó. A éadan tanaí, bán le croiméal dubh. Cé go raibh sé amach i mblianta, gan liathchan sna duala dubha gruaige a bhí ag sileadh óna chaipín timpeall ar a éadan mílítheach. Neamhghnách do gach duine eile. Súile móra troma dubha ag lóchrann óna bhlaosc. Siad na súile ba chionsiocair le faitíos a bheith orm. I ngan fhios ab éigean dom breathnú air ar fhaitíos leagan súl uaidh. Cosúil leis an uafás a bhí orm breathnú den chéad uair ar Mhac Dé tairneáilte nocht ar an gcrois. Ach oiread leis an ngráinneog, ní fhéadfainn a admháil le duine ar bith gur chuir sé isteach orm. Ní mailís ná aon cheo mar sin a bhí sna súile. Níorbh fhios dom céard a bhí iontu. Ba gheall le duine é as domhan eile, ina chulaith bréidín. Neamhshaolta. An chaoi ar nocht sé romham ar an mbóthar, gan foláireamh. Mar thaise. Bán, caite mar thaise. Ní bheinn thar ocht mbliana ag an am.

Bhí comhbhá éicint agam leis. Comhbhá nár thoil liom a thabhairt ní b'fhaide. Samhnas de chineál éicint. Ón bhfulaingt sna súile agus san éadan a tháinig an dáimh. Pian sa gcos bhacach, a shílfinn. Sa gcuid nárbh ann di, mar a deirtear. Ach ní thuigfinn. Trua i mo chroí dó, gan fios cén fáth. Fear beag leis. Súil níor leag mé ariamh ar an bhfear beag ach oiread. É neamhchosúil le daoine eile freisin, ach dá mbeadh sé ina aonar, ní chuirfinn an suntas céanna ann. Spéir dhorcha i ndeireadh an fhómhair ag deifriú thitim na hoíche agus gaoth ropánta ag fógairt báistí. Géarchéim cheart a tharraing amach iad. Mar a bheidís sa saol le mo thaobh an t-am ar fad i ngan fhios dom. Saol dóibh féin nárbh eol ach dóibh féin. Saol folaithe nárbh eol don saol mór. Saol nár chuid d'aon chomhluadar. Saol ina raibh siad ceansaithe. Súil níor leag mé arís orthu. Mar a d'imeoidís as an saol. Aon uair ar chuimhnigh mé ina dhiaidh sin orthu, d'airigh mé ciontach. Ciontach faoin bhfaitíos a chuir an fear fada orm. Duine den chine daonna. Comharsa. Ciontach gurbh fhada liom gur ghlan siad uaim tharam ar an mbóthar. Eachtra anuas ón spéir, cheapfá, nach raibh bainteach leis an saol.

Bheadh cúpla custaiméir isteach sa mbeár tráthnóna Dé hAoine. D'aithneoinn chuile dhuine díobh. Iontas a bheadh ann strainséir teacht an bealach. Cheapfainn go n-aithneoinn an leagan a bhí faoin mbean chugam ón doras. Bheadh meangadh ar a héadan.

Tá aithne aici orm. Cé hí féin go beo? a d'fhiafróinn díom féin. Nuair a shínfeadh sí a leiceann chugam lena phógadh. B'ansin a thiocfadh léargas dom. D'aithneoinn an dearcadh ina súile. D'fhéadfainn mé féin a bhualadh.

'Ní aithneoinn thú murach ... '

'Níor athraigh tú mórán,' a déarfadh Sinéad go leithscéalach.

'Ach ní fhaca mé thú ó d'fhág tú baile. I mBleá Cliath i gcónaí?'

'I mBleá Cliath i gcónaí. Ní bhím anuas ach corruair fánach. Níl aon bhaile agam anois níos mó, faraor. Ó díoladh an teach nuair a cailleadh m'athair. Le Caitlín atá mo mháthair, i mBoston.'

'Cén chaoi a bhfuil tú ar aon nós?' Bheadh corrthuairisc anonn is anall fúithi cloiste agam. Thairis sin, mar chailín óg ab eol dom í.

'Níor mhair an pósadh. Tá sé sin cloiste agat.'

'Níl aon neart ar an rudaí sin.' É a rá amach mar ba dhual di, a cheapfainn. Gan fiacail a chur ann. Thabharfainn faoi deara go raibh an spleodar is an aeraíl a chuaigh léi ar iarraidh. É luath aici. A héadan tanaí agus roic ag tosú ag sní ón mbéal agus ó na súile. An dath órbhuí a bhíodh ina cuid gruaige ag tréigean, ach bhí a súile lonrach.

'Níl tú le fanacht anseo?' Chaithfeadh sí a súile timpeall na háite.

'Tuige?' Chuirfinn strainc ar m'éadan le hiontas.

'I dteach ósta mar seo.'

'Sách fada a bhí mé i Londain.'

'Bhfuil Sibéal sásta?'

'Céard a bheadh uirthi?' Ní bheadh súil agam le caint mar sin uaithi. Cheapfainn go raibh luí aici leis an áit. Bhíodh a hathair, mo sheanmhúinteoir, sáite i ngach ní dá raibh ag imeacht. B'fhurasta labhairt le foireann peile Bhaile an Tobair murach é. Níorbh í an Sinéad céanna í a raibh aithne agam uirthi, nó a cheapfainn a raibh aithne agam uirthi.

'D'aireoinn uaigneach anseo.' Chroithfeadh sí a guaillí.

'Agus tú imithe as ar feadh do shaoil.'

'Is dócha.'

'Athraíonn chuile áit leis an saol. An iontas é a bheith stráinséartha duit?'

'Tá gach rud athraithe, na daoine, an áit ...'

'Bhfuil gasúir ... ?' a cheisteoinn.

'Níor theastaigh gasúir ariamh uaim. Ní airím uaim iad. Ní bheadh an t-am agam dóibh, ná an fhoighid. Níl a fhios agam. Níor theastaigh clann ariamh uaim.'

'Taitníonn Bleá Cliath leat?'

'Tá sé maith go leor. Níl an oiread sin ann nuair a chuireann tú eolas air. Níl sé ar aon dul le Londain. Is as Bleá Cliath d'Ian. Tá mé leis ó tháinig deireadh leis an bpósadh.'

'Ní maith liom é sin a chloisteáil.'

'Céard?' Dhéanfadh sí gáire.

'Faoin bpósadh.'

'Ná bíodh brón ar bith ort. Fuascailt a bhí ann. Níor thuig mé i gceart ag an am. Ba é an rud ceart le déanamh é.'

'Beidh deoch agat.'

'Ní bheidh. Ní ólaim.'

'Ní ólann tú! Bíodh deoch éicint eile agat.'

'Sin scéal fada. Ní ólfainn anseo anois é ar aon nós.'

'Más mar sin an scéal.' Ní bheadh a fhios agam céard a dhéanfainn di. Ní céapars a bheadh uirthi? Ní hea. Níorbh in an sórt duine a bheadh inti.

'Ní fhaca mé Nóra ná Béib le síoraíocht.' D'osclódh sí a mála agus dhúnfadh arís é.

'Bhí Nóra anuas an tseachtain seo caite.' Shínfinn mo dhá lámh romham ar an gcuntar.

'Níor chuala sí uaim ó phós mé.'

'Tá tú cinnte nach … '

'Tá clann agat féin.' Thógfadh sí naipicín as a mála.

'Duine.'

'Ní fhéadfainn Sibéal a shamhlú le gasúir. Ní duine mar sin a bhí inti. Ón aithne a bhí agam uirthi.'

'Tá sí istigh.' Thosóinn ag siúl ón gcuntar.

'Tá deifir orm inniu.' Bhéarfadh ar a mála agus chuirfeadh cuma imeachta uirthi féin.

'Lá éicint eile,' a mholfainn féin.

'Lá éicint eile.'

'Sin é go díreach é.' Fios maith agam nach bhfeicfinn arís í.

'Caithfidh mise a bheith ag imeacht. Déarfaidh tú le Sibéal … '

Thosóinn ag cóiriú na seifteanna. Bheidís ar deil cheana féin. Thosóinn ag cuimilt an chuntair le ceirt. Ní bheadh smál air sin ach oiread. Bheadh m'intinn gafa. Ag Sinéad.

Níorbh í an duine céanna í. Croitheadh bainte asam. Ní thuigfinn cén fáth. Ní éirí in airde ná searbhas a bheadh ag roinnt léi. Níorbh in é é. Míchompord éicint a bhraithfinn. 'Tá an cuntar sin sách glan.' D'aithneoinn an glór.

'Tá tú ann,' a déarfainn gan chuimhneamh, ag teannadh anall chuig Micil Ó Tnúthail a bheadh ina sheasamh trasna uaim. 'Sinéad de Barra atá tar éis a dhul amach an doras.'

'Sinéad de Barra.'

'An duine céanna.' Bheadh dreach ceisteach air. 'Tagtha ar ais sa saol.'

'Sinéad de Barra!'

'Thall i mBoston atá a máthair.'

'Go gcuire Dia an t-ádh ort.'

'Cé a cheapfadh … ?'

Theannfadh Micil a cheann thar an gcuntar i mo threo. 'Chuimhnigh tú ar an bplean sin?'

'An plean?' a déarfainn go mífhoighdeach, ag ligean orm féin nár thuig mé céard a bhí i gceist aige.

D'ísleodh Micil a ghlór. 'Í féin, a striapach. Mise ag ceapadh … ' Ní bheadh aon duine ag éisteacht linn.

'Ní cheapaim mórán de do phlean.' Bhreathnóinn fúm ar an urlár. 'Más í an tseafóid a bhí ort liomsa … '

'Seachas aon duine eile, cheap mé go mbeadh tuiscint éicint ionatsa. Tá aithne agat orm le fada. Feiceann tú an bhail atá orm. Idir an t-aer is an talamh, mar a chac an ghé is an lacha. Nílim anseo ná ansiúd. Is fíor dom. Nílim fireann ná baineann. I mo bhall staice, nó níos measa. Abair rud éicint, a shonbhégun, rud ar bith.' Bheadh teannas i nglór Mhicil.

'Ní mise a chuirfeadh comhairle d'aimhleasa ort, a shíleann tú. Níl a fhios agam céard le rá. Ach tá rud amháin a déarfas mé leat: go bhfuil mise as an gcomhaireamh. Má thuig mé i gceart tú. Níl mé ag rá gur thuig. Murar thuig, níl mé ag iarraidh é a thuiscint.'

'Níl tú ag rá tada, a striapach. Abair amach é. Cá bhfuil do mhisneach anois?'

'Cén fáth nach n-imíonn tú leat go breá gnaíúil agus tosú as an nua in áit eile. I Sasana, Meiriceá, Bleá Cliath ... Tá tú sách óg fós le bonn a dhéanamh. Chasfaí duine éicint ort, más eo é báire na fola, mar a cheapann tú. Cuir an mearbhall eile sin uait anois díreach.'

'Breathnaigh anseo. Tá chuile ní beo dá bhfuil againn ina hainm. Níl sí gann ach is liomsa cuid mhaith de. Dá gcloisfeadh sí go raibh mise le himeacht, sheasfadh sí talamh. Ní bheadh aon roinnt ann.'

'Tá níos mó ná airgead i gceist, deir tú. Chuala tú céard a dúirt mé.'

'Céard?'

'Bíodh foighid agat.'

'D'fhéadfainn a bheith ar adhastar aici an chuid eile de mo shaol. Nár dheas an chaoi orm é.'

'Imigh leat. Go Meiriceá, go China, go Beag-Árainn, go háit éicint as an mbealach. Má tá an ceart agat, beidh ar a laghad a dóthain aici chúns mhaireann sí.'

'Cuir i gcás go n-imeodh agus go dtarlódh sé go mbeadh clann agam. Tá mise sean-nósach. Agus gan pósadh ceart ar dhuine. Rudaí a bheith i gclár is i bhfoirm, mar a deir an ceann eile.'

'Ní féidir an beart eile a dhéanamh. Déan dearmad air anois láithreach. Bheadh sé ar do choinsias an dá lá is a mhairfeá. Ní bheadh lá suaimhnis agat. Agus tá chuile sheans ann go mbéarfaí ort faoi. Cá mbeifeá ansin? Cén mhaith a bheadh i do chuid airgid? Smál an diabhail a chur ort féin.'

'Tá bealaí ann.'

'Níl na bealaí sin ann. Breathnaíonn sé simplí go maith ag caint air anseo. Ní oibríonn rudaí amach. Tarlaíonn rud éicint gan súil leis. Tá do thóin leis ansin. Ní tú an chéad duine ...'

'Cár fhág sin mise, mar sin, a striapach?'

'Cá bhfágfadh sé thú?'

'Tá mé i mo bhaileabhair ceart anois.'

'Níl tada eile le rá agamsa faoi.' Thosóinn ag siúl uaidh. Chuirfeadh sé iontas an tsaoil orm go gcuimhneodh Micil ar mhísc mar sin. Níorbh in í an aithne a bheadh agam air. Níor dhícéille a bheadh air. Fear chomh staidéarach leis. Róstaidéarach. Chaithfeadh gur i ngéarghá dó agus é ag smaoineamh mar sin. Theastódh clann go géar uaidh, ach nárbh iomaí duine a dteastódh clann chomh géar céanna uathu ach nach raibh sé le bheith sa nádúr? Ach rud mar sin a dhéanamh Ní bheadh aon drochbhraon sna Tnúthail. Chuile sheans gur air féin agus nach uirthise an diomar. É sin ag rith sna Tnúthail. Ní bheadh aon mhaith é sin a rá leis. Ní buíoch a bheadh sé. Ní chreidfeadh sé ach mar a cheapfadh sé féin. Cara maith a bhí ann. Sheas sé liom i gcónaí. Sa mbaile agus i Londain ba mhar a chéile é. An t-aon chara a bhí agam. I rith na mblianta go léir. Cén smál a bheadh air chor ar bith?... Ní chuirfinn thairis nach ndéanfadh sé beart. Ach níorbh é an beart sin é. Ní bheadh sé ann é a dhéanamh. Fear é nach mbeadh sásta le maith go leor. Chuirfeadh sin as go mór dom.

'Ní tusa an duine céanna chor ar bith,' a d'fhógródh Sibéal nuair a nochtfainn isteach sa gcisteanach tar éis an teach ósta a ghlasáil. Bheadh Seán ina chodladh ó thús oíche.

'Is iontach nach bhfuil tú bailithe a chodladh. Cén t-am chor ar bith é?' a d'fhreagróinn.

'Tá tú ag éirí tobann. Mífhoighdeach. Níl a fhios agam

an dtugann tusa faoi deara é. Tabharfaidh mise cúnamh duit sa mbeár más ualach rómhór oibre é.'

'Ní thabharfaidh.' Chuirfinn uisce sa gciteal. 'Más aon rud é, níl mo dhóthain oibre ann dom.'

'Gan do dhóthain le déanamh agat! Sin é an fáth!' Bheadh Sibéal anois ina seasamh ach choinneoinn mo chúl léi.

'Gan mo dhóthain le déanamh agam ... ní chuidíonn sé liom.'

'Ní heo é an Baile an Tobair a d'fhág muid,' a déarfadh Sibéal go séimh, agus shuífeadh fúithi ar an tocht.

'Tiocfaidh tú ina chleachtadh.'

'Ní thiocfaidh.'

'Chuaigh muid i gcleachtadh Londan.' Bheinn i mo sheasamh os a cionn anois agus díocas i mo ghlór. 'Ní bheidh sé éasca. Bíonn gach tosú lag. Le ham ... '

'Ní léir dom cén chaoi a n-athróidh sé.' Bheadh sí ag labhairt go mall agus ag breathnú roimpi. 'Bhí sé thar barr an chéad seachtain agus an dara seachtain nó b'fhéidir an chéad mhí. Ina dhiaidh sin ... '

'Ach cheap mé ... Beidh cupán tae agat.'

'Tá a fhios agam nach bhfuil tusa sásta ach oiread. Beidh cupán tae agam, mar sin.'

'Tá an t-ádh orainn go bhfuil áit mar seo againn. Ag iarraidh imeacht as Londain atá muid ón gcéad lá a ndeachaigh muid anonn.' Shínfinn an cupán chuici agus shuífinn lena taobh.

'Tá an áit seo go hálainn. Níl dabht faoi sin. Nuair a bhím ag dul suas bóithrín an phortaigh tá sé cosúil le bheith ar neamh: na fuiseoga ag éirí san aer romhat, an boladh fiáin searbh sin ón gcíb, an boladh iontach milis spíosrach ón roilleog. Ansin an ceannabhán, an fraoch. An drúchtín móna ina fhrídín dearg, aonarach leis féin. Mar a bheadh sé as áit sa bhfiántas. An ghaoth ag déanamh maoltonnta den chíb ar fud na riasca. An naosc is an pilibín. Chonaic mé ar fad cheana iad. Díreach mar atá siad inniu. Sular fhág mé amach Baile an Tobair ariamh. Nuair ab é Tír na nIontas gach coiscéim de. Tír m'óige. Is fada liom go mbím réidh gach lá leis an tsiúlóid sin a dhéanamh. Tá a dhreach faoi leith féin air le gach tráth den lá. Go fiú sa mbáisteach. Mar a bheinn faoi dhraíocht ... I mo chailín beag arís. Ach insíonn mo réasún dom nach féidir liom a bheith i mo chailín beag arís. Ná ní féidir liom a bheith i bhfad faoi dhraíocht. Ní mhaireann duine ar an áilleacht. Saol eile ar fad nach bhfuil aon bhaint aige le saol an lae inniu. Fóidín mearaí. Tine ghealáin. Le mealladh a bhaint as duine. Saol nach ann dó, saol le héalú isteach ann. Cuireann sé sin brón orm. Níl ann sa deireadh ach éalú. Ag éalú atá an bheirt againn. Tá Baile an Tobair imithe ó aithne orainn. Ní féidir éalú ar ais chuige. Tá a fhios againn sin anois. Ní maith dúinn é sin a cheilt orainn féin. Caithfidh muid cuimhneamh ar Sheán. Ní raibh mé ariamh chomh huaigneach i Londain agus a bheas muid anseo. Uaigneas de chineál eile. Brón a chuireann an áilleacht sin orm mar meabhraíonn sé dom saol atá caite. Saol nár mhair mé sách iomlán. Saol nach bhfuil fáil arís air ... Ach saol a bhfuil caitheamh ina dhiaidh agam.'

'Ní thuigim.'

'Níl tada le déanamh agam. Mo dhóthain, ar aon nós.'

'D'fhéadfá jab a fháil. In oifig nó in óstán nó ... Leis an gcleachtadh ar fad atá agat ... !'

'Cá bhfuil an oifig? Níl tú fírinneach leat féin. Cén chaoi a mbeifeá bliain nó dhá bhliain ó inniu, nuair atá do chuid airgid caite? Cé as a thiocfas na custaiméirí nach bhfuil ann? Ní choinneoidh an áit seo ag imeacht muid. Ní fheicim cén chaoi a gcoinneoidh.'

'Tá tuirse orm. Pé ar bith ... '

'Tá muid cosúil leis an lucht siúil *new age* i Sasana. Níl sé i mo nádúr mo shaol a chaitheamh i Londain. Is aoibhinn liom an áit seo. Ní iarrfainn slacht a chur air. Céard faoi Sheán? Níl muid ag iarraidh é a thógáil i mbochtanas. Ba mhaith liom dá mbeadh gach ní dá fheabhas aige. Ní mór airgead chuige sin. I mbochtanas a bheas muid anseo. Ní bheidh sé d'acmhainn againn carr a bheith againn, cuir i gcás, agus teastaíonn carr in áit mar seo, nó sin is oileán é. Is gearr a mhaireann an draíocht.'

'Bhí Frank Seoighe ag caint ar é a cheannacht.'

'Frank Seoighe?' D'athródh a meon.

'Ag caint a bhí sé. Ní cúis iontais é Frank … ' Shiúlfainn trasna na cisteanaí.

'Dhíolfainn leis é. Ar an bpointe,' a déarfadh Sibéal.

'B'fhéidir faoi cheann bliana nó dhó nuair a fheicfeas mé cé mar atá cúrsaí. D'fhéadfadh athrú an-tobann a theacht sa ngnaithe seo. Cén fáth a bhfuil fonn ar Frank é a cheannacht, a cheapann tú?'

'Ní thiocfaidh an deis i do bhealach arís.'

'Níl aon dul amú ar an bhfear sin.'

'Ní féidir leatsa an áit seo a fhágáil … Tá tú i bhfostú aige. Glanadh amach as – sin atá agat le déanamh.'

'Tá sé sách maith ag daoine eile.'

'Sin é an áit a bhfuil an dearmad ort. Ní cás dóibh agus dúinn. Tá bonn déanta acu anseo. Tá rútaí thíos acu. Níl ionainn ach fánaithe. D'fhág muid an áit seo mar nach raibh muid sásta ionainn féin ann. Níor chall do cheachtar againn imeacht. Bhí áit anseo dúinn ach é a chuardach. Tá muid ar ais mar nár thaitin an saol i Sasana linn. Nó sin a cheap muid. Níl sé sa bhfuil againn níos mó fanacht san áit chéanna amháin go deo.'

'Níor mhaith liom é a dhíol le Frank.'

'Cé eile a cheannódh é?'

'Ní hé Frank a cheannós é.'

'Nach fearr ag Frank féin é ná ag strainséara.'

'Ní fearr.'

'Céard atá ag teacht ort?'

'Ní thuigfeá.'

'Ní thuigim.'

∽

Ar éigean a bheadh cor as an húicéir. Leis na seolta ar fad crochta, ní bheadh dóthain gaoithe ann lena líonadh. Lagfadh an beagán gaoithe, gan súil ar bith againn leis.

'Níl a ndóthain gaoithe ann lena tabhairt timpeall.' Ar an stiúir á gabháil a bheadh Micil Ó Tnúthail anois agus mise ina áit ar buaic.

'Dá mbeadh a fhios againn cén cheard as a bhfuil sí?' a d'fhreagróinn, ag breathnú siar amach uaim. 'Shílfeá go bhfuil soinneán ag coipeadh na farraige siar uainn.'

'Sruth atá ann. Ní dhéanfaidh muid caladh i mBeag-Árainn anocht ar an ngearradh seo.'

'Ní raibh súil leis an gcalm seo. Déanfaidh muid fós é.'

'Ag imeacht le sruth atá muid, a bhitse.'

'Dár dtarraingt ar seachrán. An taoille trá.'

'Ar seachrán a bheas muid.'

'Ní móide.'

'Ar chuimhnigh tú air siúd ó shin?'

'Céard?'

'Is maith is eol duit.'

'Cheap mé go raibh sé sin socraithe.'

'Céard faoi ndear duit é sin a rá?'

'Dúirt mé leat céard a cheap mé. Níl tada le cur leis agam, agus b'fhearr liom, murar miste leat é, an scéal a fhágáil marbh.' Bhreathnóinn siar an fharraige.

'Stop, a striapach. Ní haon fhuascailt an réiteach mar atá

agatsa air. Tá dhá thaobh ar chuile bhád. Tá bealach eile
ann. Nílim ag rá gurb é an bealach is fearr é. Níl a fhios ag
ceachtar againn an bealach is fearr nó an bealach ceart. Mar
níl sé ann.' Ní bheadh Micil ar a shástacht.

'Níl stopadh ort. D'fhéadfadh muid a bheith amuigh anseo
scaitheamh maith,' arsa mise, ag súil go n-athródh sé port.

'Beidh neart ama againn, mar sin, leis an gceist a réiteach.
B'fhéidir go mbeinn ag iarraidh lámh chúnta ort. Níl mé ag
iarraidh ach mo chuid féin a fháil ar ais. Níl mé ag iarraidh
pingine thairis. Is liom leath dá bhfuil aici. Ní bhfaighidh
mé é ar aon bhealach eile. Ní duine mé atá saor. Tá a fhios
aici an fhad is atá a lámh ar an sparán, go bhfuil adhastar
aici ormsa freisin. Tar anonn anseo, in aice liom. Níl tada
le déanamh chun cinn ansin agat.'

'Ná bí á inseacht dom, as ucht Dé ort.'

'Cuirim i gcás go raibh mé le háit nó teach nó rud éicint
mar sin a cheannacht. Dá n-imreoinn mo chuid cártaí sách
maith. Duine eile a sheolfadh in éineacht liom, a ligfeadh air
go raibh mé ag díol leis agus ansin, ag an nóiméad
deireanach, an margadh a bhriseadh. Bheadh an t-airgead
meallta uaithi agamsa faoin am seo. Ansin chrochfainn liom
gan tásc ná tuairisc.'

'Ag déanamh gadaí díot féin.' Chuirfeadh an loinnir
fhíochmhar i súile Mhicil míchompord orm.

'Dún do bhéal, a shonbhégun. Tusa atá ag rá gur
gadaíocht é. Mo chuid féin. Ní féidir leat do chuid féin a
ghoid. Ach tá mé ag iarraidh do chúnaimh.'

'Ní bheinnse in ann tada a dhéanamh sa gcás go raibh
tú ... '

'Bheadh, a chladhaire. D'fhéadfá ligean ort go raibh tú ag
díol Tigh Lúcáis liom. Thrustfadh sí thusa.'

Chuimleoinn cúl mo láimhe de mo bhaithis. 'Bheinnse i
mo ghadaí chomh mór céanna leatsa.'

'Ní gadaíocht é, a deirim.' Bheadh faobhar i nglór Mhicil.

'Bheinn thíos leis.'

'Ní bheifeá, a bhitse. Eadrainn beirt a bheadh sé. D'fhéadfadh gur mise a bhrisfeadh an margadh.'

'Sceithfeadh sé amach leis an aimsir. Is mó de sheans a bheadh agat fáil *away* leis sin i Londain ná anseo. Tá a fhios acu anseo céard atá ar siúl istigh i do chloigeann.'

'Tá mearbhall ortsa.'

'Ón aithne a bheadh acu ort.'

'Mo chuid féin. Níl a dhath contráilte leis. Ceart go leor, an rud siúd eile. Ní bheadh sé sin ceart. Ní fhéadfadh sé a bheith ceart.'

'Ní mar sin a d'fheicfeadh an dlí é.' Dhéanfainn meangadh faiteach.

'Níl misneach ar bith agatsa, a shonbhégun. Bhí tú amhlaidh ariamh. Róchúramach. Faitíos go dtarlódh seo nó siúd dá n-éireofá de do thóin. Ceart go leor, mar sin. Níor chuala tú tada. Ceannóidh mé Tigh Lúcáis uait.'

'Leis an aimsir tiocfaidh rudaí amach ceart. Is minic a tharlaíonn sé,' a déarfainn.

'Ní tharlóidh sé. Mise a chaithfeas é a chur ag tarlú. A ndóthain le déanamh ag gardaí súil a choinneáil ar airm is ar dhrugaí ag teacht isteach sa tír seachas a bheith ag imirt Páidín liomsa.'

'Ní thaitníonn sé liom. Níl sé ceart.'

'Tá gach rud ceart nuair atá tú sa ngá ina bhfuil mise. M'anam ón diabhal, má imím is an áit a fhágáil béal in airde ansin, mar a mholfá, tá mo chuid sa saol imithe. Imeacht gan teacht a bheadh ann. Níl call ar bith leis sin. Nach réidh leat, a bhitse. Chaith mé leath mo shaoil á shaothrú.'

'Tá muid ag imeacht le sruth,' a d'fhógróinn, ag dearcadh an réimse farraige idir mé agus an ball a shamhlóinn Beag-Árainn a bheith.

'Níl smeámh aeir ar bith fanta.'

'Tá an sruth leis an taoille trá dár dtarraingt as cor.'

'Cén dochar.   Tá seans go n-éireoidh siota leis an tráthnóna.   Ní raibh aon tsúil againn leis seo.'

'Ní bhíonn súil ariamh le calm.'

'Ag imeacht le sruth a bheas muid.'

Na scáileanna ar an mballa mar bheithígh ach anois tréigthe isteach i seolta. Trí sheol dhonna húicéara. Gan cor aisti sa gcalm. Ní thaitníonn calm liom. Níl foighid agam dó. D'fhéadfadh duine a bheith sáinnithe ansin, lá, dhá lá, seachtain. Súile caochta ag glioscarnach na farraige, ag súil le soinneán gaoithe a chuirfeadh beocht arís sna seolta. Bia agus uisce ag éirí gann. Ag trá siar agus ag tuile aniar leis an taoille. Na geabhróga is na cailleacha dubha cuachta ar bharr an uisce, gan cor astu. Iadsan freisin ag fanacht. Ag fanacht le rud éicint. Bheidís ní ba ghiongaí dá mbeadh éisc le fáil nó dá mbeidís ag seideachan. Séasúr an tseideachain caite le fada. Na cinn óga ag déanamh dóibh féin faoi seo. Foighid an tsaoil mhóir acu.

Tá calm is calm ann. Is minic a d'fheicinn bádóirí ar chéibh Bhaile an Tobair agus fuireach calaidh orthu. Ag fanacht le taoille. Thabharfainn rud ar bith ach cead a bheith agam dul leo. Seoladh go háiteanna aisteacha i measc na n-oileán a d'fheicinn isteach uaim gach lá san aer. Ag codladh san oíche ar chlár faoin deic. Rúmáil do bheirt ar chaon taobh den tine. Tine faoin deic le béile a réiteach. Poll an scutail le haiste os mo chionn mar dhoras. An fharraige thart timpeall. Domhan iontach faoin bhfarraige chéanna. B'aoibhinn dóibh, a mheasainn. Iad ina suí ar bhalla na céibhe ag comhrá go híseal i dteas an lae agus an taoille tuile ag líonadh go mall réidh suas chucu sa gcéibh. Ach ní hionann cás chor ar bith a bheith i dtír agus sáinnithe go domhain i bhfarraige. Ní i bhfad go mbeadh an bád ar snámh. Thuigfeadh na bádóirí sin. Thabharfadh leoithne gaoithe chun bealaigh go dtí an domhan iontach eile iad i bhfad uaim trasna an chuain.

Níl cor ar bith as na scáileanna anois seachas ag sméideadh ar an mballa. Tá sé ag goilliúint orm iad a bheith cuibhrithe. Is fearr go mór liom iad ag pramsáil, tonntracha ag ardú nó gála ag réabadh. Dar liom, iad ag síothlú, nó sin básaithe ar fad. An fómhar ag teacht. An ciúnas séimh a leanann é atá ag suaimhniú na gaoithe. An fharraige ina gloine. Scáileanna dorcha na n-ailltreacha agus na gcnoc le feiceáil sa leath-thaoille sna crompáin sa gclapsholas. Mar a bheadh an domhan ina íomhá de féin san uisce. Lonradh aisteach amach i lár an chuain. Ba mhaith liom go bhfanfadh an nóiméad sin go deo. Áilleacht agus uaigneas. Ansin an geimhreadh. Ní bheadh aon bhád ag seoladh sa ngeimhreadh ach an ceann fánach.

Chaithfinn a bheith caothúil i mo chomhrá le Micil Ó Tnúthail, agus an Fear Eile ar an láthair. Bheadh sé isteach ar ball. Fios a chuirfinn air. Ní fhéadfaí aon leide a cheadú don Fhear Eile. Mé ag ceapadh go bhfuil an Fear Eile in amhras faoin gcomhcheilg cheana féin. Chaochfainn an tsúil ar Mhicil agus sméidfinn mo cheann i dtreo an Fhir Eile. Ba leor sin de nod.

'Tá na ronnaigh isteach feasta. Marú mór orthu, is dócha,' a déarfainn.

'Níl aon mharú ceart orthu ar an aimsir bhreá seo,' a déarfadh Micil, ag breathnú timpeall an tseomra, gan leathaird aige ar an gcomhrá. 'Meastú cén fáth gur bán atá chuile shórt ní sa seomra seo?'

'Ní hí an aimsir is fearr iascaigh í.'

'Ná bac le hiascach.'

Ní bheinn in ann cuimhneamh ar aon rud siosmaideach le rá. 'Níl an chos atá ar iarraidh ar fhear na leathchoise ann níos mó ach is inti atá an phian,' a déarfainnse go smaointeach. 'Nach aisteach é?' Céard a chuir é sin i mo cheann?

'Céard atá aisteach faoi?'

'Ní féidir é a thuiscint.'

'Breathnaigh. Ní mór dúinn fáisceadh faoin obair go luath. Níl mise in ann fanacht níos faide.'

'Ach cheap mé nach raibh socrú déanta,' a déarfainn.

'Tusa a bhí ag rá nach bhféadfaí é a dhéanamh. Go raibh baol rómhór ann. Tá an plean leagtha amach agamsa.'

'Cén plean?' Bheadh mífhoighid orm. Chaithfeadh an comhrá le Micil a bheith díreach amach.

'Tá mé ag ceannacht Tigh Lúcáis, mar sin. Sin socraithe ar aon nós. Ní thitfidh muid amach faoi phraghas.'

'Níl muid ag caint faoi sin beag ná mór.'

'Níl tú ag rá liom nach bhfuil an socrú faoi Tigh Lúcáis sa nádúr beag ná mór.' Bheadh mearbhall ar Mhicil.

'Fágfaidh muid an scéal sin go dtí lá breá éicint eile. Ní heo é an áit dó.' D'ísleoinn mo ghlór is chaithfinn na súile ar an bhFear Eile. 'An boc sin thall.'

'Céard faoi, a striapach, má tá a leithéid ann? Abair amach é.'

Chuirfinn fainic ar Mhicil beárgó a choinneáil ar a chuid cainte. Déarfainn é i gcogar leis, mar b'eol dom faoi seo nár leor leide do Mhicil. 'Tá mé ag iarraidh fáil réidh leis an bhfear seo le mo thaobh.'

Ní thuigfeadh Micil brí na cainte. Thosódh sé ag stánadh ó dhuine go duine, orm féin agus ar an bhFear Eile. Nuair a thiocfadh an chaint dó faoi dheireadh, 'Tá an créatúr sin réidh mar atá sé, más ann dó. Cén fáth ... ?'

'Níl sé réidh ná cuid de réidh. Má bhreathnaíonn sé ... '

'Tá tú ag iarraidh orm ... '

'Anois tá tú ag caint. Bheadh sé ró-amscaí le bá.'

'Níl tú i ndáiríre, a shonbhégun.'

'Táim. Ná habair tada ar an láthair seo a bhfaighfí brabach air. Bíonn cluasa ar na claíocha.'

'Ag magadh fúm atá tú?' a déarfadh Micil go teasaí.

'Dáiríre ... '

'Ní ag magadh fúm atá tú, a bhastaird?'

'Nílim in ann é a sheasamh níos faide. An chaint a bhíonn air.'

'Drochbhéal?'

'Go dtuga Dia ciall duit. Ní hea go deimhin. I gcónaí ag iarraidh brabach a fháil ar chaint duine, agus mar bharr ar an dathúlacht é ag iarraidh a bheith ag gabháil fhoinn. Tá sé imithe thar m'fhulaingt, go maithe Dia dom é. Nílim in ann é a sheasamh níos faide.'

'Ach, a dhiabhail álainn, mura bhfuil de rachmall thairis sin air ... Agus ón méid atá ráite agat, is deacair liom a thuiscint céard atá ag cur as duit.'

'Dá mbeifeá anseo i bhfad, thuigfeá.'

'Uabhar atá ortsa, a bhitse, nó sin mearbhall. Gan tada níos fearr le déanamh agat ach ag cuimhneamh ort féin. Ón méid atá ráite agat, cén mhaith a dhéanfadh sé d'aon duine fáil réidh le díthreabhach mar sin, fiú má tá gotha na bitse féin air nó ... Pé ar bith áit a gcastar ort é.'

'Nach réidh leat a bheith ag caint.' Bheadh olc orm.

'Níl aon chall éirí coilgneach faoi,' a déarfadh Micil. 'Níl muid ach ag caint. Gan aon bhuille buailte fós. Caithfidh tú a rá go bhfuil údar maith agamsa. Ní thuigfeá é mura mbeifeá sa gcás céanna. Chuile dhuine difriúil, is dócha. Tá a fhios agam anois céard atá uaimse. Tá a fhios agam freisin mura dté mé ina dhiaidh, go bhfuil sé fánach agam breith air agus nach bhfanfaidh an taoille liom ach oiread. Tá mise i mo phraiseach. Ní hé nach raibh am agam cuimhneamh ar an scéal. Ní raibh fóidín mearaí ar bith orm ag an am. Dá gcuirfeadh tusa nó aon duine eile malairt chomhairle orm, ní buíoch a bheinn. Níor chomhair tada ach beart a dhéanamh. Róthobann a bhí mé. Róchríonna. Ag imeacht ar an gcéad taoille a fuair mé. Gan a bheith sásta seans a thógáil. Níl duine ar bith is measa sa deireadh ná an té a thugann aird ar chaint daoine eile. An té atá róstaidéarach. Bhí sé le feiceáil agam féin. Tá mé siúráilte de rud amháin anois ar aon chuma: ní ligfidh mé an taoille tuile orm féin ag fanacht. Ná ní féidir liom a bheith ag brath ortsa.'

Ní bheadh aon mhaith sa bhfuarchaoineachán. Dhéanfadh sé beart. Ba chuma céard a cheapfainnse nó aon duine eile. Ar an gcéad dul síos, cheap sé go raibh sé ag dul dó clann a bheith aige – gasúir a mbeadh a chuid súl iontu, nó a chuid siúil acu. Go fiú nuair a chaillfí é, bheadh cuid éicint de beo i gcónaí ina chlann. Ní fhéadfainn a rá leis go mb'fhéidir nach raibh a leithéid de rud ceaptha dó sa saol. Mar ní chreidfeadh sé mé.

'Bhfuil tú sásta, tá nó níl?' a déarfainn go borb.

'Cén fáth sa mí-ádh ar chuir tú é seo ar mo phláta ag an am áirithe seo. Tá mo chás féin le réiteach i dtosach, i gcead duit. Ní bheinn i riocht cuimhneamh air go dtí sin.'

Bheadh Seán Dubh isteach arís ar maidin. 'Teach uaigneach é seo agat,' a déarfadh sé liom. 'Cuir braon sa ngloine seo arís, má tá tú réidh.' Bheadh Seán suite os comhair fhuinneog an bhóthair mar ba ghnách leis agus súil aige ar a raibh ag dul an bhealaigh.

'Nach mór is fiú an suaimhneas.' Bheinn isteach is amach as an mbeár ag tindeáil ar Sheán agus ag péinteáil na binne gach re seal.

'Ní suaimhneas a fheileann duit anseo. Dar príosta, ní choinneoidh tú ag imeacht ar an ngearradh seo.'

'Dá bhfanfása sa mbaile corrlá, bheinn in ann an phéinteáil a chríochnú. Cé mar atá cúrsaí ar aon chuma?'

'Go dona.' Bheadh olc i nglór Sheáin.

Chuirfinn leathcheann ar an mbord lena thaobh.

'Nílim ag leagan lochta ar aon duine.'

'Dona go leor, a tháilliúir,' a déarfainn.

'Níl mise ag iarraidh aon athrú. Dá mbeinn ní b'óige, b'in scéal eile. Ní fháiltím roimh an nua-aois anois. Níl mé in ann chuige. Bhí an uair ann … An seansaol ag tréigean is muid ag tréigean leis. Feileann an seansaol dár leithéidí. Bhí an ceart ar fad ag do mháthair gan corraí as an teach. Níl mé ag rá nach raibh sé anróiteach agus uaigneach uirthi. Ach cén chaoi a mbeadh sí in áit éicint eile, nó sin tusa nó duine eile agaibh lena gclann sa teach ina mullach? Tugaim bean uirthi. Bean ar fad a bhí inti, chuile orlach di. Dá mbeinnse chomh fadbhreathnaitheach céanna, ba socrú eile a bheadh ann. Ba cheart dom a bheith buíoch go bhfuil Colm is a chomhluadar sa mbaile. Mé ag tnúthán abhaile leis ó d'imigh sé. Chuile lá beo ó d'imigh sé. Faitíos orm go n-athrófaí an t-ainm ar an teach agus an talamh. Strainséara teacht isteach ann. Bhí an mhuintir sin againne ann le naoi nglúin. Ba bhocht an scéal é dá mba mise a chlisfeadh. Bhrisfeadh sé mo chroí. Ní bheadh an luí céanna ag strainséara leis. Tá aithne agam ar chuile sceach is cnocán ann. Chomh fada siar agus is cuimhneach liom. Chonaic mé an criathrach ag tréigean datha le gach seachtain den gheimhreadh. Is eol dom an claí ar fhás an chéad sabhaircín lena ais ag tús an Aibreáin gach bliain, agus chonaic mé an fearbán is méaracha púca is liodáin sna garranta i lár an tsamhraidh. Ní fheicfeadh aon duine eile iad ach an té a mbeadh luí aige leis an áit. Ní hé an teach nó an áit chéanna a bheas ann feasta. Is cinnte nach é mo theachsa a bheas ann.'

Níl scáil ar bith ar an mballa. An ghrian i bhfolach sna clabhtaí, is dócha. Drochaimsir á tuar. Ní minic grian ann le tamall anuas le hiad a chur ag damhsa. Samhlaím geoin na gaoithe. Gealach an fhómhair a bheidh ann feasta. Dá bhfágfaí na cuirtíní tarraingthe, d'fheicfinn í ag breacadh tríd an bhfuinneog nuair a mhúchfaí na soilse. Is mar a chéile dom gealach agus ré dorcha leis na cuirtíní. Is ré dorcha ar fad é leis na cuirtíní. Rabharta mór a bheadh ann. Ní bheadh an Fhéile Michíl caite fós. Taoillí an fhómhair an-ard i gcónaí, go mórmhór ar ghaoth aniar aneas. Taoillí arda de bhuíochas na gaoithe. An lán mara ag bogadh go réidh idir na seamaidí féir ar an muirbheach. An rabhán ar cholbha an chladaigh ag seargadh faoi dheireadh. An-tóir ag Nóra ar an rabhán. Phiocfadh muid beirt é agus muid inár ngasúir le cur ina seomra. Boladh cumhra an rabháin ón am sin le fáil agam aon uair a chuimhním air. Bhailíodh sí sliogáin de gach cineál, diúilicíní, bairnigh agus faochain gach uair a ligtí linn cois cladaigh. Níor thuig mé cén fáth nár mhór é a spéis san iascach ar mo nós féin. Ba mhó de chol a bhí aici leis ná aon rud eile. Mar sin féin, thaitin a cuideachta i gcónaí liom. Is maith is eol dom gurb í is túisce a d'aireodh ar iarraidh mé. Nach ligfeadh sí as an gcuardach. Go mbuailfeadh sí faoi go seiftiúil. Mar a bheadh sí faoi gheasa mé a aimsiú. Fuarallas orm gach uair a shamhlaím í ag teacht isteach an doras. Seans i gcónaí ann go siúlfaidh sí an doras isteach. Céard a dhéanfainn ansin?

Chaithfeadh go raibh saol eile ag an bhFear Eile. Mar mé féin. Athair is máthair, deartháireacha is deirfiúracha, b'fhéidir cairde is comharsana. Pé ar bith, tá sé gearrtha amach ar fad uathu. Roghnaigh sé an leagan amach sin dó féin. Caithfidh gur roghnaigh. Níor bhac sé leis an saol a caitheadh, maith olc é, mar níor thairbhe dó é. Sa mbealach air a bheadh sé, ag cur as dó. D'aireodh sé ciontach gur thréig sé a theaghlach, go ndearna sé faillí ina athair is ina mháthair ina seanaois. Caithfidh go n-aireodh. Is furasta an fhaillí a dhéanamh nuair atá duine as baile. I ngan fhios. D'aireodh sé ní ba chiontaí gur fhág sé iad gan tásc. Go raibh sé in easnamh lá a sochraide. B'eol dó go mbíodh imní orthu. Go gceapfaidís seo siúd; gur ar an ól a bhí sé agus gan de rath air éirí as. É ina bhacach gioblach ag guairdeall thart ar na stáisiúin mhóra traenach i Londain, ar nós Victoria, King's Cross agus Euston. É ag codladh amuigh. Ag maireachtáil ar chrústaí aráin as na boscaí bruscair sna páirceanna cathrach. Duine a d'imigh gan tuairisc – b'in í, a síleadh, a chinniúint. Níl mórán eile níos measa a d'fhéadfadh tarlú, i súile tuismitheora. An ghnaíúlacht sa mbás féin lena ais. Scáth ar a lucht aitheantais féin roimhe. Dá ndéanfaidís teanntás, bheadh sé ag éileamh airgid.

Drogall orthu é a iarraidh chuig an teach nó lóistín a thairiscint. Iad cinnte nach raibh maith le déanamh dó ach b'fhéidir fiabhras nó aicíd choimhthíoch a tharraingt isteach sa teach. É féin ina choimhthíoch dóibh. Iad in amhras go raibh aistíl nó saochan air ag an saol uafásach a chaith sé. Nó sin drochintinn tagtha dó. Go mbeadh ar dhuine a bheith airdeallach air. Go ndéanfadh sé dochar nó go bhfuadódh sé as an teach dá bhfaigheadh sé deis. Nach raibh gasúir sábháilte ina ghaobhar. Shéanfadh daoine é. Ní shéanfadh a athair ná a mháthair é, ba chuma cén múisiam a chuir sé orthu. Ba leo é, thóg siad é agus níor lú a mbriseadh croí le teacht na seanaoise. Ba é a ngasúr i gcónaí é. D'fheicfidís an gasúr soineanta nár léir d'aon duine eile folaithe sa bhféasóg shalach agus sna balcaisí gréiseacha. Ní bheadh sé iontu é a shéanadh.

B'fhéidir gur tharla timpiste dó. Drochghortú ar fad a d'fhág cuid dá inchinn beo agus an chuid eile marbh. Mar an leitís mharfach. Go minic taobh amháin den duine gan mhothú agus an taobh eile slán. An phian ba dhócha sa taobh marbh ar nós an duine ar leathchois.

Caithfidh go bhfuil smál éicint ar a ainm. Náire air go bhfaigheadh a lucht aitheantais amach faoi. Duine éicint ar ghiorraigh sé leis as taom feirge nó in aon turas. Ní duine é a mheasaim a dhéanfadh gníomh mar sin ar a thoil féin. Pé ar bith rud faoi, tá sé díreach. Díreach leis féin ar aon nós. Ródhíreach le tarraingt leis. É cinnte i gcónaí go bhfuil an ceart aige féin. B'fhearr liom dá mbeadh beagán den áiféis ann. Go n-inseodh sé corrscéal ar nós Chonchúir, nach bhféadfá a dhealú ón bhfírinne ach oiread. Ní raibh mé cinnte ariamh faoi na scéalta a d'inis Conchúr. Ach tarlaíonn an áiféis do dhaoine thar a chéile. Mar a bheadh an áiféis ag rith leo. Sin é an fáth a mbíonn scéalta áiféiseacha acu. Thabharfadh scéalta ar bith ábhar machnaimh dom. Nó ceathrú d'amhrán. Amhrán ceart. Faoi bháid nó … píosa seoltóireachta anseo. Chaithfeadh sé an t-am. Na huaireanta fada a bhím i mo dhúiseacht.

∽

Ghlaofadh Frank Seoighe ar an nguthán ar maidin. Bheadh sé ar fáil ar ball. Faoin ní eile siúd. Tigh Lúcáis a cheannacht. Ar chuimhnigh mé ó shin air? Cén chaoi a raibh Sibéal? Nár fheice Dia bail air! Sa mbeár a labhróinn leis. Ní thabharfainn de shásamh dó é a thabhairt isteach sa teach. Níor chóir dom a bheith fuarchúiseach faoi Frank. Ní bheadh urchóid sa ngaisce a bheadh ar bun aige. Sin bealach a bhí ariamh leis. Ag galamaisíocht. A dheis sin aige anois ó rinne sé bonn. Ní bheadh aon duine sa mbeár ar aon chuma le scéala a sceitheadh. D'fhéadfadh Seán Dubh a bheith ann. B'fhurasta déileáil le Seán. Fanacht ag an taobh eile den tseomra uaidh. Ní chloisfeadh sé focal. É chomh bodhar amanna le tuairigín, nuair a fheileann sé dó. Bheadh sé beophianta le fáil amach céard a bheadh ar bun. Céard nach ndéarfadh sé a chuala sé. Ní chuile dhuine a chreidfeadh Seán. Bheadh an áibhéil ann. Nó sin an tsamhlaíocht ag cur as dó. B'eol do dhaoine go gcloisfeadh sé an méid ar mhaith leis a chloisteáil. Bheadh a leagan féin curtha ar an scéal aige. Ba chuma céard a chloisfeadh sé nó a déarfadh sé, ní fhéadfaí talamh slán a dhéanamh de, agus bhí a bhealach féin leis.

Sheachnódh sé Frank ar aon nós. Dá mb'aon duine eile a bheadh ann, ní stopfaí Seán ar a ladar a chur sa gcomhrá. D'fhanfaidís beirt glan ar a chéile. Sean*spite*. *Spite* feamainne. Ní bheidís ag labhairt le chéile. Mar sin ab fhearr domsa é. Gan gean ag Seán ar an seanbhuachaill ariamh ach oiread. Ní tharraingídís le chéile. An iomarca clabaireachta acu beirt. Ligeadh chuile dhuine eile priocaí Antaine thar a gcluasa. Cluasa Sheáin bioraithe do rudaí mar sin. An bheirt acu in árach a chéile. Ag cor a chéile seasta. Níor bhris siad amach ceart le chéile gur chuir Seán néal air leis an maide. Níorbh fhéidir gobán a chur i mbéal ceachtair díobh. Ní fhéadfaidís dul thar a chéile go tostach ar nós daoine eile nach raibh mór le chéile, gan spalla a chaitheamh. Tharraingíodh focal amháin focal eile nó go mbíodh sé ina chogadh dhearg eatarthu. Bhíodh Antaine sásta nuair a bhíodh Seán spréachta agus a réasún caillte aige. D'imíodh Antaine as an mbealach ansin mar dhuine a rabhthas i míthuiscint faoi.

Dhéanfainn cinnte gur ag an bhfuinneog a shuífeadh Seán nuair a bhuailfeadh sé isteach. An-fhonn cainte air. An iomarca don lá a bhí ann, mheasfainn. An nuacht a chuala sé ar an raidió ar maidin. Trioblóid ag borradh arís i dtuaisceart na tíre. Ní bheadh aon socrú ann leis an dream eile, a cheap sé. Níorbh fhéidir socrú leo. Ní raibh siad ag iarraidh socrú. Gan ciall ná réasún lena gcuid cainte. Go dtachta an diabhal iad. Drochdhream.

Thabharfadh Frank sciuird chuig an gcuntar mar a mbeinn, nuair a thabharfadh sé faoi deara Seán Dubh istigh. Níorbh í an dea-shúil a thabharfadh Seán ina threo. Mar sin ab fhearr an scéal.

'Chuir mé cuistaiméara badráilte chugat,' a déarfadh Frank go searbhasach. 'Tá deifir orm ar maidin. Phléigh tú féin agus Sibéal an *proposition* sin?'

'Labhair mé léi faoi,' a d'fhreagróinn go righin.

'*So*, céard é an *decision*? Tá sibh le díol. Níor mhaith liom go mbeadh aon bharúil ag an bhfear ag an bhfuinneog faoi aon rud atá muid ag rá. Ní bheadh a fhios agat cén chaoi a mbeadh an scéal aige.'

'Go dtuga Dia ciall duit.'

'Tá mé á rá leat.'

'Céard is féidir leis a dhéanamh?' Bhreathnóinn anonn ar Sheán.

'Fágfaidh muid mar sin é. Ná cuireadh muid níos mó ama amú leis. An praghas a shocrú, an ea? Ní thitfidh muid amach faoina luach. Mar a sheasann sé, mar theach ósta atá mé ag rá. Níor choinnigh Bid cuntas ar thada ariamh, agus mar a chloisim níl mórán le cuntas agatsa air ó thosaigh tú.'

'Tóg go réidh anois é.'

Seán Dubh tagtha anall de mo bhuíochas. D'aithneoinn ón torann a bhainfeadh Seán as tóin an ghloine ar an gcuntar go mbeadh sé corraithe. 'Ceann eile,' a d'fhógródh go borb. Thosódh ag cuardach a phócaí. 'Cé mhéad atá ag dul duit?'

'Má tá punt tríocha agat.'

'Is daor an éadáil é.' Bhreathnódh Seán go coilgneach orm. 'Ar a laghad ar bith tá tú cinnte gur fuisce atá tú ag ól sa teach seo.'

Bhreathnóinn idir an dá shúil air agus leathmheangadh ar mo bhéal le náire. Bheadh an ghloine i mo lámh agus mé le í a chur ar an mbord le hais na fuinneoige dó.

'Fág anseo é,' a d'fhógródh Seán. 'Tá mé féin in ann í a iompar. Tá tú cinnte, mar a deir mé, nach bhfuil sé tanaí le huisce mar atá i dtithe ósta eile.'

D'fhillfeadh Frank a lámha faoina ascaill. Shiúlfadh trasna an tseomra agus thosódh ag breathnú amach an fhuinneog.

D'ardódh Seán a ghlór. 'Ní hiontas carranna móra féin a bheith faoina dtóin ag imeacht.'

'Tá athrú air. An aimsir atá mé ag rá,' a déarfainn, ag iarraidh Seán a thionlacan go dtí a shuíochán.

'Briseadh sí léi má tá sí ag iarraidh' a déarfadh Seán. 'Is dóibh is furasta.'

'Go gcuire Dia an t-ádh ort agus suigh síos anois agus ól do dheoch ar do shuaimhneas.'

'Ach cá bhfágfaidís é?' Ní bheadh Seán le stopadh.

'Feicfidh mé uair éicint eile thú. Tá deifir orm.' Bheadh Frank ag déanamh ar an doras.

'Nóiméad amháin.' Thrasnóinn chuige.

'Daoine ag rá go raibh an-ól ar fad in Óst an Tobair. An-stuif. Nach ndéanfadh sé tinn thú ba chuma céard a d'ól tú de. Cé hiontas nuair is uisce atá siad ag ól!' a déarfadh Seán.

'Cén sórt cainte í sin ort? Suigh síos ansin as ucht Dé ort agus ól do dheoch.' Bheadh olc orm leis. Chuirfeadh sé drochainm ar Tigh Lúcáis. Ní ghlacfaí leis an gcaint sin uaidh in aon teach ósta. An tsráid amach a thabhairt dó an déanamh air. Dá mbeadh ceart le fáil. Cén fáth gur i mo theachsa a chaithfeadh sé Frank a mhaslú? Cheapfadh aon duine gur mise a shocraigh mar sin é. Níor cheart dom seans a thógáil ar Sheán. Sa teach istigh ba chaothúla gnaithí mar sin a phlé. Thabharfadh sé deis do Frank dul ag caint. Go raibh an ceart ar fad aige féin Seán Dubh a choinneáil ó dhoras. Nárbh iontas Tigh Lucáis a bheith bánaithe aon uair den lá a sheasann duine ann agus an custaiméara breá atá gróigthe ar stól ann rompu. Scread mhaidne ar Sheán Dubh. Ach ní fhéadfadh sé Seán a bhearáil. Go mórmhór ó tharla nár labhair athair Frank agus Seán focal le chéile le blianta. Ní bheinnse ag iarraidh a bheith tarraingthe isteach sa tseansceilp sin. Leathchos san uaigh aige. Nár fheice sé beo na flaithis.

'Abair le Sibéal go raibh mé á fiafraí,' a déarfadh Frank ón doras.

'Bhí airgead ariamh sa teach seo, a leabhairse. Airgead a saothraíodh i gceart. Airgead gnaíúil. Ní fás na haon oíche a bhí ann. Ní go bog a fuair siad airgead.' Ní bheadh stopadh ar Sheán.

'Stop an chaint sin anois.' Bheinn corraithe. Bheadh Frank bailithe leis faoi seo.

'Nach bhfuil a fhios ag an saol go ndéanfadh an t-ól ceart tinn iad. Tá sé láidir, a chladhaire. Nuair a bhíonn cúpla pionta ólta ag cuid acu sin, d'fhéadfadh Frank uisce na bhfataí a chaitheamh chucu. Tá a fhios ag Frank é sin. Ní fheicfidís an difríocht. An iontas ar bith é go bhfuil éirí in airde faoi?'

D'imeoinn amach as an mbeár is d'fhágfainn ag seafóid leis féin é.

Ní féidir go bhfuil an ghrian ag soilsiú go bláthbhuí ar an mballa. Sin a fheictear dom, ar aon nós. Níor thug mé faoi deara an samhradh ag imeacht. Sin nó is drochshamhradh a bhí ann. Mar a d'éalódh sé in aon turas. Ní fhéadfadh an ghrian a dath a athrú. Nó sin is é an dúlra a thugann an loinnir bhuí di ag an tráth sin bliana. Ba mhinic cheana a bhí fóidín mearaí orm. An lá a raibh mé ag fanacht ag doras an óstáin in Áth na Sreabh le m'aintín, cuireadh moill uirthi. Ní raibh sí ag teacht. Mé ag dianghrinniú gach bean aníos an tsráid chugam, ag súil gurbh í m'aintín í. Faoi dheireadh, ag ceapadh gurbh í m'aintín gach dara bean ag déanamh orm. Chuir sé sin as mo bhuille go mór mé. Mé anois in amhras go raibh aithne agam uirthi nó an aithneoinn í nuair a thiocfadh ar an bhfód di. Ní raibh mé cinnte a thuilleadh cén dath a bhí ar a cóta, cén chaoi a raibh a gruaig socraithe nó go fiú cosúlacht a héadain. An t-aon rud sa saol ag an nóiméad sin a raibh tnúth agam leis imithe ó aithne orm. Tháinig faitíos orm. Bhí mé liom féin i ndomhan coimhthíoch. Thosaigh mé ag caoineadh agus ag bogadh go mall síos an tsráid, gan a fhios cá raibh mo thriall.

B'fhéidir gurbh amhlaidh a péinteáladh an áit i ngan fhios

dom. Nuair a bhí mé i mo chodladh. I lár na hoíche. É athraithe ach gan a bheith ó aithne. Gan tnúth ná mian de chineál ar bith agam leis, is dócha. Braith orm ceist faoi a chur ar an bhFear Eile. Ní bhacfaidh mé. Go mórmhór faoi rud mar sin. Ní thuigfeadh sé céard a bhí i gceist, nó sin chuirfeadh sé a chló féin ar an scéal. Ní hin a bheinn ag iarraidh ar aon nós.

Bheadh corcra an fhraoigh ag tréigean. Dath lonrach donn tagtha ar an sliabh. Na crainn is sceacha ag iompú donn. An raithneach ag tabhairt uaidh as a íochtar. B'iomaí fómhar a chonaic mé. Agus samhradh beag na Féile Michíl ina theannta corruair. Ní bheadh aon dul amú orm faoi. Corrdhuilleog ar an talamh feasta. Taobh na gaoithe de na sceacha ag feochan. Cupóga agus feochadáin faoi shíol ag seasamh go haonaránach sna coimíní. Mogóirí ag deargadh ar thaobh na gréine den fhál. Airní agus sceachóirí á dtaispeáint féin. Bheadh na fáinleoga thart fós, ag eitilt go híseal ar luas faoi scáth na gcrann seiceamair agus é ar tí báistí. Na faoileáin san airdeall ar stuifíní sa bhfarraige. Iad ina línte bána ar bharr na gcarraigeacha sa gcladach. Bheadh marú ar ronnaigh isteach an cuan. Mangaigh le fáil ón gcarraig le titim na hoíche. Ní raibh aon mhearbhall orm faoin bhfómhar. Níor mhiste iad a liodánú dom féin, ar fhaitíos. Bheadh na bláthanna, nó a bhformhór, ag seargadh is ag déanamh síl. Ní bheadh an borradh fáis céanna faoi phlandaí is a bhí. Ag ligean a scíthe nó ag dul i léig. An ghrian tite ó dheas sa spéir. Ní bheadh dul faoi na gréine ag soilsiú isteach sa bhfuinneog ó thuaidh go Meitheamh seo chugainn arís. An áit beo le feithidí. Ní bheadh an mhíoltóg ar leathshiúl go Féile Michíl. Seangáin ina sprémhóin ar aon chnocán a bhí tirim. Leamhain is snáthaidí móra ag déanamh ar an solas san oíche nuair a d'osclófaí doras nó fuinneog. Na cleabhair i ndáil le bheith imithe as an saol.

Corrcheann fágtha sa gcriathrach. Bheadh an priompallán ag dordán thart le titim na hoíche dá mbeadh an tráthnóna ciúin. An speig neanta ag déanamh a bealaigh suas ballaí an tí lá ar bith feasta. Dá mba dheargadaol nó míol críonna nó dreolán teaspaigh a bhí uaim a fheiceáil, b'eol dom cá raibh a ngnáthóg. Ar éigean a bheadh feithid strainséartha ina measc. B'fhéidir nach mbeinn in ann ainm a chur uirthi. Ní hé sin le rá nach raibh aithne agam uirthi. Bheadh go leor ag foluain thart nach bhféadfainn a ainmniú. Ba dhócha go mbeadh ainm ag duine éicint dóibh.

Bheadh drúcht trom ar an bhféar chuile mhaidin feasta leis an aimsir bhreá. Ní bheadh sé tógtha ag an ngrian go meán lae. Drochthriomú ann. Boladh cumhra ach púir den dreo ina orlaí tríd. Níor theastaigh triomach. Móin nó féar nach raibh ar bealach faoi seo, bheadh thiar orthu.

Bheadh fir amach lá ar bith feasta sna páirceanna i Londain ag rácáil na nduilleog den talamh. Ní fhágfaidís duilleoga i bhfad ar an talamh gan a mbailiú. Na hioraí rua ag éalú anuas as na crainn ag léimneach go haireach trasna na mbánta. Go leor éan sa timpeall. Ag eitilt i measc na gcrann agus ag breacadh an fhéir ar cholbha an locha ag tarraingt ar am dúnta na páirce. Go leor den choimhthíos caillte acu. Iontas orm go mbeidís chomh fairsing in áit mar sin. Giorrú mór tagtha ar an lá. An giorrú i bhfad níos mó i Londain.

Éadaí níos troime le sonrú ar na daoine ag siúl na sráide cheana féin. Iad níos folaithe. Dath na gréine ag tréigean dá gcraiceann. Scoláirí in éide i chuile cheard sa tráthnóna, ag fanacht le busanna. Iad glórach, sochraideach.

Ní bheadh dul amú ar bith orm faoi na rudaí sin. Mar sin a bhíodh chuile bhliain. D'aithneoinn síol thar shíol eile. B'eol dom céard a bhí ag tarlú gan é a fheiceáil. Níor mhór do dhuine a bheith meabhrach in áit mar seo le bheith eolasach cé mar atá an saol. Tagann faitíos orm in amanna go ngabhfaidh rudaí mar sin amú orm; nach mbeidh a fhios agam cén séasúr nó tráth bliana atá ann. Gur bhocht an cás é dá gceapfainn gurbh é an geimhreadh é agus é ina fhómhar fós. Is mór is fiú an fhuinneog. Is iomaí nuaíocht atá ag soilsiú isteach tríthi. An chéad rud eile, bheadh laethanta na seachtaine in aimhréidh orm. Sin é an uair a bheinn i mo bhaileabhair. An-éasca go deo aige tarlú. Domhnach is dálach mar a chéile sa seomra seo.

Thriailfinn an bhfuil na stáisiúin ar fad anoir ar líne Victoria agam fós. Thosóinn ag stáisiún Black Horse Road Ansin ina dhiaidh Tottenham Hale, Seven Sisters, Finsbury Park, Islington agus King's Cross. Ag King's Cross d'fhéadfainn an Northern Line a fháil le dul ó dheas trí Goodge Street, Charing Cross, Embankment, Waterloo. Athrú ansin go dtí an Bakerloo Line le dul go dtí Elephant and Castle.

Na háiteanna sin ar fad greanta ina línte daite le poncanna i m'intinn. Cosúil le háiteanna eile ar nós Bhaile an Tobair, ba chuid de m'óige iad. Ba é Elephant and Castle lárphointe mo shaoil nuair a chuaigh mé go Londain i dtosach. Áiteanna ag athrú freisin an t-am ar fad. An uair dheireanach dá raibh mé i Sráid Liverpool, bhí a leath leagtha agus í á tógáil as an nua. Áiteanna mar sin, ní aithneoinn arís iad.

Ghabhfadh daoine ó aithne orm. Daoine óga go mórmhór. Bheadh iontas orm cuid díobh a fheiceáil. An aois tagtha go mór orthu. Cuid acu craiplithe le scoilteacha, a gcuid gruaige athraithe, roic ag doimhniú ina n-éadan. Dream eile ag coinneáil na hóige ní b'fhearr, iad tanaí, scafánta. Níor dhócha go n-aithneodh aon duine acu mise. Mé cinnte de sin. Níor mhiste liom. Athrú mór tagtha orm féin. Sin a cheapaim. Ach ní fhéadfainn a bheith cinnte faoi thada níos mó. Á cheapadh atá mé.

Is fearr liom a bheith ó aithne. Baol ann i gcónaí go

gcasfar duine éicint thart ón mbaile a aithneoidh mé. Duine a bhuailfeadh isteach sa seomra trí thimpiste. Ní dhéanfadh sé sin cúis. Ligfidh mé mo chuid féasóige i bhfás. Ní aithneofaí mé le féasóg. Déarfaidh mé le Sharon gan mé a bhearradh maidin amárach ná aon mhaidin eile nó go mbeidh cluimhreach mhaith orm. Mura mbeidh sé sin sách maith, féadfaidh mé spéaclaí gréine a chaitheamh. Beidh mé céasta ag an bhFear Eile go ceann tamaill, ag breathnú anall orm. Ní thuigfidh sé céard a bheidh ar bun. Cá bhfios nach dtaispeánfaidh sé níos nó ómóis i mo dheilbh nua dom? Ach is deacair an chluain a chur ar an bhFear Eile. Sílfidh seisean gur seafóid a bheidh orm. Gur éirí in airde a bheidh fúm. Nó, níos mheasa, gur aistíl a bheidh do mo bhualadh. Ar nós Jeaic Mhóir. Nó pé rud i Jeaic Mór a chuir scáth ar mo mháthair. Beidh sé fánach tada a mhíniú dó. Gach seans nach mbeidh glacadh le mo mhíniú, fiú má thuigeann sé féin é. Fágfaidh mé ag déanamh iontais é. Gabhfaidh sé i gcleachtadh na féasóige le ham. Beidh mé ó aithne ar Nóra. Fiú má éiríonn léi teacht orm anseo. Ní fhéadfaidh mé a bheith cinnte de Nóra. Sí is dóichí teacht. Tosaíonn fuarallas ag briseadh amach ar mo bhaithis.

Ní bheadh mo mháthair ach ina suí nuair a bheannóinn isteach. Bheadh lúba dorcha ag sní timpeall a súl agus anuas faoina gruanna i mbándreach a héadain agus í ina suí i scáil an tinteáin. Níor chosúil mairg dá laghad uirthi agus cupán le lorg tae ar an gcathaoir lena hais. Níorbh iontas léi mo theacht agus d'fhanfadh sí nó go labhróinn. 'Glanfaidh mé suas an tsráid sin amuigh inniu. Is fada mé á ghealladh. Ar mhaith leat go gcuirfinn slacht ar an áit seo i dtosach?'

'Ní fheicim aon slacht le cur air. Nífidh mé féin an dá chupán sin ar ball.'

'Ní dhéanfadh scráib phéinte aon dochar do na ballaí sin. Tá siad buí ón deatach.' Mé i lár an urláir, mar a bheinn ag iniúchadh na háite, ag breathnú fúm agus tharam.

'Sin é an dath a bhí ariamh orthu. An dath a cuireadh orthu an chéad lá, flannbhuí. Níl tú ag iarraidh an teach a chur ó aithne orm.' D'iompódh sí uaim i dtreo na tine.

'Dhéanfadh brat nua péinte an áit go deas aerach ag breathnú.'

'Ní bhíonn aon deatach sa gcisteanach seo. Tá antarraingt sa simléar sin. Simléar ar bith a rinne an Curraoineach, níor chaith sé amach deatach ariamh. Beidh cupán tae ... Tá an citeal díreach fiuchta.' Shínfeadh sí isteach a lámh go creathach. Bhéarfadh ar an gciteal agus dhéanfadh iarracht é a chroitheadh féachaint an raibh uisce ann.

Gheobhainn an tae as an mbosca stáin, an bosca céanna ina mbíodh sé sular fhág mé baile ariamh. Is beag rud a bheadh as áit sa gcisteanach. D'aithneoinn na crúscaí arda leis na pictiúir orthu, ar bharr an drisiúir. Mar phrócaí lán le subh ón siopa a tháinig siad isteach sa teach. Ní fhaca mise a dteacht, agus ar éigean má chonaic mo mháthair ach oiread. Iad chomh slán leis an gcéad lá. Ba bheag ídiú a bheadh déanta ar na soithí i gcaitheamh na mblianta. Chuirfeadh sé iontas orm muigín scoilte Jeaic Mhóir a bheith leathfholaithe sa gcúinne céanna. Ní úsáideadh é ach Jeaic. Ansin scóladh mo mháthair go maith é le huisce bruite sula gcuirfí ar ais ina ionad arís é. Í in amhras, a deireadh sí, gur bhaol aicíde sa teach é Jeaic de bharr nach níodh sé é féin. Páipéir ar nós admhálacha fillte ina mburla ag gobadh amach as. Níor athraíodh an phéint dhearg is bhán ar an drisiúr. Bheadh an loinnir caillte aige. Tic láidir an chloig le cloisteáil nuair nach mbeifí ag caint. Cúpla ball éadaigh á n-aerú ar an líne os cionn an tinteáin. An cuirtín lása leata go míchothrom ar leath íochtair na fuinneoige. Ní mheasfadh sise go mbeadh smais le cur ar aon ní ann. Nó sin ní bheadh sí ag iarraidh aon athrú a chur ar an gcisteanach ach é a fhágáil sa gcaoi a raibh aithne ariamh aici air. Mar sin ba chompordaí é. Chuirfeadh sé as di daoine faoi fhuadar timpeall uirthi agus an troscán as áit le go bhféadfaí na ballaí a phéinteáil.

Ba mhór an t-athrú ise a bheith ina suí cois tine an tráth sin maidne. Bheadh obair éicint idir lámha i gcónaí aici, istigh nó amuigh. An teach ina chriostal, gan a dhath ar sliobarna. Níorbh í an duine céanna a d'fheicfinn anois agus a raibh aithne agam uirthi.

'Teastaíonn duine éicint uait anseo feasta, le fanacht leat san oíche atá mé ag rá,' a mholfainn.

'Nach mbíonn tusa anoir chuile lá,' a déarfadh sí go neamhchinnte.

'Tá na hoícheanta ag éirí an-fhada. Tá an seomra anseo agus an leaba.'

'Cé a d'fhanfadh le Sibéal agus le Seán?'

B'eol dom nach mbeadh maith a bheith léi. Nach mbeadh sí ar a suaimhneas mise a bheith abhus agus an chuid eile den chlann sa mbaile. Ní sásta a bheadh sí ach oiread tabhairt isteach nó go gcinnfeadh uirthi. Ach an baol ba mhó ná ariamh go bhfaigheadh sí taom tobann. Go dtitfeadh sí agus nár chumas di éirí.

'Feicim nach bhfuil aon mhisneach mór agat. Cuirfidh mé fios ar an dochtúir.' Bheinn ag níochán na soithí ag an doirteal.

'Ní dhéanfaidh dochtúir aon mhaith dom. Tuirseach atá mé. An tuirse do mo mharú.'

'Thabharfadh sé buidéal duit don tuirse.'

'Bhí tú le rud éicint a dhéanamh leis an tsráid sin amuigh. Tá an fhiúise le bearradh. Tá sé éirithe ró-ard ar fad. Imithe glan ó smacht orm. Tá sé ag stopadh na gréine ag teacht isteach sna fuinneoga.'

B'fhéidir go mbeadh an ceart ag Sibéal. Dá scarfainn le Tigh Lúcáis agus muid ar fad dul inár gcónaí i dteach mo mháthar. Ní bheadh locht ag Sibéal ar shocrú mar sin. Cheapfainn nach raibh luí ceart aici le Tigh Lúcáis. Níorbh iontas di col a bheith aici le teach óil, ach b'in scéal eile. Anois a bheadh an deis agam gan an teach ósta a dhíol ar shladmhargadh. D'fháiscfinn an phingin deiridh as an Seoigheach. Níor ribín réidh ar bith é Frank. Bheadh sé eolasach sna cúrsaí sin. Ní bheadh aon chosúlacht go bhfeabhsódh an gnaithe mórán. Dá dhonacht an fheilm, ba mhó a d'fhéadfainn a dhéanamh léi ná Tigh Lúcáis. Gheobhainn comhairle. Bheadh saineolaí ar fáil a chuirfeadh ar an mbóthar ceart mé. Bheadh an fheilm fágtha i mo dhiaidh chomh fada agam go mbeadh sé deacair tosú in athuair. Thuigfeadh mo mháthair é. Ní chomhairleodh sí dom fanacht murarbh é mo leas é. Bheadh an ceart aici.

Ní fhéadfainn géilleadh do phlean Mhicil Uí Thnúthail. Murach an aithne a bhí agam ar Mhicil, cheapfainn gur as a mheabhair a bheadh sé. Deargchneamhaireacht a bheadh ann, agus níor chneamhaire é Micil seachas aon duine beo. Ach b'fhearr sin féin ná an mhísc a bheadh beartaithe aige. Cén smál a bheadh tagtha air? Ní fhéadfadh an saol thall a intinn a chruachan chomh mór sin. Nó sin an scéal é a léifeadh sé sna páipéir? Ní fhéadfainnse isteach nó amach a bheith agam i ngnaithí áiféiseacha mar sin. Sin a chuirfeadh an chaidhp bháis orm agus ní Tigh Lúcáis. Ba mhór ab fhiú nach mbeadh aon mhearbhall faoin saol orm féin. Sin rud nach mbeadh ariamh orm. Thógfainn an saol mar a thiocfadh sé chugam. Ní bheinn ag iarraidh cor ariamh a chur ann nach raibh ag teacht le nádúr.

Sin é an fáth a n-athróinn féin is an chlann isteach i dteach mo mháthar. Ní go maith a d'fheilfeadh sé domsa ach ba é an rud ceart le déanamh é. Sin mar a bheadh an scéal. Ní bheadh maotháin ar bith ar mo shúile faoin saol. D'fheicfinn go raibh mo mháthair ag titim siar. Nach mbeadh maith le déanamh di ná biseach i ndán di. Nach mbeadh aon iontas orm faoi sin. Ghlacfadh sí leis an gcinniúint. Thiocfadh sé ina am féin. Ní bheadh aon dul thairis. Bheinn réidh ina chomhair. Bheadh duine dá clann léi mar ba chóir go mbeadh agus chuirfí go gnaíúil í. Bheadh sé sin uaithi. Ní labhródh sí fós air sin. Ná ní labhródh nó go mbeadh sí ar an dé deiridh.

Bheadh cumha orm ina diaidh. Cén fáth nach mbeadh? Chaithfinn guaim a choinneáil orm féin. Orm féin a thitfeadh sé súil a choinneáil ar ghnaithí. Bheadh orm an té a bhí imithe a chur as mo cheann, go fóilleach ar aon nós. B'in é an saol. B'eol dom féin go maith gurbh ea. Ar mo chrann a thitfeadh sé freastal ar na beo le linn na sochraide. Bheadh sé deacair orm. Cuimhní goilliúnacha ag ropadh trí m'intinn. Ní fhéadfainn géilleadh dóibh. Dá ngéillfeadh, bheadh gach rud ina phraiseach. Gan ceannús ceann ar bith san áit. Níorbh in a bheadh ó mo mháthair. Dhéanfainn mar ba mhian le mo mháthair. Rinne mé ariamh é. Mar bheadh sí réasúnach. Duine ní ba réasúnaí ní raibh ann.

Mura ndéanfaí gach rud ceart. Gan an chónra a iompar in aghaidh na gcos, b'fhéidir – bheadh daoine ag caint. Ní bheidís sásta. Ní sochraid a bheadh ann. Nó, ní ba mheasa, gan aon tórramh a bheith ann. Ní bheadh sé sin sa nádúr ná i reacht. Ní bheadh an duine curtha i gceart. Daoine cunóracha ag caint ar a gcorp a thógáil as an uaigh le go gcuirfí tórramh uirthi agus ansin bheadh rudaí ceart.

An sagart paróiste as a chiall ar chloisteáil dó gur cuireadh tórramh ar an gCannonball – ól agus tobac. Ní raibh sé i gclár ná i bhfoirm tórramh a chur ar chapall. Go fiú ar each de chapall. A tháinig slán trí Chogadh na mBórach. Capall thar chapaill, nach mbeadh aon chapall eile inchurtha leis ar pháirc an rása. Tabhair stail ar stail. Ní bheadh sé sa saol a léithéid a dhéanamh. Bheidís ag tabhairt a dhúshláin féin agus dúshlán na hEaglaise lena leithéid. Dar leis an sagart, ag tabhairt dhúshlán an tsaoil. Dhéanfaidís praiseach den saol dá ligfí leo. Céard eile nach gcuimhneoidís air? Daoine ag déanamh aithrise orthu. Léifeadh sé salm na mallacht ón altóir orthu. Aithne ag mo mháthair ar a bhformhór. Chuirfeadh sin faitíos orthu, muintir Bharr na gCeapán.

Furasta go leor an saol a chur as a riocht. Ní bheadh riail ná eagar ansin ann. Chuile dhuine ag déanamh mar ba mhaith leis. Ní bhacfaí le daoine a thabhairt go dtí an reilig lena gcur. Dhéanfadh áit ar bith a n-uaigh. Ón altóir, nuair a bheadh chuile dhuine ag éisteacht leis, a léifeadh sé salm na mallacht. Níor chuala mé cé mhéad díobh ar thit an mhallacht orthu. Chreidfeadh an pobal go dtitfeadh sé orthu ar fad a bhí ar thórramh na stalach. Bheadh coir déanta acu agus pionós dá réir ag dul leis. B'in é an saol. Ní chuirfí tórramh ar chapall go luath arís. Agus tá seans gur sa gcaoi ar chuir siad an Cannonball sa talamh a chonaic an sagart an eiriceacht ar fad: ina sheasamh suas ag breathnú soir ar reilig Chill Cholmáin.

An fhad is go dtuigfeadh daoine céard é an saol agus céard nach é. Ba dhócha, dá bhfógródh an sagart tórramh a chur ar an gCannonball, nach mbeadh níos mó faoi. Nach mbeadh mallacht le cur ar aon duine. Nach mbeadh tada mínádurtha faoi. An sagart a d'fhógair mínádúrtha é. Micil Ó Tnúthail cinnte go bhfuil mallacht air féin. É ag iarraidh an mhallacht a chur de. Ní bheadh aon chreidiúint ag Micil i sagairt. Ní chreidfeadh sé brí in aon mhallacht a chuirfeadh sagart air. É féin amháin a chuir an mhallacht air féin. É féin freisin a leigheasfadh é.

Ní luafadh mo mháthair aon turas ar an Tobar. B'iontach sin, cé go raibh Lá an Tobair caite ó Bhealtaine, an dara lá fichead. Go Tobar Bhreacáin a thug sí an chlann ar fad nuair a chuaigh tinneas m'athar in olcas agus é san ospidéal. Fuair muid amach ina dhiaidh sin go raibh sé síothlaithe sular thosaigh muid an turas. Cé go raibh gnás an Tobair tite i léig cuid mhaith, fiú ag an am sin bhí an-chreideamh ag mo mháthair ann. Ní ligfeadh sí bliain ar bith thart gan ruaig soir a thabhairt. Uair amháin agus mé i mo sheanghasúr chuir sí trí thuras orm féin, mar bhuíochas go ndearna mé mo bhealach abhaile slán oíche na stoirme. An stoirm úd a rinne an réabadh, nár facthas a leithéid cheana agus gur bheag nár dhóbair Séamas an Chrompáin a fhágáil sa mbruth faoi thír leis an taoille ard a bhí léi.

Ní bheadh sí chuig an tobar le tamall. An bealach soir trí na garranta ró-aistreánach di. Ach bheinnse thart i mbliana le cúnamh a thabhairt di an bealach soir a dhéanamh. D'fhiafróinn di. Chreidfeadh sí go ndéanfadh turas maith di.

'Ní dhearna tú an turas Lá an Tobair?' Dhíreoinn mé féin ó mo ghnaithe.

'Tá an bhliain caite. Is gearr a bhí an samhradh ag imeacht,' a déarfadh sí.

'Ní dhearna mise an turas le blianta.'

'Tá tú ag dul ann i mbliana?' Bhreathnódh sí go grinn orm.

'Le cúnamh Dé. Ar mhaith leat a theacht liom?'

'Níl a fhios agam.' Bhreathnódh sí uaithi isteach ar an

mballa bán. 'Ní bheadh cosán soir ann níos mó. É fásta isteach ag raithneach agus driseacha. An áit imithe i bhfiántas.'

'Ní thógfaidh sé i bhfad orm an cosán a ghlanadh duit. Bheinnse leat.'

'Ní ghabhfad. Airím tuirseach na laethanta seo.'

'Thabharfadh an turas misneach duit.'

'Ní thabharfaidh aon turas misneach dom.'

'Má rinne sé maith duit uair amháin, nach ndéanfaidh sé arís duit é? Tógfaidh muid go réidh é.' Díomá orm go mbeadh a meon chomh hathraithe.

'Ní hionann an dá chás. Ní hionann chor ar bith é. Sin nuair a bhí sibhse ag éirí suas. Caithfidh muid glacadh leis an saol. Níl aon mhaith le déanamh ag Naomh Breacán domsa. Tá an tuirse le fanacht. Ní féidir dul thar an saol. Gabhfaidh tú féin agus Sibéal agus Seán ann, le cúnamh Dé. Cén fáth nach ngabhfadh? Is é an rud ceart le déanamh é. Is iomaí leagan roimh an duine sa saol. Faoi choimirce Bhreacáin is ceart a bheith. Ná dearmad Seán a thabhairt ann. Duine ar bith a bhfuil beannacht Bhreacáin air, ní tharlóidh mórán den donacht dó.'

Aithním an glór, nó is mór an dul amú atá orm, taobh amuigh den seomra. Caint mo dheirfíre Nóra. Sharon sa seomra ag an am ag cóiriú na leapacha agus í ag clabaireacht. Murach sin, chloisfinn ní b'fhearr í. Mé cinnte de. Rian de chársán sa gcaint. Ar nós a bheadh briseadh sa nglór. An glór ceannann céanna, ach é níos troime, a chuala mé a liacht uair. Buaileann faitíos mé. Mothaím an fuarallas ag úscadh asam. Is fada liom go n-imeoidh Sharon as an seomra, ar fhaitíos go dtabharfadh sí faoi deara mé. Ba mhór ab fhiú nach mbreathnódh sí ach ar éigean orm féin ná ar an bhFear Eile ach í ag cur di ar nós raidió. Dá mbeadh sí glanta léi, ghabhfainn i bhfolach. Shleamhnóinn síos faoi na pluideanna. Tharraingeoinn an chuilt os cionn mo chloiginn agus dhéanfainn chomh beag mé féin agus ab fhéidir. Ar fhaitíos go mbreathnódh sí isteach sa seomra. Go mbeadh sí do mo chuardach. Ach ní fhéadfaidh mé é sin a dhéanamh.

Cén seachmall atá orm? Ní aithneodh sí ar aon nós mé leis an bhféasóg agus na spéaclaí gréine. Mura n-aithneodh sí mo bhaithis is mo shrón. Tá fás fós le teacht ar an bhféasóg, cé go bhfuil cluimhreach mhaith ar mo leicne agus anois faoi mo smig. An oiread agus a chuirfeadh ó aithne mé, measaim. Ní dócha go n-aithneodh sí mé ar aon nós, fiú gan féasóg ná spéaclaí. I dtosach báire ní shamhlódh sí in áit mar seo mé. Bheadh sí do mo thóraíocht, ceart go leor, ach fear crua fáiscthe, éadrom ar a chos, a ghruaig ag liathchan a bheadh sí ar a thóir. Choinneodh sí súil ghéar ar na bacaigh ag na stáisiúin traenach. An t-ól a mheasfadh sí a chuir an mála orm. Ní mé an chéad duine as an áit é ar tharla an cleas sin dó. Nó, Dia idir sinn is an anachain, an aistíl a bheadh ag rith liom.

Ní thuigfeadh sí chor ar bith go mbeinn beo beathach sa mbaile seo agus nárbh fhiú liom líne de litir a chur chuig mo mháthair in imeacht an achair sin. Ní duine mé a bhí ariamh faillíoch faoi ghlaoch ar an mbaile. An smaoineamh sin ag goilliúint orm. Choinnigh mé as mo cheann go dtí anois é, ach bhí orm athmhachnamh a dhéanamh le go gceapfainn seift eile le Nóra a chur de mo bhonn. Mo dheilbh athraithe leis an meáchan atá curtha suas agam. M'éadan as riocht ag an raimhre. Gan cor asam. Duine eile ar fad atá ionam. Bheinn ó aithne uirthi. Ní aithneodh sí tuin phlúchta mo chainte. Ní thoileoinn labhairt ar na nithe ar mhian léi.

Chuirfidís as dom. Is fearr go mór liom as m'intinn iad. Ní thuigfeadh sí an t-athrú a bhí orm. Bheadh sí in amhras gurbh é a deartháir a bheadh ann. Ní bheadh cosúlacht ar bith aige leis an mBrian a raibh aithne aici air. Ní Brian a bheadh ionam di feasta. Agus ansin nuair a d'éireoinn tostach faoi rudaí áirithe ... Mo mheabhair a bheadh caillte agam, nó sin níorbh é a deartháir a bhí ann. Duine a bhí ag ligean air féin gurbh é Brian é. Gleacaí. Ruagaire reatha. Tharla sé go minic cheana. Fear ar dhócha gan duine sa saol aige agus é ag iarraidh aird a tharraingt air féin. Ní mise mé féin feasta. Duine atá ionam atá imithe ó aithne orm féin is ó aithne daoine eile

Bheadh Nóra ag inseacht dom faoi mo mháthair. Mé ag iarraidh cor a chur sa gcomhrá. Ag seachaint suim a chur i dtuairiscí pianmhara. Sheolfainn ar leathbhord uaithi ag caint faoin aimsir nó an nuacht ba dheireanaí. Thabharfadh sise timpeall arís mé agus isteach i súil na gaoithe, ag rá go mbeadh corp áthais ar mo mháthair a chloisteáil go raibh mé beo. Go raibh cosán dearg déanta aici ag tabhairt turas timpeall Thobair Bhreacáin. Go ndéarfadh sí anois go raibh toradh ar a guí.

Ní bheinnse chomh cinnte céanna. Mhúchfadh an solas i súile mo mháthar le díomá. Bheadh sí in amhras gur mé a bhí ann, ach oiread le Nóra. B'fhearr go mór léi nach mé a bheadh ann. Ní bheadh cosúlacht ar bith anois agam le Brian. An Brian arbh é mise é. Ní ba mhó de bhuairt uirthi go bhfaca sí mé. B'fhearr léi mé a bheith fós ar iarraidh agus súil abhaile uair éicint liom. Má b'fhánach féin an seans é. Déarfadh sí leis an gcuid eile den chlann nárbh é Brian a bhí ann, nó sin gur mhór a bhí ag dul amú uirthi. Gur strainséir a chonaic sise. Nach muineál ná leicne iata mar sin a bhí ar Bhrian. Gur ar éigean ribe liath ina chuid gruaige. Nach n-éireodh Brian ramhar. Nárbh in an mianach a bhí ann.

Nach glór trom garbh mar sin, ach é ceolmhar, aerach, a bhí ag Brian, ná ag aon duine a bhain leis ach oiread. Go n-aithneodh sise Brian. Nach bhféadfadh sé dul amú uirthi. Nach raibh gaol ná dáimh ag an strainséir sin leis. Dá mbeadh Brian in ann chor ar bith, go scríobhfadh sé litir abhaile nó ghlaofadh sé. Nach raibh Brian tostach ariamh. Go n-aithneodh sí a gháire in áit ar bith. Bheadh aithne sách maith aici air le go n-aithneodh sí a mac féin. É ag tomhas na bhfocal. Ní chuirfeadh an saol athrú mar sin ar aon duine.

Agus cá bhfios nár chailín a casadh air? Ba mhaith an aghaidh cailín é. Aige a bheadh gnaithe do chailín. Ní fheicfeadh sé lá mairge uirthi. Fear chomh ciallmhar leis. Bean ann do chuile dhuine. Ach sin é an saol. Ná bíodh aon duine ag súil le ceart ná cóir uaidh. Gur bhailigh Brian is í féin amach go tír choimhthíoch. D'fhéadfadh gurbh as tír mar sin í. Thaitin an éagsúlacht le Brian ariamh. Ní chuirfeadh sé blas iontais uirthi. É ag scríobh abhaile ach gan na litreacha ag fágáil na tíre ceal deiseanna, nó daoine á bhfuadach ag ceapadh go mbeadh airgead iontu. B'iomaí timpiste a d'fhéadfadh tarlú do litir. Ní bheadh sé éasca ag fear pósta teacht abhaile as áit a bhí chomh fada as láthair agus an praghas a bhí ar gach rud.

Ní haon timpiste a tharlódh dó. Fear cúramach. É ní ba chúramaí fós ó bhuail geaing Mhangan sa mBell é. É óg ag an am. Gan é de chiall aige fanacht as a mbealach. Drochdhream. Ní tharlódh a leithéid in athuair dó. Cé go ndeirtear go gcailleann daoine a gcuimhne ar feadh tréimhsí. Nach mbíonn a fhios acu cén ball den domhan ina mbíonn siad. Ach ní fhanann an dímheabhair orthu. Ní bheadh Brian i bhfad ar seachrán ar a mheabhair dó.

Caithfidh gur thaitin an t-ól go mór le Jeaic Mór. Ní raibh dúil chéadach mar sin agamsa ann. Bheinn in ann déanamh dá uireasa dá mbeadh call leis. Ach ní raibh. Braon maith chuile lá. Trí nó a ceathair de chuarda in aghaidh an lae. Cúpla pionta le gach cuaird. Sin an méid, agus babhta maith ar an deireadh seachtaine. B'in tús is deireadh mo chuid óil. Ach mé in ann mo chuid óil a iompar. Ní fhaca sise ná aon duine eile aithne mhór óil ariamh orm. Ní théann daoine ar an ól d'aon iarraidh amháin. Agus dá dtiocfadh lá ganntain orm, thiocfainn abhaile. Bhí a fhios agam go mbeadh áit dom i gcónaí ag baile. An seomra, le leaba i gcónaí i gcóir dom. Ní fear mé a ligfeadh síos mé féin, ag dul thart i seanéadaí agus coirt salachair orm. Níorbh in an mianach a bhí ionam. Ní mar sin a tógadh mé. É de theacht aniar ionam. Ní thabharfainn le rá gur ag iarraidh na déirce a bheinn. Sheas Jeaic Mór ar a chosa féin i gcónaí, airgead aige nó uaidh.

Col cúigear do mo mháthair ba ea Jeaic Mór. B'in scéal eile. Cé go mbíodh sé gioblach míshlachtmhar, níor chuir sin as dó. Imní ar mo mháthair go raibh an t-ól ag breith air. B'eol di nach mbeadh glacadh aige le comhairleachan. Sa tríú glúin is minicí is léir na cosúlachtaí idir ghaolta. Thuig sise é sin. Shaothraigh sé a chuid mar shaor báid agus ní raibh sé ariamh i bhfad folamh in airgead. Daol den aistíl ann. Ba mheasa le mo mháthair an aistíl ná an t-ól. Scáth aici roimhe dá bharr. Mar go ritheann an aistíl sa bhfuil. Scáth uirthi roimh an gcairdeas a bhí idir mé is Jeaic. Go ngabhfainn i gcosúlacht leis. Ní admhódh sise go deo go raibh sé aisteach. Pé aistíl a bhí air, ba é an t-ól a tharraing air é, dar léi. Ní shamhlódh aon duine dá lucht aitheantais mar bhacach é. Ní raibh bealach an bhacaigh leis. Ba bhoichte go minic é ná aon bhacach. Ba chuma sin. Níor bhacach é.

⌦

'Ba bhoichte go minic é ná bacach ar bith,' a deireann an Fear Eile gan súil ar bith leis.

'Gabh mo leithscéal,' arsa mise mar chosaint.

'Cén fáth?'

'Bhí aithne agam ar Jeaic.'

'Bhí aithne ag chuile dhuine air,' ar sé go fuarchúiseach.

'Agus gaol gar agam leis.'

'Níl mé ag rá leat nár lig tú an gaol amú.'

'Abair glan amach é, mar sin.'

'Ní dhéarfaidh.'

'Go maith.' Áthas orm go raibh gobán curtha ina bhéal agam.

'Séard a dúirt mé gur mheasa é … '

'Fág mar sin mar scéal é.'

'Mar go raibh stuaim ann agus ceird aige.'

'Tá a fhios ag an saol é sin.'

'Ní chuile dhuine a bhfuil stuaim ann, gan trácht ar cheird a bheith aige.'

'An t-ól,' arsa mise.

'Níl athrú ar bith chomh dona leis an athrú a thagann ar dhuine i ngan fhios dó féin.'

'Deirtear nach bhfuil a fhios ag an duine ar an ól greim a bheith ag an ól air.'

'Maidí le sruth.'

'Siléig.'

'Níor lig Séamas an Chrompáin aon mhaidí le sruth ina shaol ariamh.'

'Cén chaoi?'

'Ná níor rug aon ól air.'

'Rug an rabharta air.'

'Ina chodladh.'

'Tar éis chomh cúramach is a bhí sé.'

'Agus an gála,' arsa mise.

'Nach cuma anois.'

'An dá cheann le chéile,' arsa mise.

'Is iomaí cineál rabharta is gála ann.'

'An taoille tuile?'

'Lig sé an taoille tuile air féin,' ar seisean.

'Nach aisteach go mbíonn a fhios ag na héin chladaigh go mbíonn rabharta na n-éan ann.'

'An nádúr,' arsa an Fear Eile.

'Agus nach bhfuil a fhios againne leath an ama rabharta ann nó as.'

'Má thugann muid aird ar an nádúr ... '

'Tá daoine ann a airíonn an rabharta ina gcuid fola.'

'An fhad is nach ligtear don fhuil fuarú.'

'Cén chaoi?'

Dá mbeadh a fhios ag Nóra cá raibh mé, bheadh a fhios ag chuile dhuine é. Ní bheadh maith iarraidh uirthi é a cheilt. Ní fheicfeadh sí aon chiall leis. Bheadh sí ag iarraidh mé a thabhairt ní ba ghaire do bhaile. Ní iarrfainn é sin. Cén chaoi a míneoinn mo staid dóibh? Ní bheinn in ann. Nílim in ann é a mhíniú dom féin. Níl aon mhíniú ann dom féin. Gur dom féin a tharla sé. Nach raibh sé tuillte agam. Nár chuimhneach liom aon dochar mór a dhéanamh d'aon duine. Gur thug mé aire mhaith dom féin i gcónaí. Go raibh mé ní ba chúramaí ná a lán eile atá ag imeacht ar rothaí an tsaoil. Mar sin féin, níor oibrigh sé. Ní hionann saol dom agus dóibh. I saol eile ar fad atáim, nach dtuigfidís. Tuigimse a saol. Bheidís ag teacht ag breathnú orm. Nuair a bheadh dream amháin imithe, thiocfadh duine éicint eile. Mar sin a bheadh, chuile lá, seacht lá na seachtaine. Ag caint faoin rud céanna, ag dul siar is aniar air nó go n-aireoinn m'intinn triomaithe. Fios agam nach bhféadfainn na nithe a bhí ag goilliúint orm féin a phlé. Nach mbeinn ag iarraidh iad a phlé. Nach go maith a bhí mé féin in ann cuimhneamh orthu. Bhí an chuid sin de mo chroí dúnta. D'fhanfadh sé dúnta. Níor leas aon duine foilsiú ar bith as. Níor bhain sé leo. Ní raibh tada le déanamh faoi. Mar nach raibh maith le déanamh faoi. D'fhanfadh an chuid sin díom go deo ina phríosúnach mar nach raibh áit sa saol amuigh dó.

Bheadh Nóra géarchúiseach. Thabharfadh sise faoi deara an rud nach bhfeicfeadh duine eile. B'eol di roimh aon duine eile go raibh Sibéal éalaithe ón scoil go Sasana. Bhí sí in amhras le cúpla lá roimhe sin. D'fhiafraigh sí de Shibéal cén fáth lipéid i bpóca a mála taistil lena hainm agus seoladh i Sasana orthu. Chuir Sibéal fainic na bhfainic uirthi gan focal a sceitheadh go dtí go mbeadh na sála tugtha léi as an tír. Dá gcasfaí isteach sa seomra í, bhuailfeadh sí bleid ar an bhFear Eile. Thaitneodh comhrá le strainséirí léi. Ní bheadh sí in amhras faoi thada. Ní fhanfadh sí i bhfad, mar gur dheacair comhrá sásúil a bheith ag duine leis an bFear Eile. D'fhanfainn faoin gcuilt gan chorraí. Súil agam nach suífeadh sí ar a leaba agus go n-aireodh sí fúithi mé. Nó go dtiocfadh casacht orm, mar ba mhinic in am antráthach. D'inseodh an Fear Eile di ansin dá gcuirfí ceist air, cé a bheadh ann. Ní thuigfeadh sé ach oiread léi féin cén fáth dom a bheith i bhfolach. Mar nach raibh sé ag luí le réasún.

Tá an ghrian íslithe sa spéir. Aithním sin ó na scáileanna fada atá á gcaitheamh trasna an tseomra nuair a ghlanann dorchadas na hoíche. Chuirfeadh an geimhreadh tuilleadh faid leo. Ní fhéadfadh bunáite an fhómhair imeacht chomh sciobtha mar a d'éalaigh an samhradh, gan aireachtáil. Ní airím an difríocht sa seomra. An teas céanna atá san áit samhradh agus geimhreadh. Teas lárnach sa ngeimhreadh agus fionnuarú sa samhradh. Níor thógtha orm a bheith measctha. An boladh seasc frithsheipteach go síoraí sa seomra. Tagann scáth orm go bhfuil mé ag cailleadh teagmhála leis an saol. Nó an é go bhfuil an saol ag cailleadh teagmhála liom. Do m'fhágáil sa mbruth faoi thír. Go bhfuil fonn na fola féin ar iarraidh ionam. Go bhfuil na séasúir ag bogadh tharam gan mé á n-aireachtáil ná á dtabhairt faoi deara. Ní bheadh ansin i mo shaol ach lá amháin agus oíche amháin, ag teacht go rialta i ndiaidh a chéile.

Cuid den mhilleán le cur ar na cuirtíní. Tarraingítear siar ag an am céanna iad gach maidin le solas an lae a ligean isteach agus osclaítear iad ag an am áirithe gach tráthnóna le pé solas atá ann a dhalladh amach. Ní mórán cúnaimh dom an geiréiniam ar an bhfuinneog. Ba dhócha faoi bhláth é faoi Nollaig. Ní fhéadfadh an méid sin de dhul amú a bheith orm go sílfinn tús an fhómhair agus é ina gheimhreadh. Airím ionam féin an fómhar. Dreach dheireadh an fhómhair ar na scáileanna atá á gcaitheamh isteach sa seomra ina dhiaidh sin is eile. Tá suaimhneas an fhómhair i mo chluasa fós, agus mothaítear dom boladh trom na raithní an tráth sin bliana i mo pholláirí. Agus nuair a chuimhním ar an sliabh, gheobhaim boladh searbhmhilis an fhraoigh agus boladh fiáin chlúmh na naoscaí ón gcíb, go díreach mar a bheinn i mo sheasamh i lár criathraigh. Ní fhéadfadh sé gurb í an naosc a chuireann boladh mar sin ar fhásra an chriathraigh. Ceapaim go minic gur ar chriathrach atáim, ar nós a thitfinn i mbrionglóid nó néal a theacht orm. Mar sin féin, airím ina cheartlár. Níl aon chriathrach thart orm, i bhfoisceacht na mílte. Is ar éigean a thiocfadh aon bholadh uaidh chugam ar an ngaoth. I lár cathrach a thuigim a bheith. Cloisim torann an tráchta. Tá mo sheomra tamall ón mbóthar mór. Dealaím fuaim shocair na gcarranna ó fhothram saothrach na leoraithe. Osna anróiteach an bhus an chéad ghlór suntasach a chloisim gach maidin. Caithfidh go bhfuil stáisiún bus sa gceantar agus a mhinicí atá siad le cloisteáil. Agus ansin, gan choinne, plúchann pléascadh díocasach an héileacaptair gach torann agus é ag tuirlingt sa gclós. Ina gcleachtadh chomh mór sin anois nach gcloisim iad. Níor choinnigh siad ó chodladh ná níor dhúisigh siad ariamh mé. Ach goilleann siad orm in uair mharbh an hoíche más i mo dhúiseacht dom. Domhan neamhdhaonna atá sa domhan fothramach sin. Ní shamhlaím daoine ag tiomáint na bhfeithiclí ná daoine ag rothaíocht go seachantach ar thaobh an bhóthair ná daoine ag fanacht ar an gcosán le mant sa trácht chun trasnú. Soilse tráchta céad, dhá chéad, trí chéad slat síos an bóthar. Is eol an méid sin dom ó ísliú agus géaru an tiompáin.

Níl aon tithe cónaithe sa gceard seo den chathair. Caithfidh nach bhfuil mar ní chloisim gíog as gasúr ná madra ag tafann ná lomaire féir ar siúl le titim na hoíche. Mar a bheadh fásach. Gan an chopóg féin in ann fás ann. Ach innill ag bogadh anseo is ansiúd uathu féin. Tugann sé pléisiúr dom a cheapadh go bhfuil cónaí ormsa i ndomhan eile, gan daoine, cé is moite de Sharon agus an dochtúir agus daoine fánacha eile a bhíonn ag teastáil uaim. É ag athrú de shíor, lá ag iompú ina oíche, oíche ag iompú ina lá, lá i ndiaidh lae ag dul thar bráid le dordán mícheolmhar an tráchta.

Ní fheicim scáil éin ariamh ar an mballa. Éan a bheadh ag ligean a scíthe nó a bheadh san airdeall ar chat a bheadh ag bun an chrainn. Ní thaispéanfadh scáil éin ar an mballa. Rudaí áirithe, ní fhoilseoidís ar an mballa. Ní fhoilseodh géaga loma an chrainn sa ngeimhreadh ná an sioc ná sneachta. Tá a fhios agam i m'intinn go bhfuil siad ann. Ní heol dom an dath atá ar chabhail an chrainn nó déanamh na nduilleog as a n-aithneoinn an crann. Caithim na rudaí sin ar fad a dhéanamh amach i m'intinn.

Ballaí, síleáil agus fuinneoga brataithe le bán. Bán atá ar gach taobh díom. Go fiú an chuilt tá an patrún uirthi ionannaithe de as suntas ag an mbán. An grán in adhmad an dorais agus na gcófraí teimhlithe go bán. Is páirt den domhan neamhdhaonna seo mé, le torann innill ag teacht ón taobh amuigh agus an seascach bhán i mo thimpeall. Fásach geal ar an taobh istigh. Ní den saol daonna mé a thuilleadh, ceapaim. Ní fheileann sé dom a bheith i measc daoine, a bheith ag caint leo ná aon phlé a bheith agam leo. Bím sáraithe ag an mbeagán cainte a thagann ón bFear Eile. Na mná imithe as mo shaol. Ionann dom fear agus bean anois. Céalacan ban is mná chuile thaobh. Nó an mé féin é? Ní fhéadfainn milleán a chur ar aon bhean. Aiféala orm faoin ní nach eol dom. Mé ag ceapadh go bhfanfadh an saol liom. Go raibh cumas agam ar an saol. Go raibh gnaithí tábhachtacha le cur ina gceart i dtosach. Go mbeadh bonn déanta. Go dtiocfainn abhaile. Go ndéanfainn húicéir. Go seolfainn í. Neart ama agam. Neart le déanamh. Mé ag dul sa treo ceart, i dtreo na sprice. Beag-Árainn ansin i gcónaí. Go mbeadh an sprioc sin ann i gcónaí le dul chuige. An saol ag imeacht níos sciobtha ná mar a bhí mise in ann coinneáil suas leis.

Bioraím m'aire. An Fear Eile ag caint leis féin. Sin é a cheapaim, ar aon nós. Níor chuala mé ag caint leis féin cheana é, murar breall éicint atá á bhualadh. Céard go baileach atá sé ag rá? Faoina anáil. Gan é ag iarraidh go gcloisfí é. Is dócha go síleann sé nach bhfuil ina dhúiseacht ach é. Rann nó véarsa? Tá sé agam:

'Bhí mé oíche ar an tiníl
Oíche ar fhuaraíocht na gcnoc
Oíche sa bhfuarlach fíoch
Féarach an dá chaora
Agus go daor leis na boicht
Sin a chaolaigh mo dhá chois.'

Chuala mé an chaint sin cheana. Cuid d'achainí iad. Coinníonn an Fear Eile á rá is á athrá. Níorbh aon duine beo a dúirt na focla sin an chéad lá ariamh agus ní deirtear iad gan fáth. Bíonn daoine cúramach is iad ar a mbéal mar ní ón saol seo iad. Cá bhfios cén asarlaíocht atá ag baint leo? Ag taibhse a cloiseadh iad. Taibhse an Droichid. É i gcónaí ag súil le haraoid ó na bádóirí ag dul síos an droichead oscailte. Sin é an fáth ar baisteadh Taibhse an Droichid air. Ina sheasamh ar mhullán sa bhfarraige le go bhfeicfidís é. Iad á sheachaint. Níorbh aon dea-rud a thug thart é ón saol eile. Ag achainí orthu. Gan leigheas acu ar a chás. A ndóthain contúirte ar a n-aire le bacadh leis. Sagart a theastaigh a chuirfeadh chun bealaigh arís é nó é a lonnú ar chúl na haltóra. Lorgaí a dhá chos chomh caol le fearsaid tuirne an chuid ba shuntasaí faoi. É ansin ina spéice ar dhroim na carraige tonnsciúrtha. Cá bhfios nach mí-ádh a tharraingeodh aon chaidéis dó orthu? Is fearr fanacht glan ar an saol eile is a bhaineann leis. Ba mhaith ab eol dóibh cé hé féin. An Flathartach. An tiarna talún. Ní mórán de dhúthaigh a bhí faoi. Drochthalamh. Caithfidh go ndearna sé místaid ar dhuine éicint. Fiacha. Fiacha ba mhó a thug daoine ar ais. Drochthráth bás a fháil is fiacha amuigh ort. Chuirfí ar ais arís thú ar an saol seo lena réiteach, nó sin duine eile á dhéanamh duit. Geallúint chomh dona céanna. Geallúint nach mbeifeá in ann a chomhlíonadh. Is iomaí sin anam a fágadh ar falróid ar feadh na mblianta faoi gheallúint nár chumas do dhuine cur léi. An-chontúirteach, geallúint ó sheanduine. Gan a fhios cén uair a d'imeodh an dé as a leithéid. Nó, níos measa, seanduine a bheadh ag triall ar ais ar Mheiriceá. Is fánach go deo an chaoi a dtarlaíonn sé. 'Feicfidh mé arís tú.' 'Ní fheicfidh tú mise,' a deir an ceann eile is scéin ann le faitíos. Fios maith aige nach mórán saoil a bhí fágtha ag an té a gheall, fiú má bhí sé ag filleadh ar Mheiriceá.

Nár dheas an chaoi ag an bhfear abhus é dá mbeadh a thaibhse á fheiceáil dó timpeall an tí. Bí cinnte go bhfeicfeadh duine éicint eile é. Ansin bheadh an sop séidte. Daoine ag seachaint an tí ó thitfeadh oíche nó scáth orthu dul thar an teach sa dorchadas. Ní hé go ndéanfadh an taibhse aon dochar dóibh. Mar sin féin, b'fhearr do dhuine gan a leithéid a fheiceáil. Cheapfaí go raibh an duine féin síúil mura mbeifí in ann fáil réidh leis an taibhse go luath. An sagart an té ab fhearr chuige sin. Cé go ndeirtear nach mórán dá fhonn a bhíonn ar shagart a bheith ag plé le taibhse. Bíonn a dhochar féin á éileamh ag ceird mar sin. Dul in aois d'aon léim amháin, nó níos measa. Sin má bhí sé in ann cás an taibhse a réiteach. Ach is mór is fiú i gcónaí réiteach a bheith ar an gcás agus deis ag an taibhse dul ar ais go dtí an saol eile mar is dual dó. Chaithfinn a bheith ní ba chúramaí i mo chuid cainte leis an bhFear Eile. Ar eagla na heagla. Ar eagla go ndéarfainn rud éicint a mbeadh aiféala orm faoi. A mbeadh iarmhairt air. A leanfadh mé. Le bheith cinnte. An rabhadh faighte anois agam.

Bhí gaol i gcónaí i m'intinn idir Baile an Tobair agus Elephant and Castle. Mar gur ann a chloisinn a bhíodh an spraoi is an t-ól. Mar gur ann a casadh mo chomhghleacaithe as baile orm i dteach ósta an World's End an chéad oíche dom i Londain. Agus mura raibh fáilte agam iad a fheiceáil sa gcoimhthíos seo nár shamhlaigh mé ariamh le Londain. Daoine de gach dath, gnás is neamhghnás ag dul fúm is tharam gan dáimh aitheantais de chineál ar bith á thaispeáint acu dá chéile ná dom.

Díomá orm go raibh mo mhuintir féin as baile athraithe. Níorbh ionann abhus agus thiar iad. Seoladh ag cuid díobh in áiteanna diamhracha neamhshaolta cosúil le *three pence-* nó *sixpence from the Elephant*. A mbunáite m'aois féin, gléasta i gcultacha slachtmhara dúghorma agus léinte geala nua as an bpíosa a samhlófá cuid de na bioráin phacála ar sliobarna fós iontu. Ach níorbh in é an t-athrú.

Nuair a fhiafraím den tábhairneoir, is é ag brú tharam ag bailiú gloiní, mar go raibh muid le droim a chéile timpeall an chuntair, an raibh a fhios aige aon teach ósta a raibh freastalaí ag teastáil uathu, cuirtear ar an airdeall mé.

'Ní fhiafraíonn tú ceisteanna mar sin i Londain.'

'Tuige?'

'Ní sa mbaile atá tú chor ar bith anois. Caithfidh tú a bheith ar nós chuile dhuine eile anseo.'

'Cén chaoi?'

'Gan a bheith do do thaispeáint féin. Cén uair ar tháinig tú anall?'

'Inniu.'

'Céard atá tú ag ól?'

'Nílim ag ól.'

'Níl tú ag ól?'

'*Orange.*'

'Ní bheidh tú i bhfad anseo nó go mbeidh tú ag ól. Bhfuil obair faighte agat?'

'Tá mé ag tóraíocht oibre i dteach ósta.'

'Bhfuil tú i ndáiríre?'

'Cén fáth?'

'Obair *dosser*!'

'Tuige?'

'Céard a thug anall thú, mar sin?'

'Céard a thug anall chuile dhuine?'

'Ní le dhul ag obair i dteach ósta ar *half nothing* mar a bhí tú thiar.'

'Ba mhaith liom é a thriáil.'

'Níl aon duine anseo as Baile an Tobair ag obair i dteach ósta. Ní obair d'fhear é. Beidh an Búrcach isteach anseo tráthnóna amárach. Anseo a bhíonn sé chuile oíche Dhomhnaigh. Cloisim go bhfuil fir ag teastáil uaidh. Tabharfaidh sé an *start* duit.'

Ina dhiaidh sin siúlann muid an cúpla céad slat go dtí halla damhsa an Shamrock. É chomh coimhthíoch céanna beagnach le haon chuid eile de Londain, cé go mb'Éireannaigh ar fad a bhí ann, nó gur casadh Micil Ó Tnúthail dom.

'Céard a thug thusa anall?' a bheannaíonn sé dom.

'An chraic, a tháilliúir,' a deirim go fiodmhagúil.

'Más ea, oibreoidh tú ar a shon anseo.'

Tugaim faoi deara nach bhfuil aon chosúlacht óil air.

'Bhfuil a fhios agat, tar liomsa Dé Luain; beidh *start* duit cinnte ar an jab.'

'Triáilfidh mé teach ósta.'

'Do chomhairle féin.' Sacann sé nóta deich bpunt i mo lámh.

'Ní theastaíonn sé uaim. Nílim gann.' Déanaim mo dhícheall é a thabhairt ar ais dó. Cuireann sé isteach i bpóca brollaigh mo sheaicéid é.

'Teastóidh sé uait anseo.'

Ag tarraingt ar fhiche nóiméad tar éis a haon déag bánaíodh an halla d'aon iarraidh amháin.

'Céard atá ag tarlú?' a fhiafraím de Mhicil.

'Tá an damhsa thart.'

'Chomh luath seo?'

'Le breith ar an traein deiridh ag a leathuair tar éis a haon déag.'

'Níor cheap mé … '

'Bheifeá taobh amuigh den halla tar éis an chéilí oíche bhreá shamhraidh mar anocht, agus ba mhinic a bhí ag leathuair tar éis a dó ar maidin agus gan cuimhneamh ag aon duine a dhul abhaile.'

Tá an Bakerloo Line ag rith ó Elephant and Castle go Waterloo, Embankment – fan go gcuimhneoidh mé – agus anois tá an Jubilee Line le fáil as sin go Piccadilly Circus le dul go Shaftesbury nó Soho agus teacht ar ais ar an líne chéanna trí Charing Cross go dtí an tElephant.

Gan sna háiteanna sin ar an tiúb ach ainmneacha nó go dtagann tú amach as an tollán is iad a fheiceáil faoi sholas an lae. An saol seo is an saol eile ag dul in aimhréidh ina chéile ar bhealaí go leor. Gan a fhios ag duine go minic an é a leas nó a n-aimhleas atá sé ag déanamh. An mí-ádh nó a mhalairt atá sé ag tarraingt air féin. Tá daoine ann atá cúramach. Daoine a thugann aird orthu seo atá eolach. Daoine a thugann aird ar na comharthaí chomh maith leis an eolas. Tá an donacht ann. Is fearr a bheith ar bheagán plé leis an saol eile. Ag siúl sa dorchadas a bheadh duine.

Agus cuireann na mairbh fios ar dhaoine as an saol seo. Chuala chuile dhuine faoi dhaoine a d'imigh go tobann go gairid i ndiaidh comrádaí nó duine aitheantais. Achar gearr. Seachtain nó, ar a mhéid, mí. Ní hionann chor ar bith nuair a osclaítear geata na reilige nuair a bhíonn trí shochraid go gairid i ndiaidh a chéile sa reilig. A lá tagtha ar aon nós, is dócha. Ní móide ach oiread go mbrisfí an geasa leis an gcónra a ardú thar bhalla na reilige isteach agus gan bacadh leis an ngeata. Ní chuimhneodh aon duine air sin a dhéanamh. Ag dul in aghaidh an nádúir. Gan a bheith ag glacadh le toil Dé. Bhí triúr ceaptha amach. Duine i ndiaidh duine le dul bealach na fírinne. Bhí an t-imeacht orthu. Chaithfidís imeacht. Ní haon dea-thuar a tharraingeodh gníomh mar sin. Tharraingeodh sé an mí-ádh. Agus tabhair mí-ádh ar mhí-ádh. Gan a fhios cé air a thitfeadh an donas. Ní féidir cor in aghaidh an chaim a chur sa nádúr. Glacadh leis más é an donacht féin a thiocfaidh as. Aon duine a thriail a mhalairt, ní go maith a chuaigh sé dó.

Mallacht éicint, mar sin, a thit orm féin a d'fhág i mo chláiríneach le mo shaol mé. Níl aon dabht orm faoi sin. An chaoi shimplí ar tharla sé. Titim anuas staighre. Braon thar mo dhóthain, cinnte, agam. Ach, mar a dúirt mé, mé ariamh in ann é a iompar go maith. Gan mé ar meisce ná baol air. Bogtha amach. Leathbhogtha go maith. An-acmhainn ar ól agam. Bleánach maith óil féin a bhainfeadh staigear asam. É sin ag rith liom. Sa bhfuil. Anuas go deas réidh a tháinig mé. Na mná glanta a tháinig orm ar maidin. Ag bun an staighre. An lúth imithe asam. Beocht ionam má bhí an mheabhair féin caillte agam ach lúth na ngéag ar lár. An mí-ádh arís. É ag faire orm. Mar a bheadh sé i ndán dom. Agus bhí sé i ndán dom. Mallacht a thit orm. Gan a fhios agam ó Dhia anuas cé a chuirfeadh mallacht chomh trom sin orm. Mallacht baintrí an mallacht is measa. Ní fhéadfainn cuimhneamh ar aon bhaintreach a mbeadh drochbheart le réiteach aici liom. Níor chall gur ó bhaintreach a tháinig sé.

Is fánach mar a tharraingeodh duine an drochrud air féin. I ngan fhios dó féin. Sin é an rud is measa faoi. Go bhféadfadh duine é a dhéanamh as neamhairdeall nó easpa eolais. Gan aon dochar mór, má tá dochar ar bith, i mallacht ceannaí. Gan iontu aon gheasa mar sin a oibriú. Ach oiread le mallacht Chromail. Agus cár fhág tú salm na mallacht. Ag an sagart a bhí an salm sin. Níorbh eol d'aon duine eile é. Ar an tiarna talún go hiondúil a léadh sé í. Go hiondúil. Bhí an dá shalm ann. Salm na mbeannacht freisin. Go díreach mar bhí an dá chineál tiarna talún ann. Agus tharla gur léigh sé iad an lá céanna, salm na mbeannacht agus salm na mallacht ar an mbeirt thiarnaí talún.

D'fhéadfadh sé chomh maith le scéal gur eascaine a thit orm. Má tá difear ar bith idir eascaine is mallacht. Éasca ag eascaine fánach ar bith drannadh leis an té nach bhfuil ag taobhachtáil Theach an Phobail. Sin é an bealach atá le Londain. Duine ina chónaí as féin is tuirse na seachtaine le cur de aige maidin Dé Domhnaigh. Gan duine le tada a mheabhrú dó faoi phaidir ná cré. Ní hionann is ag baile. Níl caint ar bith ar na rudaí sin i Londain má tá tú i do chónaí i dteach ósta. Chuile shórt, dá dhonacht, ag faire ort dá bharr. Scéal is a thóin leis a cheapfaidís ansiúd. Leithscéal as a bheith dallta. Greim ag an ól air. As a chranna cumhachta le hól. Ní raibh i ndán dó ach an mí-ádh. An mí-ádh a tharraing sé air féin. Ní dhearna deoraí eascaine air. Ná ní mallacht a theagmhaigh leis. É féin is a chuid óil. Sin go díreach a déarfaí. Sin go díreach an náire atá orm. Go gceapfaí go gcuirfinn an drochbhail seo orm féin. De bharr óil. De bharr mo chuid siléige féin. Go raibh na cúlfhiacla curtha go maith aige le bheith in ann aire a thabhairt dó féin. Ba bheag an trua é. É féin amháin a d'fhág ina leicíneach é. Cén fáth nár thug sé aire dó féin cosúil le chuile dhuine eile? B'eol dom nach bhféadfainn míniú dóibh nach raibh baint ná páirt ag ól leis. Gurbh é an mí-ádh glan a a bhí ag rith liom. Eascaine nó mallacht Dé nó pé ní. Nach raibh an ciméar seo tuillte agam seachas aon duine eile. Nach raibh mé i mo chaora ag ól mar a cheap siad. Ag déanamh mo bhealaigh go cúramach go dtí mo sheomra ag barr an staighre a bhí mé. Go raibh an barr sroichte agam. Nach raibh stró dá laghad orm. Nár bascadh mé ach oiread. Ach cuireadh anuas le fána mé gan fáth gan ábhar. Ní haon ní saolta a bhain is a chuir anuas mé. Sin cinnte. Chomh cinnte is atá mé fágtha sínte le mo bheo.

Dá mbeadh breith ar m'aiféala agam, bheadh ní ba mhó airde agam ar an sagart. Dúirt mé paidir chomh luath is a thuig mé nár chumas dom cos a chorraí. Ach é ródheireanach don phaidreoireacht. B'eol dom nach n-éistfí le mo phaidir. Ní raibh mo chroí i gceart inti. Go raibh folús i mo chroí. Mar ubh ghlugair. Mar nach gcuimhneoinn ar phaidir ná cré murach an timpiste. Gur bheag aird a bhí agam ar phaidreoireacht. Go raibh mo chreideamh iontu ar iarraidh. Nach raibh maith sa saol anois le fáil astu nuair a bhí chuile bhealach eile triailte. Gur chaill mé pé creideamh a bhí fágtha agam ó tháinig mé go Londain. Ní d'aon léim amháin ach de réir a chéile. Agus nuair a bhíonn duine óg lúth láidir, is beag creideamh a theastaíonn uaidh. Ní féidir fáil réidh ar fad le creideamh ach oiread. Tá a mhacalla i mo chluasa is a bholadh i mo pholláirí seasta. Ba nasc é le saol eile, saol le hathair is máthair, gaolta is comharsana. Agus ó buaileadh suas mé, tagann an *Tantum Ergo* ar mo chluasa agus feicim an sagart os comhair na haltóra ag croitheadh an *thurible*, deatach na túise ag fiuchadh as is an t-oisteansóir go gaethúil ar an altóir. Agus éadaí bána an tsagairt. Na dathanna ar fad timpeall na haltóra. An searmanas. Saol eile. Cloisim ciúnas an tséipéil ar nós a bheifí á mheabhrú dom go bhfuil dé fós sa gcuid sin de mo shaol. Ar bhealach eile is macallaí atá ag teacht chugam nach féidir teacht ina ngaobhar, mar go bhfuil an creideamh sin imithe agus amhras tagtha ina áit. Amhras ar an gcreideamh agus clúid éicint de mo mheabhair á éileamh. Gan é ag teacht le réasún, mar gur bheag an chreidiúint a thug mé le fada do chúrsaí mar sin. Ag dul deacair orm ó tháinig mé in inmhe, géilleadh go raibh Dia ann, ná call le Dia dá dtéadh sé go dtí sin. Mar sin féin, ní fhéadfainn ariamh fáil réidh i gceart leis. É a ghlanadh amach as m'intinn. Níor thoil liom é a ghlanadh as m'intinn. Ba chuid de mo shaol is mo dhúchas é. Ar sliobarna ar nós eireaball na bó, ag cur mairge ar mo shaol aon uair a chruadh an cúrsa i m'aghaidh. Ar bhealach, cosúil le mo mháthair. Mé gafa le mo shaol féin, an teach ósta i Londain agus na capaill rása. Agus cá bhfuil an saol sin anois? Leá chúr na habhann air as m'intinn cheana féin. Deacair go maith déanamh gan sagart le páiste a bhaisteadh nó duine a phósadh, agus cén chaoi a gcuirfí duine gan sagart? Ní bheadh sé nádúrtha. Duine a gheobhadh bás mar is dual ag baile atá i gceist agam. Ní bheadh aon chur ceart air. Ag teacht ar ais mar thaibhse le go gcuirfí i gceart é, b'fhéidir. Ní bheadh suaimhneas síoraí geallta don té a chuirfí gan sagart, cá bhfios. Cosúil leis an duine a cailleadh i bhfiacha nó a raibh geallúint gan chomhlíonadh amuigh air. Agus tá na geallúintí sin amuigh de bhuíochas duine. Nach féidir comhlíonadh anois. Agus cá mbeadh sochraid gan clog an Aifrinn, coinnle is an leabhar?

Ní raibh cúrsaí creidimh san aer thall, ar aon nós, mar a bhí abhus. Ag cur as do dhuine dul chuig Aifreann an t-aon lá saor a bhíonn aige. Dualgas breise. Ag éisteacht le sagart ag seanmóireacht agus fios maith agat nach bhfuil aige ach leagan amháin, a leagan féin den saol. Ag ligean Naomh Pól ina racht ar dhaoine san anmhaidin, go sábhála Dia sinn, ag Aifreann an Domhnaigh agus gur ar éigean duine ina dhúiseacht i gceart. Nach dtuigeann sé an fear oibre ná an bhean le clann? Cén chaoi a dtuigfeadh nuair nach ndearna sé lá crua oibre ina shaol? Is beag é aird an tSasanaigh orthu. Ag cur ama amú atá duine mura bhfuil creideamh aige ann. Ní fhaca tú Dia ag déanamh blas maitheasa do dhuine ariamh nach raibh maith le déanamh dó.

Daoine an-chreidiúnach. Simplí. Bhí ariamh. Ag ceapadh go dtiocfadh deireadh leis an domhan lá áirithe. Go gcuirfeadh an sagart adharca ar dhuine. Nó go gcuirfí duine go hifreann – isteach i dtine mhór idir chorp is anam, agus an corp céanna ag déanamh créafóige sa gcill. Seafóid. Ag iarraidh a bheith ag cur faitís ar dhaoine. Agus tá daoine mar sin ann. Neart díobh. Rite chuig faoistin le chuile néal aimhris dá mbuaileann iad. Gan tada déanta as bealach acu. Ag cur a gcuid ama amú nuair ba chóra dóibh a bheith i mbun a ngnaithe. Ag déanamh faillí ina ngnaithe. Breall orthu. Ag creideamh is ag sagairt. Sagairt ag iarraidh daoine a choinneáil ó gach cineál spóirt is éirí in airde, dá n-éistfí leo. Agus tá siad ann a éisteann. Ag iarraidh ar dhaoine a bheith cosúil le sagairt.

Agus níl na sagairt gan locht – 'Déan mar a deirim ach ná déan mar a dhéanaim'. Go leor le freagairt ag an sagart as Lá an Bhreithiúnais, a deireadh mo mháthair. Dúil san airgead acu ar fad. Gan neart acu air sin ón am ar iarr Críost ar Naomh Peadar an póca airgid a bhí aige a chaitheamh sa loch, ach bhí baol ar mo Pheadar breá é sin a dhéanamh, cé gur lig sé air féin le Críost go bhfuair sé réidh leis. Ach b'eol do Chríost gur ag cur i gcéill a bhí sé. Ina dhiaidh sin a chuaigh sé amach sa bhfásach. D'fhan saint san airgead ag chuile shagart ó shin. Go leor rudaí ceaptha a bheith sa mBíobla nach bhfuil ann. Sin é an fáth nach maith le sagairt daoine dul ródhomhain isteach ann. Cá bhfios cén sórt athrú intinne a chuirfeadh sé orthu? Is deacair d'aon duine a rá céard atá fíor agus céard nach bhfuil sna cúrsaí sin. Sin é an chaoi a bhfuil sé le creideamh. Tá sé agat nó níl sé agat. Tagann sé chugat is cailleann tú é. Ach ní imíonn sé ar fad. Ansin i gcónaí ag meabhrú rud éicint duit. Ar nós na faillí a bheadh déanta agat ar dhuine éicint. Mar scáil aniar i do dhiaidh. Ina thaibhse, do do leanacht, nach féidir a dhíbirt. Tú fágtha idir dhá intinn. Do do mhearú. Ag pléascadh amach go tobann nuair is lú súil leis. Ag iarraidh athmhuintiris leis nuair atá cliste ort.

Caithfidh go bhfuil rud éicint ann. Ní chuirfinn thar Dhia é nach taispeánadh atá déanta aige díom. Mar fhainic do dhaoine eile. Pé fainic é sin. Le faitíos a chur orthu. Le go dtabharfaidh siad aird níos fearr ar a reacht. Le go ndéarfaidh daoine – daoine mo chomhaois féin nó níos sine – fúm, 'Ní fhéadfadh sé a leas a dhéanamh. Ní fhéadfadh sé lá den ádh a bheith air. Ní fhéadfadh sé gan teacht roimhe agus Aifreann is sacraimintí caite in aer aige. Ag caitheamh anuas ar shagairt. Á iarraidh a bhí sé. Ní raibh sé sonaí. Sin é bealach Dé. Nach féidir é a thuiscint ach gur fearr glacadh go fonnmhar leis.'

Deirtear nach bhfuil maith sa bpaidreoireacht mura gcreideann tú. Sin é an deacracht atá agam féin. Gan mé a bheith cinnte go gcreidim. Chaithfinn m'intinn a dhéanamh suas. Ach ní féidir liom m'intinn a dhéanamh suas faoi. Níor thoiligh mé imeacht ón ní a raibh mé chomh cinnte de tráth. Ní leigheas saolta atá i ndán dom. Sin é barúil na ndochtúirí. Tá an mhíorúilt ann. Daoine a bhí ag doras an bháis, tugadh ar ais iad. Daoine a raibh a gcás tugtha suas ag an saol. Daoine a raibh a n-intleacht chinn ar fán uathu.

Más tada, is deacra a bheith in éagmais an chreidimh nuair a chuimhním i gceart ar an scéal. Dá bhféadfadh sé a bheith mar a bhí sé. Nuair a bhí mé ag baile. Sular fhág mé amach an áit ariamh. D'fheil an creideamh ansin. Fios a áite ag chuile dhuine. Áit chinnte ag chuile neach. Bhí Dia cinnte sna flaithis ansin agus an diabhal in ifreann mar is dual dó. D'éist tú leis an sagart. Saol ní b'éasca. Daoine ag guí duit dá mbeadh aon stró ort. Le misneach a thabhairt duit. Níor mheabhraigh na nithe sin dom chomh minic i Sasana, go mórmhór ó chuaigh mé i mo chónaí sa teach ósta. Níor chuimhnigh mé i gceart air. Níor ghaisce ná éirí in airde ach oiread é an tAifreann a chaitheamh in aer. Nádúr an ama, b'fhéidir. Ach lean taise na faillí mé agus chinn orm é a ruaigeadh. Do mo phriocadh ó am go ham nó á thaispeáint féin uaireanta le míshuaimhneas a chur orm. Má cheap mé gur dhíchéille a bhí i mo chreideamh, b'fholús ceart é an díchreideamh. Cén mhaith a bhí sa tsaoirse a shamhlaigh mé leis anois dom? Gan ar mo chumas cor a chur díom. Gan é ar mo chumas an peaca féin a dhéanamh. Mé in amhras gur buaileadh bob orm. Mé féin, más ea, a bhuail an bob orm féin. Dochar ní dhearna creideamh d'aon duine a d'fhan leis. Ní fhéadfainn fanacht idir dhá thine Bhealtaine ní b'fhaide. Ní raibh sólás ó Dhia le fáil agam sa saol seo ná sa saol eile. Mar níor cheap mé Dia a bheith ann. Má bhí, b'aisteach an Dia é agus an bhail a bhí ar an saol. Ní chuirfeadh idirghuí dá fheabhas mise ar mo chosa arís. Chaithfinn glacadh le mo riocht agus gan a bheith ag cur ama amú ag troid na cinniúna. B'eo í mo chinniúint: a bheith sínte le mo bheo, i mo chláiríneach, i dtuilleamaí daoine eile.

Dhéanfainn suas m'intinn cinnte faoi Dhia. Níor dheacair sin. Gan aon duine i mo thimpeall a léireodh spéis ann. I lámha an dochtúra a bhí aon mhaith a bhí le déanamh. Má chinn sé ar an dochtúir, bhí do chás tugtha suas. B'fhearr dom iarmhairtí an chreidimh a chur uaim. Bhí siad ag goilliúint orm. É sin ceart go leor ina lá. Gan fios a mhalairte ag daoine. Neart ama acu a bheith le dul chuig tithe pobail agus do phaidreoireacht. Caitheamh aimsire do a lán a bhí ann. Deis chainte leis na comharsana. Tuairiscí a fháil cén chaoi a raibh an saol ag dul. Fógraí ó fhear na bhfataí. Na rudaí sin ar fáil anois gan corraí as an teach. Suaimhneas intinne atá uaim. Gan a bheith in árach liom féin, mar seo. Chaithfinn Dia a chur as m'intinn díreach mar a chaithfinn an baile is mo ghaolta a dhearmad. Agus mo lucht aitheantais. Chaithfinn mo ghaolta is mo lucht aitheantais a choinneáil in aineolas faoin mbail atá orm. An chaoi ar tharla an tubaiste dom. Ansin, nuair a chloisfí gur thiomáin mé an carr abhaile. Go raibh an t-ádh dearg orm nach giorrú liom féin ar fad a rinne mé. Agus a liacht duine ina chláiríneach ó Dhia is ón saol. Ag cur daoine eile i gcontúirt. Bhí sé ag dul dom. Agus a bhfuil d'fhógraí tugtha faoi thiomáint is faoi ól. An gealladh a bhí faoi sular fhág sé baile. É ciallmhar, ábalta. Dá leithéid a tharlódh. Rósmeartáilte. Ag ceapadh nach bhféadfaí breith gearr air. Cloisim glór Antaine Seoighe ón saol eile.

'Ní raibh sé in ann an staighre sin a dhreapadh ar nós chuile dhuine. Ní ar an staighre an locht. Ach cár fhág tú an mhístuaim? Agus ní ón ngrian a thóg sé é. Níor sháigh a athair bád ariamh nach ndeachaigh sé féin i bhfarraige. Ná bí ag caint ar ól. Níor theastaigh aon chúnamh ón ól. Cé mhéad cluiche a chaill foireann s'againne mar gheall air? Céard atá tú ag rá? Níor bhuail sé liathróid ariamh nach go ciotach é. Liatháin de chosa a bhí air. Is do Frank sin againne is dá leithéidí a bheadh an trua agam. Eisean a choinnigh siar iad. Mar chloch ancaire an t-am ar fad ar an bhfoireann. Ní ól ar bith a chuir dá chosa é ach é féin á bhascadh féin, mar bhí sé ariamh basach. Ní raibh sé in ann aon ól a dhéanamh. Thógfadh sé fear maith ól a dhéanamh. D'ól muid ariamh é is d'iompair muid é freisin. Is fada sa saol féin gur tharla sé dó.'

B'in Antaine ceart go leor. Drochbhitse. Nuair a bhuail

scoilteacha ina sheanaois é, ba theannach leis é a leagan ar
Sheán Dubh. Ní raibh sé ariamh moltach orm. Ní
dhéanfaidh mé dearmad go deo ar lá an chéad
Chomaoineach agus an diuc a bhí ar Antaine á rá le Jeaic
Mór. Ach ní féidir a bheith ag coinneáil seansceilpeanna mar
sin beo. Is fearr as an saol iad.

Mheas mé i gcónaí ó oibriú a bhéil gur bheag suaimhneas
intinne a bhí ag Jeaic. Ag eascainí faoina anáil nó ag caint
leis féin go seasta a mheas mé ón mugailt a bhíodh air.
D'fhiafraigh mé lá de mo mháthair is mé i mo ghasúr ar
dhrochdhuine é Jeaic.

'Go sábhála Dia sinn, cé a chuir é sin i do chloigeann?' ar
sise

'Ní théann sé chuig an Aifreann,' a fhreagraím.

'Ní bhaineann rudaí mar sin duit.'

'Cén fáth?'

'Cé a d'inis duit?'

'Tá a fhios sin ag chuile dhuine.'

'Níl sé ceart a bheith ag caint ar na rudaí sin.'

'Cén fáth?'

'Mar gur ag Dia an breithiúnas.'

'Bhfuil anam aige?'

'Tá anam ag chuile dhuine.'

'An bhféadfadh aon duine a anam a dhíol leis an diabhal?'

'Céard atá ag cur na seafóide seo i do cheann?'

'Tá sé sa leabhar ar scoil. Sagart a scríobh í.'

'Tá sagairt is sagairt ann.'

'Céard?'

'A ndóthain le déanamh ag daoine ar na saolta seo.'

'Téann Séamas an Chrompáin ag an Aifreann.'

'Cén fáth nach ngabhfadh?'

'Ach … '

'Níl cuma ar aon duine nach dtéann chuig Aifreann.'

'Cén fáth?'

'Ní fhéadfadh lá den ádh a bheith orthu.'

'Sin é an fáth nach gcoinníonn Jeaic Mór cuma air féin.'

'Tá sé mar sin ó Dhia is ón saol.'

'Ba mhaith liom a bheith i mo chónaí san áit a bhfuil Séamas an Chrompáin. Tá chuile shórt ann. Na garranta glasa is na crainn agus na stáblaí ar fad. Ansin tá an bád feistithe sa gcéibh ag binn an tí le dhul in áit ar bith.'

'Tá an t-ádh air.'

'Mar go dtéann sé chuig an Aifreann.'

'Caithfidh chuile dhuine cur ar a shon féin freisin.'

'Ach … '

'Tá níos mó i gceist sa saol seachas teach is talamh.'

'Céard é, a Mham?'

'Coinneáil leis an saol.'

'Cén fáth?'

'Ní thuigfeá.'

'Cén fáth nach dtuigfinn?'

'Mar go bhfuil tú ró-óg.'

'Níl mé ró-óg.'

'Fágadh muid anois é faoi thoil Dé.'

'Bíonn sé ag an gcéad Aifreann chuile Dhomhnach agus a chuid éadaigh nua air – Séamas an Chrompáin.'

'Mar a dúirt mé … '

'Tá gaol againne le Jeaic.'

'Smeadar.'

'Gaol ceart.'

'Smeadar gaoil.'

'An bhfuil mise cosúil leis?'

'Go mba slán an tsamhail.'

'Cén fáth a Mham?'

'Lig de do chuid ceisteanna. Tá rud éicint níos fearr le déanamh agam.'

'Ba mhaith liom a bheith cosúil leis. Nuair a bheas mé mór.'

'A Mhaighdean Bheannaithe na trócaire! Stop an chaint sin go beo.' Tá imní ina glór.

'Ag cur caoi ar bháid.'

'Tabhair aire do do chuid scoile anois. Is é do dhíol é.'

'Cén fáth a dtugann tú an muigín scoilte dó.'

'Tá an iomarca le rá agatsa. Ná cloiseadh aon duine ag caint mar sin thú.' Olc ar Mham.

'Níl cead againne ól as.'

'B'fhéidir an muigín maith a ligean as a lámha ar an urlár lena chuid óil.'

'Déanfaidh sé húicéir dom.'

'Déanfaidh, muis.'

'Déanfaidh.'

Ba shuntasach nach dtéadh sé ar Aifreann. Fear crua láidir. Gan leithscéal, ba léir. Níor tuigeadh cén fáth. Cén fáth a ndéanfadh sé cadhan aonair de féin i measc an phobail? Diúltú don chreideamh is ar bhain leis agus chuile dhuine eile géilliúnach. Ní thagrófaí go deo do chúrsaí creidimh ina láthair. B'in ag dul thar fóir. Gan bradaíl isteach ina shanctóir. Thuigfinn dó anois. A shanctóir féin ag chuile dhuine. Níor ghnaithe aon duine an ndeachaigh sé ar Aifreann nó nach ndeachaigh. Duine cosctha dul thar an tairseach sin. B'fhéidir údar aige gan dul i láthair na ndaoine ar an Domhnach. Drochéadaí. An boladh tearra is ócaim. É a bheith ina ábhar iontais. Ina éan cuideáin sa slua ag a dhreach. Nó sin gan é ag iarraidh a bheith cosúil le daoine eile. Nár chreid sé i nDia. Nár mhiste leis sin a admháil go poiblí. Fear misnigh. Duine as an ngnáth. Duine prionsabálta. An saol a d'fhág corr é. An timpiste a chuir an bhail sin ormsa. Gan rogha eile agam. Ach oiread le Jeaic, mé féin a roghnaigh fanacht glan ar chomhluadar. Duine neamhspleách. Neamhspleách ar thuairimí a chomharsan. Duine cneasta. Duine cóir, ionraic. Fear a bhí ag fulaingt. Gur chuir an fhulaingt fhada gruaim air. Gur thuig sé ina chroí istigh gur ceapadh é a bheith corr. Nach raibh slánú dó in aon chreideamh. Gurb é an saol seo a ifreann. Gurb é an t-ifreann a bhí geallta dó. Ceapadh nach bhféadfadh sé a bheith ceart dá bharr sin. Nach raibh grásta Dé ann. Nach bhféadfadh tada maith teacht uaidh. Nach raibh sé feiliúnach gasúir a bheith ina thimpeall. Go raibh sé mífholláin. Nach gcuirfí thairis galair a thabhairt do dhaoine. Drochghalair isteach as áiteanna eile, mar bhí sé siúlach de bharr a cheirde. Gur náire dó féin a bhí ann is dá ghaolta. Imithe siar sa saol. Gan call ar bith leis. Nárbh fhios cén míchuibheas a déarfadh sé os comhair daoine, is gur chuma leis. Gur chuma leis faoi thada beo ach maireachtáil amhail is nach raibh nós ná gnás ann, duine ná Dia.

An muigín speisialta le scoilt bheag á mharcáil in áit faoi leith dó ar an drisiúr ag mo mháthair. Scóladh sí le huisce bruite é sula gcuirtí ar ais ina áit arís é. Gan cead ag daoine eile sa teach ól as. Ar fhaitíos. Mar go raibh sé aisteach, agus gaol againn leis. Thuig chuile dhuine gan ceist a chur cén fáth. Agus na milseáin a tharraingíodh sé as póca a veiste. Mo mháthair ag déanamh cnaipí chomh luath is a thosaíodh sé ag útamáil ina phócaí. B'fhearr léi míle uair dá staonfadh sé ó aon mhilseáin ná airgead a roinnt linn. Faitíos go mbeadh aon smál orthu.

Dhéanfadh Jeaic an bád dom mar a gheall sé. An plean ar fad go soiléir agam ó bhí mé i mo ghasúr. Saor ní b'fhearr ní fhéadfainn a fháil. Húicéir. Le crann is seolta. Seolta geala.

Láinnéir chnáibe gheala is sparaí míne. Chuile shórt as an nua. Bhaistfinn ainm uirthi. 'An Faoileán', b'fhéidir. Ainm ceart. Ainm a d'fheilfeadh di. Micil Ó Tnúthail mar leathbhádóir liom. Mise á gabháil is Micil ar buaic. Dhéanfadh muid uainíocht ar a chéile. Cén fáth nach ndéanfadh? Neart ama do chaon duine againn ar an stiúir. D'fhéadfainn dul síos faoin deic le tine a lasadh is béile a réiteach. Sheolfadh muid amach an cuan, as an saol, as amharc. D'aireoinn an bád ag luascadh go bog agus mé i mo luí faoin deic san oíche. Ar maidin d'fheicfinn an ghrian ag nochtadh go mall aníos as an bhfarraige san oirthear. Ansin ag toirneáil anonn is anall. Go Beag-Árainn. Saol eile ar fad. Oileán iontach. Thiar faoi bhun na spéire. San áit a dtéann an ghrian faoi sa samhradh.

'Bhfuil tú beo nó marbh ansin? Níor labhair tú le seachtain,' arsa an Fear Eile de ghlór ard. 'Tá tú le cloisteáil i Mórinis. Céard atá ort?' Tá míshásamh orm. 'Chuala tú céard a dúirt Taibhse an Droichid? "Bhí mé oíche ar an tiníl ... "'

Ní háil liom níos mó de sin. Cén fáth gur ar thaibhsí atá sé ag cur de? Níor chreid mise i dtaibhsí. Na taibhsí a bhfuil seisean tógtha leo. Tá taibhsí is taibhsí ann. Duine taibhsiúil é féin. Duine a thuigfeadh taibhsí. Ar maith leis a bheith ag cur síos orthu. Bealach an taibhse leis féin. Mar a bheadh sé á thaispeáint féin nuair is lú atá súil leis, lena ghlór neamhshaolta. Mar a chéile i gcónaí, gan olc ná áthas ann ach é ag cur as do dhuine, mar sin féin. Ag cur as do dhuine níos measa ná aon taibhse. Gan é nádúrtha ar bhealach éicint. Cosúil le daoine eile. Gan é dubh ná bán. Gan oilbhéas ná lúcháir ann. Idir an saol seo is an saol eile. Níos mó den saol eile ná an saol seo. Sin anois go díreach é. Nach maith nár chuimhnigh mé air go dtí sin. Sin faoi ndear a spéis sa taibhse. Mar gur sórt taibhse é féin. Taibhse de dhuine éicint. Duine nach féidir leis scaradh ar fad leis an saol seo. Cás de chineál éicint le socrú aige. Cás atá á leanacht. Nach féidir leis féin scaradh ar fad leis an saol seo dá bharr. Cuspóir speisialta nár baineadh amach. A fágadh gan déanamh. De bharr siléige. Ansin giorraíodh leis. Trí thimpiste nó buille ón gcroí. Nó leitís mharfach. A chuir a shaol ó mhaith. Sin ba dhócha a tharla. Sin é an fáth a bhfuil sé ag cothú na leapa. É ar ais mar a d'imigh sé. D'imigh sé ina chláiríneach. Gan é anois ar a chumas an cuspóir sin a bhaint amach. Ag súil i gcónaí go n-éireoidh leis. Tarlaíonn sé chuile lá. Drogall ar dhaoine roimh a leithéid de bheart. Gar a dhéanamh do thaibhse. Ní haon soilíos a tharraingeodh gar mar sin ar dhuine. Ní hea, ach a mhalairt. A fhios sin ag an bhFear Eile. É faoi gheasa gan an gar a iarraidh ar neach beo. Sin é an chaoi le chuile thaibhse. Chaithfí caidéis a chur ar an taibhse i dtosach faoin trioblóid a bhí orthu. Le go ligfí as an saol seo iad. Le nach mbeidís ar ais ní ba mhó. An sagart an duine chuige sin. Chuirfeadh sé paidreacha freisin ar son a anama is leigheasfadh sé an scéal. Ach drogall orthu plé ar bith a bheith acu le taibhse. Ceart go leor ag sagairt a bheith ar an gceird sin. B'eol dóibh céard a bhí á dhéanamh acu. Fios acu le bualadh faoi thaibhse. In ann fanacht ar an taobh sábháilte. Chuala mé faoin sagart ar thit an aois de léim amháin air dá bharr. B'fhearr sin féin ná imeacht ar fad. Ní chuile thaibhse a leanann an mí-ádh mar sin é.

Nach maith nár chuimhnigh mé roimhe seo air. Agus é ag taispeáint a chuid taibhsiúlachta dom chuile nóiméad den lá.

Ní saochan céille ar bith atá orm. Cheapfaí gurbh ea dá ligfinn mo rún le daoine. Nó chaithfí an t-amhras sin orm. Tá mo mheabhair chomh glan is a bhí ariamh. Mé in ann an Bakerloo nó an Northern Line a ríomh ó cheann ceann chomh maith is dá mbeinn i Londain. An saol atá aisteach. É de smál ar mo chinniúint an Fear Eile a bheith de shíor le mo thaobh le ceart a bhaint de.

Agus na bealaí ar fad a chuimhnigh mé fáil réidh leis. Fios agam anois nach féidir liom fáil réidh leis mar a cheap mé. Leanann an taibhse duine mar a scáil pé áit a dtéann sé. Mise amháin a bhfuil sé ag cur as dó de réir cosúlachta. Ní trí thimpiste ar bith gur casadh dá chéile muid sa seomra seo. Nuair a shíl mé a bheith glan ar mo ghaolta is mo chomharsana. Sin a bhí leagtha amach dom. Ní raibh dul thar an gcinniúint. An timpiste sin a tharla dom. Níor thimpiste cheart a bhí ann. Dhreap mé an staighre céanna chomh minic is atá méar orm. Dhéanfainn é le mo shúile dúnta. Ní raibh céim sa staighre céanna nárbh aithin dom mar chroí mo bhoise. Ní ar bharr an staighre a bhí an chontúirt ach leath bealaigh suas mar a raibh cúpla céim chaite, shleamhain.

Ach tá an Fear Eile ag cur as go mór dom. In aon turas. Ní hin ceird a bheadh ar thaibhse. Ag spochadh as duine. Á oilbhéasú. Ní haon taibhse ceart é. Cos go láidir fós aige sa saol seo ar aon nós. Gan cor ná car as. Ar fhleasc a dhroma. Gan a fhios beo agam cén bealach atá leis. Ní hé nach bhfuil caint aige agus é sách deisbhéalach. Nuair a fheileann sin dó. Ach tá caint ag taibhsí. Is cinnte nach ar chuile thaibhse a bhuailtear bleid. Níos deacra fáil réidh leis más mianach taibhse atá ann. Nuair a cheapfaí é a bheith báite, bheadh sé ar ais sa leaba, agus cá bhfios cén sórt intinne a bheadh ansin aige duit? Ach caithfear rud éicint a dhéanamh. Bheadh suaimhneas ag duine ansin. Suaimhneas intinne. Gan aon duine le bheith ag cothú cantail ina thimpeall. An cantal ag teacht idir mé is codladh na hoíche. Ag tarraingt anuas nithe ar chóir a fhágáil marbh. Sean*spite*anna. Rudaí nach mbaineann dó agus nár chóir baint leo. Gur fearr marbh iad. As sin a thagann clampar, agus níl aon chosúlacht ann go bhfuil ar intinn ag an bhFear Eile ligean faoi. Agus ní athrófar amach as an seomra é ach oiread. É in ann a chártaí a imirt nuair is tráthúil.

Scéal eile ar fad is ea scéal Chonchúir. Bhí sé ag iarraidh an taibhse a fheiceáil. Ní taibhse ceart a chonaic sé ach an duine a bhí tar éis bháis. É ag iarraidh é a fheiceáil le slán a fhágáil aige. Ach bíonn Conchúr ag cumadh. Bíonn an fhírinne freisin aige. Sin é an deacracht le Conchúr: gan a fhios agat an ag inseacht na fírinne a bhíonn sé nó an bhfeictear na rudaí sin dó. Doiligh a inseacht óna éadan. Ní sceitheann a éadan leide dá laghad. Is ar éigean a chumfadh sé sleais mar sin faoina fhear gaoil. Dó féin is dá dheartháir a tharla sé. Ró-dhochreidte le bheith ina bréag. A chol ceathar a bhí caillte. I bhfad ó bhaile. Deich míle fichead de shiúl cos le dul chuig an tsochraid. Aimsir an chogaidh agus é deacair bealach thairis a fháil. Bealach aistreánach. Ag sroicheadh an tí le solas gealaí. Buaileann ar an doras. Iontas orthu ar fad, agus cén fáth nach mbeadh? An tsochraid thart. Cuireann tuairisc na huaighe sa reilig. Cartann sé féin is an deartháir an uaigh go dtagann ar an gcónra. Ardaíonn an clár. Díríonn an seanfhear aniar sa gcónra agus tosaíonn ag gearradh píosa tobac, líonann a phíopa, baineann gal as agus ansin síneann siar arís go compordach. Dúnann siad an chónra is an uaigh. Iad beirt sásta go bhfaca siad é. Ní ba shásta fós go raibh sé ar a chompord sa saol eile. Arís ar ais níl muid cinnte. B'fhéidir go bhfacthas do Conchúr is dá dheartháir é, nó sin mearbhall, agus bíonn an mearbhall ann. Ach tarlaíonn rudaí aisteacha. Chomh haisteach leis an gceann sin agus b'fhéidir níos aistí. Dá mb'aon duine eile ach Conchúr. An dá bhealach leis. Níl duine cinnte amach is amach ariamh le Conchúr. Dá ndéarfadh sé go raibh an lá fliuch, chaithfeá dul amach le feiceáil, agus chuile sheans go mbeadh sé fliuch tar éis do chuid trioblóide. 'I do chodladh arís atá tú?' Glór meáite an Fhir Eile. 'Céard?' 'An ndéarfaidh mé an cheathrú ar fad duit?' 'Tá rud éicint le fiafraí agam díot. Níl a fhios agam go díreach cén chaoi a gcuirfidh mé an cheist.' 'Abair amach é, a chladhaire. Cén faitíos atá ort?' Cheap mé bagairt ina ghlór. Chaithfinn an cheist a chur ar bhealach áirithe. Le nach mbeadh aon bhrabach le fáil ar mo chuid cainte. 'An bhféadfadh taibhse a bheith sa seomra seo?' arsa mise. Cuirfidh sé sin rud éicint ar a aire, a cheap mé.

Scairt an Fear Eile amach ag gáire. 'Ní raibh a fhios agam go raibh acmhainn grinn ar bith agat. Tá a fhios agam anois é.'

'Tá mé i ndáiríre.' Olc ag teacht anois orm.

'Cá bhfeicfinnse taibhse, a cheapann tú? Sa seomra seo, an ea? Do thaibhse-se an t-aon taibhse a d'fhéadfadh a bheith anseo,' ar seisean ag rachtaíl gháire.

'Nár imí an fiabhras breac thar do chlab mór.' Chuir an spadhar a d'eascair an Fear Eile ionam iontas orm féin. Iontas mar a theilg mé an eascaine as mo bhéal de mo bhuíochas. Níor nós liom ariamh an eascaine a bheith mar chuid de m'urlabhra. Is amhlaidh a mhéadaigh an eascaine racht gáire an Fhir Eile.

'Bhfuil aon eascaine eile agat níos fearr ná an ceann sin?' ar sé. 'Nach mór is fiú an dea-iúmar. Caithfidh mé an ceann sin a inseacht do Sharon ar ball. Arbh é an fiabhras breac an phlá bhreac nó an calar, meas tú? An fiabhras breac! Ba deas an feic mé leis an bhfiabhras breac ar mo bhéal.' Lig sé scairt eile.

Tá an anáil ag imeacht uaim le holc. A Mhaighdean Ghlórmhar, a ghuím, caith chugam ceann téide féin is coinnigh ar bharr uisce tamall eile mé. Faitíos orm go stopfaidh mo chroí. Mar a tharla do Stalin. Cuthach oilc a chuir siad air le giorrú leis faoi dheireadh. Le go n-imeodh a chroí. Mar ní ar fónamh a bhí a chroí. In aon turas a bhí an bhitse ag gáire fúm. Ag iarraidh mé a mharú. Ag súil go bpléascfadh mo chroí nó pé rud a chuireann an croí as fidil. Caithfidh gur chuala sé faoi Stalin. Chuala chuile dhuine a raibh cluas air faoi Josef Stalin, 1879-1953, agus é tuillte go maith aige, an crochadóir.

B'in é an chéad uair i mo shaol ar chuala mé an Fear Eile ag scairteadh gáire. Ní áthas ná greann ar bith a chuir ag rachtaíl é. Aithne níos fearr ná sin agam air. Ag magadh fúm. Ag spochadh asam. B'eo é a sheans. Ní dhearna an Fear Eile dhá roinn dá iarracht. Cleas Stalin. Deile? Marc ná fianaise ní bheadh ina dhiaidh. Taom croí, a déarfadh na dochtúirí. Ba dhóbair an jab a bheith déanta aige. Giorranáil do mo thachtadh. Cnap i mbéal mo chléibhe. Cúpla nóiméad eile ar an gcuma sin is bheinn chomh marbh le breac. Thapaigh sé a dheis. Eisean ag iarraidh corp oilc a chur orm. Gan cuimhne ariamh agam go bhféadfadh sé corp a dhéanamh díom ar an mbealach sin, cé gur mhaith ab eol dom faoi Stalin. Ach cás eile a bhí i Stalin, cheap mé. Go raibh sé ag croitheadh na gcos cheana féin. Go mb'fhurasta an dé deiridh a shéideadh as. Is measa an Fear Eile ná Stalin ar bith dá bhfaigheadh sé an deis. Thriailfeadh sé tabhairt fúm arís nuair a d'fheicfeadh sé gur dhóbair gur oibrigh sé. Bhí a fhios ag daoine cár sheas siad le Stalin. Fanacht glan as a bhealach a bhí le déanamh mar bhí an droch-chroí ann. Ní cheapfadh daoine soineanta an rud céanna faoin mboc seo taobh liom. Chinnteodh sé gurbh é an duine eile seachas é féin an drochdhuine, agus nach ndearna an diabhal ariamh fonóid faoin gceart?

Cá bhfios nach dtuigeann sé an phasóid atá geallta agam féin dó. Go bhfuil sé in ann intinn an duine a léamh. Ní chuirfinn thairis é. Go dtuigeann sé gurb é an poll báite atá i ndán dó agam nó anbhás éicint eile. Go gcuirfeadh sé cor in aghaidh an chaim in am. Murarbh é, céard a lonnaigh an t-amhras ina intinn ar an gcéad dul síos? Sin í an cheist. Mianach an taibhse, nó taibhse ar fad. Nach féidir dul uaidh ar bhealach ar bith. Agus ní féidir olc a chur air. Níl aon mhaith a bheith ag tnúth gur féidir feanc a bhaint as a chroí. Ach oiread le go leor timpeall na háite seo, ní féidir a bheith cinnte faoi sin. B'fhéidir nach bhfuil a chroí féin chomh folláin sin. Ní léir d'aon duine an caochpholl roimhe. Ach is féidir é a threorú isteach i gceann. Cén fáth nach bhféadfaí? Ag iarraidh orm tuilleadh eascainí a dhéanamh agus an anáil bainte díom. Gan ionam focal eile a rá. Eisean lagtha ag gáire. An striapach bhradach. Sin é an buachaill agat!

Na scáileanna ag preabadh ar an mballa. Gaoth láidir. Gála. Níl prae mhór leis an ngála. Grian is gála. Ní minic le chéile iad. Ní hí an stoirm ach an taoille ard a bhí léi a rinne an dochar an oíche sin fadó. Séamas an Chrompáin ba mheasa a bhí buailte.

Níor chodail sé néal oíche na stoirme sin. Bhí an teach tógtha díreach os cionn an tsnátha mara sa gcrompán. Mar a ndéanann na héin mhara a nead tar éis rabharta na n-éan ag deireadh an Aibreáin. Aithne mhaith ariamh agam ar Shéamas. D'fhéadfainn Séamas a shamhlú ina luí faoin gcuilt ar an leaba, ag éisteacht le lascadh na farraige ag briseadh isteach an crompán. An aois anois ag breith air i ngan fhios dó féin. Níor chleachtach dó é seo ariamh ina shaol. Mar a bheadh ainmhí allta nár facthas ariamh dó ar leic a dhorais féin, ag tabhairt a dhúshláin.

Cheapfadh Séamas gurbh í an ghaoth a bheadh ag tuairteáil an dorais i dtosach. Ba ghairid go mbainfí scanradh a chroí as nuair a thiocfadh lasc throm ar an doras agus bheadh briseadh is réabadh sa gcisteanach. Bhí an lá ann nuair nach gcuirfeadh taoille ná gaoth dá mheasa isteach air. D'aireodh sé an ghaoth fhuar ag séideadh ina thimpeall agus glogarnach an uisce sa seomra. Nuair a chuirfeadh sé cos ar an urlár le héirí, ghabhfadh sé go glúine in uisce. An doras curtha isteach ag an taoille. Bhéarfadh sé ar a bhaill éadaigh amach as cófra agus ar an mbosca adhmaid ina mbeadh traidhfil airgid is cáipéisí an tí, agus dhéanfadh a bhealach amach an doras dúnta, beart nach mbeadh éasca, de bharr na gaoithe is an tsáile. Meabhraíodh dó den chéad uair nárbh é an fear céanna a bhí ann agus na trí scór caite go maith aige. Ba i seid an fhéir a chuirfeadh sé thart a raibh fágtha den oíche agus é ag tnúth le maidneachan lae.

Le gealadh an lae bheadh an taoille tráite. Gaineamh is feamainn ina mbruth faoi thír ar urlár na cisteanaí. Sáile ag tál as an leaba. Díobháil mar seo ní dhearna taoille ariamh. Séamas ag caint os ard leis féin. Cheapfadh sé go raibh an t-ádh air nach sa leaba a bádh é. Tá bá is bá ann. Bheadh sé i bhfad ní ba ghnaíúla gur amuigh ar an domhain a bháfaí duine. Bhí an pósadh i gcónaí ina chloigeann aige agus ba ina chloigeann a d'fhanfadh murach anfa na hoíche sin. Chuig tigh Bhid Lúcáis a theith sé. Bheadh Bid cúpla bliain ní b'óige ná é ag an am.

Bhfuil an Fear Eile ag cur de arís? Fuaraíodh sé anois sula bhfaighidh sé aird.

'Ná bí ag cur mearbhaill ort féin arís. Tar éis na stoirme sin a chuaigh tusa go Londain. Ní gála ná stoirm ná taoille ard a chuir anonn tú,' a deireann an Fear Eile, níos teanntásaí ná mar is iondúil. 'Leithscéal eile. Tá tú lán de leithscéalta. Rudaí eile ar fad nach bhfuil tú sásta a admhachtáil. Ní raibh tú ag déanamh aon mhaith sa mbaile leis na cailíní. Gan é de sponc ionat. Ag ceapadh go dtiocfaidís chugat uathu féin i Londain. Nach fíor dom é?' 'Níl a fhios agam céard faoi atá tú ag caint. Bhí Sibéal Mélia thall. Anonn le casadh léi a chuaigh mé. Ar ndóigh, bhí a creach féin déanta ag an stoirm, freisin. Tá a fhios agat go maith gur lig Sinéad de Barra síos mé. Ach níor lig aon duine síos thusa. Ní raibh bean ariamh i do shaol le thú a ligean síos. Gan é de rath ort. Ní bheadh fonn ag bean duit. Sin é an fáth nár lig aon bhean síos thú.'

'B'fhéidir, is ní móide.'

'Ní raibh aon Sinéad de Barra i do shaol le thú a ligean síos ná suas.'

Scairt eile gáire uaidh. 'Tú a ligean … Cén áit? Abair arís é sin … '

'Go dtachta an bás ansin tú. Go dtite a bhfuil de thoirneach sa spéir ar do chruit ansin sa leaba, a dheargscaibhtéara.' Ar éigean atáim in ann dhá fhocal a chur i ndiaidh a chéile leis an ngiorranáil atá an buile ag cur orm. Mo chroí ag preabadh amach as mo chliabhrach. Faitíos gur taom croí atá ag breith orm. Mo chorp fré chéile ar crith. Mé ag iarraidh mé féin a shuaimhniú. Beirim ar cholbha na leapa. Ag iarraidh mo chluasa a dhúnadh ar an rachtaíl gháire atá air siúd. Airím monóga allais ag briseadh ar mo bhaithis. Nár bhreá an rud é dá mbáfaí mé amuigh ar an nglan is ar an domhain seachas imeacht de bharr gháire na bitse. Achainím ar Dhia is ar Mhuire mé a shábháil. Caolseans atá agam leis an gcaoi a airím. An bás ag beannú

dom an babhta seo, ceapaim. Is maith is eol don Fhear Eile
é sin. A chuid cainte ag brú isteach orm de mo bhuíochas.
'A dhuine chóir, bhfuil tú ag cailleadh na meabhrach? Má
thiteann an toirneach ormsa, nó a bhfuil de thoirneach san
aer, mar a d'iarr tú, déanfaidh sí tine chnámh díotsa sa leaba
sin, freisin. Bhfuil tú ceart go leor ansin nó an amhlaidh …
?' An gáire á thachtadh, agus go dtachta.
Ní fhreagróidh mé an ceithearnach. Ag iarraidh corp a
dhéanamh díom atá sé. Téadh sé go Halifax. Is eol dó go
bhfuil a aidhm tugtha cuid mhaith den bhealach aige. Ag
tapú a dheise leis an ngáire is na ceisteanna seafóideacha le
cur leis. Mé a chriogadh ar fad. Nach mbeadh focal ná
fianaise faoi. Bás tobann. Imeacht ar fad in éindí. Dá
mbeinn le gearán a dhéanamh faoi go raibh mé i gcontúirt
mo mharfa aige, ní bhacfaí liom. Aistíl do mo bhualadh,
cheapfaí. Ag éirí éadrom sa gceann nó, ní ba mheasa,
saochan do mo bhualadh. Gur mise an chontúirt. Mise a
bhí le faire. Ansin bheadh talamh slán ag an bhFear Eile mé
a chur in aer. Sin go díreach a dhéanfadh sé. Caithfidh mé
a bheith níos cúramaí ó tharla ar an eolas mé. Is maith go
deo atá mo mhiosúr tógtha aige. Gan éisteacht lena chuid
clabaireachta ná aird dá laghad a thabhairt air an bealach is
ciallmhaire leis an ngoimh a bhaint as. Dá bhféadfainn
dearmad a dhéanamh air. É a chur glan amach as mo
cheann. Agus is beag nár éirigh liom cúpla babhta, ach
tagann sé ar ais arís gan iarraidh gan achainí. Sin anois go
díreach é, gan iarraidh gan achainí. Mé i mo thrua Mhuire.
Sách deacair dul i gcionn an tsaoil gan mé faoi shíorchontúirt
gach re nóiméad idir chodladh is dúiseacht dom.
    Ní raibh seans ar bith ariamh ann é a chur faoi bhois an
chait. An t-aon déanamh a bhí air é a chriogadh. Dá
bhfaighinn ugach ar bith ón Tnúthalach, ach ní bhfuair. Mar
nár cheap sé aon chall a bheith orm. Mar nár thuig sé mo

chall. Róthógtha lena sháinn féin. Sáinn nár sháinn, a cheap mé. Ach an Fear Eile. Caidéis aige do mo shaol. Saol a bhí caite. Mé i mo phríosúnach anois ag an bhFear Eile. Mo shaol féin. Nár bhain d'aon duine beo eile ach dom féin. Gan cead ag aon duine eile a bheith ag grinndearcadh tríd. Ag cur cosa faoi mhíthuiscintí, in aon turas. Le go gcuirfí as do dhuine. Cé hé atá in ann a rá go fírinneach cén chaoi ar chaith mé mo shaol? Agam féin a fhios sin. Chaith mé é mar a chonaic mé romham. Gan blas díchéille orm. Más tada, ba róchiallmhar é. M'anam gur fíor dom é. Róchúramach. Ag breathnú romham i gcónaí. Duine staidéarach a bhféadfaí brath orm. A bhí in ann mo chuid oibre a dhéanamh go pointeáilte is go maith. Nár frítheadh locht orm ón taobh sin. Nach raibh mé slibreáilte i mo phearsa ná i m'iompar. Dea-ghléasta i gcónaí, nó ar a laghad éadaí maithe, is punt i mo phóca i gcónaí agus fios ag an saol go raibh. Mé in ann ól le duine ar bith agus mo chuid óil a iompar. Duine socair. Mé socair ar mo chuid óil. Gan mé ag cur as d'aon duine. Gan sceilp ná achrann á iarraidh agam ach mo bhealach a dhéanamh chomh maith is a d'fhéadfainn. Agus sin a rinne mé. Mo bhealach a dhéanamh gan baint le gnaithí nár bhain liom. Mé múinte. Thuig daoine sin is níor chuir siad chugam ná uaim. Ag fáil nuachtaí ón mbaile óna chéile. Níorbh é an dea-nuacht go minic é. Mar sin féin, ba nuacht é. Nuacht a theastaigh uathu a chloisteáil. Ar chuir siad a ndeis féin air. An leagan a theastaigh uathu féin. Nár chaill mé aon lá oibre de bharr óil. I gcónaí in am. Gan mé ag brath ar aon duine le mo ghnaithe a dhéanamh. Agus gan mé ar mhórán gaisce faoi ach oiread. Nach aisteach nach iad na nithe sin a bhíonn á ríomh ag an bhFear Eile? Ní hiad, go deimhin.

Meastú cén sórt déanaimh atá ar an bhFear Eile? An ard, íseal, leathan, caol dó? Óna éadan is a mhuineál bheadh ordú maith air. Rómhaith, b'fhéidir. Ní mheasfainn fada é. Blocán leathan de chloigeann atá air. Buta d'fhear. Déanamh dronuilleogach ó chloigeann go cosa a shamhlóinn leis. Tá sé agam anois, agus nach maith nár chuimhnigh mé roimhe seo air: ceaptró. Ceaptró an tsamhail a thabharfainn dó. Leis sin go díreach is cosúil é. Thabharfadh sé sin sásamh éicint dom. Ní bheadh a fhios aige ó Dhia céard é ceaptró mar nárbh fhear farraige é agus mé ag fonóid faoi. In am agam deis a fháil air.

'Tá tú iata, a striapach,' an chéad bheannú a dhéanfadh Micil Ó Tnúthail.

'Nach maith an scéal atá agat,' a d'fhreagróinn go míshásta.

'A dhiabhail, níl aon chúis sa meáchan, go mórmhór nuair atá tú ag dul in aois mar atá tusa.'

'Comhaoiseanna muid.'

'Ní hí an aois a chomhaireann, a bhitse. Breathnaigh anseo sula n-imeoidh mé. Ní bheidh mé isteach go luath arís.'

'Cén chaoi?' a déarfainn. Bheadh iontas orm.

'Anonn go Meiriceá atá mé ag dul. Liom féin.'

'Bhfuil a fhios ag Lucy faoi?'

'Níl.'

'Ní go maith a thuigim thú,' a déarfainn.

'Chomh fada is a bhaineann sé léi, is thall a bheas mé ag saothrú go ceann tamaill.'

'Tá rud éicint ar intinn agat.'

'Ní bheadh a fhios agat céard a dhéanfadh duine.'

'Pósadh?'

'Faoi ainm eile, b'fhéidir nó ... Nach fearr sin féin ná ...
Céard eile a thabharfadh anonn mé?'

'Ní fhéadfá beart mar sin a dhéanamh,' a déarfainn is an chaint ag imeacht uaim le hiontas.

'Go gcuire Dia an t-ádh ort. Is féidir a bheith thall is abhus.'

'Ag magadh fúm atá tú.'

'Beidh mé thall is abhus.'

'Stop anois.'

'Beidh mise thall is mo scáil abhus. Ní bheidh a fhios ag Lucy tada faoi seo ach go bhfuil mé ag obair thall is mé sásta liom féin. Fainic ar a bhfaca tú ariamh an ligfeá focal as do bhéal faoi le haon duine.'

'Tá mo dhóthain cloiste agam.'

'Dá mbeadh aon mhisneach agatsa, a chladhaire, b'fhéidir go mbeadh inseacht eile ar mo scéal,' a déarfadh Micil.

'Tóg go réidh anois é. Ní raibh ciall ná réasún le beart mar sin.'

'Rófhada a chaith muid ag seoladh le chéile.'

'Ní raibh tú thuas ag an Elephant le gairid,' a déarfainn, leis an gcomhrá a athrú.

'Cén fáth?'

'Sa World's End.'

'Go gcuire Dia an t-ádh ort. Tá sé leagtha go talamh le fada agus bloc oifigí tógtha ina áit.'

'An Shamrock?'

'Imithe an bealach céanna. Ní hé an tElephant céanna anois é. Athraithe ar fad.'

'Céard fúmsa? Cheap mé go raibh socrú eadrainn ... '

'Tá tú mar atá tú.'

'Céard?'

'Thar am agamsa a dhul i dtír.'

'Ní go maith a thuigim tú. Abair amach é,' a déarfainn.

'Beidh mise ag imeacht. Airím an féar ag fás faoi mo chosa cheana féin le mífhoighid. Ní maith liom geallúint a dhéanamh go bhfeicfinn arís thú.'

'Ná déan.'

Mo dhóthain de thaibhse agam le cur suas leis gan a bheith ag tarraingt tuilleadh acu isteach san áit. Níl an smaoineamh is fánaí ceilte air. Ní raibh creidiúint ariamh agam i mná feasa, cé gur ghiorraigh siad le daoine is chuir báid go tóin poill, deirtear. Daoine ag triall orthu ar son na feasa sin. Pé ar bith maitheas a cheap siad a dhéanfadh sé. Ní mórán a bheadh dá bharr acu dá mba é an drochscéala a bheadh le fáil. Níor chuala mé ariamh faoi fhear feasa. Mar ní raibh a leithéid ann. Ní duine daonna an Fear Eile sa leaba taobh liom. Bíonn an taibhse i gcumraíocht duine agus leanann siad daoine áirithe. Daoine a bhfuil réiteach a gcáis acu. Ní hamhlaidh leis an mboc seo. Réiteach amháin atá agam ar a chás agus is maith is eol dó sin. D'ith Mac Dé béile i bhfochair na beirte fear cairdiúla a casadh dó ar an mbóthar go hEamáus tar éis aiséirí ó bhás dó, le taispeáint nár thaibhse a bhí ann. Ní bhlaiseann an taibhse ceart d'aon cheo. Ach níor leor sin. Fuair siad taispeánadh tar éis an bhéile gurbh é Mac Dé a bhí ina dteannta an t-am ar fad. Sin é Mac Dé. Ní féidir é a chur i gcomórtas le haon duine beo. Tá fios ag an mbuachaill seo. Ní féidir dul uaidh ach oiread le duine a leagfadh bean feasa súil air. Ní theastaíonn fios ó thaibhse. Déanfaidh an Fear Eile baileabhair díom. Do mo chur as mo bhuille in aon turas. Sa gcaoi nach féidir déanamh amach cá bhfuil an t-uisce faoi thalamh ag rith.

Níor chorraigh aon scáil ar an mballa le dhá lá. Ní hamhlaidh gur grian a bhí uathu. Aimsir chiúin an tráth seo bliana, nádúr dheireadh an fhómhair. Aimsir sheasta a bhíodh ann i gcónaí do Thuras an Tobair. Turas an t-aon leigheas ar an mí-ádh a choinneáil ó dhoras. Turas go Tobar Bhreacáin a thug mé féin, Nóra, Béib, Máirtín is mo mháthair nuair a tháinig an drochscéala ón ospidéal gur i ndonacht a bhí m'athair ag dul. B'fhéidir gur fágadh an turas ródheireanach. Ach, mar a deir mo mháthair, bhí a lá tagtha. Nach bhféadfainn féin turas a dhéanamh, leis an taibhse sin thall atá ag cur as dom go seasta a chaitheamh as an mbealach? Sin é a dhéanfainn. Ó tharla i mo cheann é. Go Tobar Bhreacáin. Faoi Bhealtaine seo chugainn. Deile?

Soir leis an bhfál sceach. Súil agam nach gcasfaí aon chomharsa dom. Bheadh aicearra tríd an ngarraí bán orm. Na méaracha púca faoi bhláth corcra ar na bruacha tirime agus an sceach gheal ag tréigean a gile. Boladh na féithleoige a bheadh ag dreapadh tríd an draighean, ar mo shrón. Ag bord an chladaigh bheadh orm mo shúile a dhúnadh ag glioscarnach na gréine ar an bhfarraige. Píosa maith tráite aige is na mulláin dhubha feamainne ag nochtadh aníos as gile na mara. D'éireodh faoileán san aer ó íochtar cladaigh agus chuirfeadh ceann eile glao caointeach as. Chuirfeadh crónán na mbeach, a bheadh ag teacht chugam in aon dord foinn amháin, ón rabhán a bheadh ina phaistí bándearga ag breacadh an mhuirbhigh, ardú ar mo mheanmna. Fonn orm bolú de. D'aireoinn raithneach thirim na bliana a caitheadh ag brioscadh faoi mo chosa. Bheadh an bláth buí ag tosú ag briseadh amach ar an seileastram. Mheabhródh boladh na raiceálaí, a bheadh ag lobhadh ar an duirling ó rabharta na n-éan, laethanta eile nuair a bhínn i gcuideachta m'athar agus eisean ag obair cois an chrompáin. Ar ndóigh, bheadh gach fuaim le cloisteáil is gach boladh le fáil ag cur uaignis orm. Mar bheadh seanaithne agam orthu. Ag meabhrú saol eile dom. Tagtha ar ais ó shaol eile. I mo thaibhse. Mar go mbeadh geasa orm é a dhéanamh. Go raibh caitheamh ina dhiaidh agam dó ar feadh mo shaoil.

Nuair a bhainfinn an tobar amach, chromfainn is stoithfinn an féar is raithneach a bheadh ar crochadh isteach os cionn an tobair. Níor léir dom tóin an tobair, leis an roille bhuí a bheadh ina shnáithíní ar snámh ann. Ar snámh freisin bheadh piotail de rós, síol féir, duilleoga feoite drise, is damhán alla leis féin ina sheasamh go hairdeallach. Bheadh a fhios agam leis an turas a thabhairt. Seacht mbabhta timpeall an tobair. Ní bheadh sé éasca leis na carracáin, tomacha, driseacha is raithneach sa mbealach. Gan trácht chor ar bith ar an mboladh cumhra a bheadh le fáil, na fuaimeanna samhraidh a bheadh le cloisteáil agus dathanna na mbláthanna a líonfadh le pléisiúr mé. Cosán faoi leith ceaptha a leanacht. Orm ceann de na seacht gcloichín i mo lámh a chaitheamh sa tobar le gach turas. Trí phaidrín a rá.

Nuair a bheadh an bealach anoir arís déanta agam go dtí an bóthar, i ngan fhios don saol mór, mar a cheapfainn, céard a tharraingeodh suas le mo thaobh ach carr mór agus Frank Seoighe taobh thiar den roth. I gcarr a shamhlóinn Frank i gcónaí ó fuair sé a chéad charr. B'fhearr liom an sioc ná duine a fheiceáil, Frank go háirithe. Mar bheinn ar mo shuaimhneas tar éis an turais, fiú dá mbeadh uaigneas orm. Uaigneas a roghnóinn féin. Uaigneas nach mbeinn ag iarraidh scaradh leis faoi dheifir. Ní bheadh aon taibhse i mo dhiaidh. Mise mé féin a bheadh mar thaibhse anois. Tagtha ar ais, nó sin a cheapfainn nó go bhfeicfinn Frank. Ní bheadh fonn cainte orm leis, ach níorbh fhéidir liom dul i bhfolach air ach oiread. Bheinn ag iarraidh a bheith liom féin. Bheinn ag iarraidh a bheith asam féin le mo chomhluadar féin ar feadh scaithimh. Gan thairis sin. É sin sách réasúnach. Mar a bheinn éalaithe. Éalaithe uaidh siúd eile nár phléisiúr ar bith dom a ainm go fiú a lua, an boimbiléad. Dhéanfadh an turas an-mhaitheas ar fad dom, murarbh é mo leigheas glan amach a bheadh i gcrích. Sin nó go bhfeicfinn Frank. Mar a thitfeadh sé ón spéir romham. Ar éigean an torann féin ag an gcarr a bheadh aige.

'*Hi*,' a déarfadh Frank.

Hi ag an diabhal ort, a déarfainn liom féin.

'Ní fheicim Sibéal thart na laethanta seo.'

'Ní fheiceann tú.' Fios maith féin a bheadh agam céard a bheadh ag cur as dó agus ní le spéis ionamsa a stop sé chun cainte. Leath a shaoil, nó a shaol ar fad, caite aige ag rith ina diaidh. Agus é féin pósta. Bean is clann air. Ní shásódh sin é. Ní shásódh aon duine eile é ach Sibéal. Tar éis a bheadh sa saol aige. Ní bheadh Sibéal ar fáil nó chinnfeadh sé ormsa. Agus ní chinnfeadh. Níor mhór do dhuine a bheith aireach. Ní thabharfadh Frank suas go réidh. Sin é an mianach a bhí ann. Ó lá an chéad Chomaoineach bheadh sé ag iarraidh blas a chur air féin léi. Sin é an lá ar thosaigh sé. Nuair a bhí an ghrian ag scaladh anuas orainn an lá Bealtaine sin agus dordán ceolmhar san aer. Agus bhí. Ní bheadh tada i gceist murach gur chuir Frank is a athair a ladar sa scéal. Scéal nár scéal. Faoi thada.

'Bhfuil tú sásta leis leis an socrú sin faoi Tigh Lúcáis?' a chloisfinn é ag rá.

'Cén socrú?' Ba mhaith ab eol dom céard a bheadh i gceist.

'Tusa a bheith i do *mhanager* ar an áit sin agamsa, agus thabharfainn praghas maith duit ar Tigh Lúcáis.'

Fios maith agamsa céard a bheadh uaidh. Tar éis a liacht uair a bheadh sé curtha ó dhoras. Mise in ann a intinn a léamh. Ní bheadh aon stopadh air. Ag ceapadh go ndéanfadh an t-airgead an difear. 'Níl aon socrú ann agus ní bheidh aon mhargadh ann ach oiread.' Tada beo. Níl aon teach ósta le díol agus ná fiafraigh díom faoi feasta. Agus ná baineadh Sibéal duit.'

'Níl mé ach ag fiafraí, *dammit*. Bhí aithne agam féin uirthi romhatsa.'

Scaoilfinn an ceann sin tharam. 'Chuala tú céard a dúirt mé?'

'Tá súil agam go mbeidh sí *happy* leatsa is Tigh Lúcáis nach n-íocfaidh a bhealach go deo.'

'Sin gnaithe domsa.' Chuirfeadh sin ag cuimhneamh é. Ní bheadh an fonn céanna air stopadh arís. Mé ag ceapadh go mbeadh rudaí mar sin fágtha i mo dhiaidh agam. Ag Tobar Bhreacáin.

Na scáileanna ag éirí den bhalla le fuinneamh, cheapfá. Gaoth láidir. Aniar di. D'fhéadfadh di a bheith aniar aneas. An lá athraithe. Í ag teacht ina siotaí. Drochlá do sheoltóireacht. Cá bhfuil an calm a bhí ann? D'aithneoinn na húicéirí agus na gleoiteoga ar an mballa. É ina stoirm thintrí. Cúrsaí sa seol mór. An seol tosaigh bainte anuas ar mo bhádsa. An ballasta ag corraí. A Dhia is a Chríosta! Í ag tógáil go leor uisce ó na maidhmeanna farraige atá á bualadh. Duine ag taoscadh. Í ag seoladh róghar don ghaoth. Iad ag tarraingt an tseoil mhóir isteach. In áit scaoileadh leis an scód ar fad. Céard atá ag teacht orthu? Í ar a taobh. An búm ag bualadh an uisce. An seol mór san uisce. Gan í ag díriú. Iad ag iarraidh í a chasadh isteach sa ngaoth. É fánach acu. Uisce ag scairdeadh thar an mbord fúithi. Í ag dul síos. Bádóir ar mhaide rámha san uisce. Duine ag dul sa gcrann. Thabharfadh an chéad mhaidhm eile léi í.

Na báid eile ag iarraidh iad a thógáil. É fánach acu. A ndóthain le déanamh acu féin. Rith cladaigh á tabhairt do ghleoiteog amháin. D'fheicfí ón gcladach iad. Bheadh fios curtha ar an mbád tarrthála. Í ag nochtadh amach ón oileán cheana féin. Déarfaí go raibh an t-ádh orthu agus na cosa a thabhairt leo. Ní bheidís slán i bhfarraige mar sin go mbeidís ar bord arís.

Dá mbeadh an Fear Eile ar bord inniu. Cén fáth nár chuimhnigh mé cheana air? Turas pléisiúir a bheadh ann. Gaoth láidir. An seol mór a scaoileadh san uisce le leagan maith agus í ag tornáil. Ní thabharfaí milleán gan an Fear Eile a shábháil. Ghabhfadh sé síos mar an ballasta. Ní aireodh aon duine uathu é. Ní raibh déantús maitheasa ann do neach beo. É a chur as an mbealach an déanamh air. Amuigh ar an bpoll báite.

B'in deireadh leis an húicéir freisin. Shantaigh mé bád dom féin ón lá sin ar an gcéibh agus mé i mo ghasúr. Le héalú amach ar an bhfarraige mhór a theastaigh sí uaim, agus údar maith agam leis an lá sin. Jeaic mór a dhéanfadh í le dul go Beag-Árainn. Chaith Murchadh Ó Laidhe scaitheamh i mBeag-Árainn. Ní bheadh aithne agamsa ar Mhurchadh. Cén chaoi a mbeadh? D'fhill sé as mar dhochtúir. Níor chualathas ariamh go ndeachaigh an dara duine ón áit ann. Ansin an gála seo agus gan súil ar bith léi. Ní bheadh armáil mhór bainte agam aisti. Ní bheadh an t-am agam. Ní éireodh liom anois an turas fada a dhéanamh go Beag-Árainn. Bheadh an turas sin geallta agam do Shibéal nuair a chasfaí orm i Sasana í. Ní fhéadfadh sí fanacht leis an lá, a déarfadh sí. Gur cheart dúinn bualadh faoin turas chomh luath is a thiocfadh muid abhaile. Bheadh sí ag fanacht leis le fada. Sula ngabhfadh sé i bhfuaire. Sula dtiocfadh rudaí eile sa mbealach. Roimh an stoirm. An deis caillte anois. Deis eile imithe. Os comhair mo dhá shúil.

D'inseoinn di go bhfaca mé an húicéir ag dul síos. I bhfarraige shuaite. Go mbeadh sí ina cláir cheana féin. Sa mbruth faoi thír. D'fhanfadh na seolta ar grinneall. Ní shnámhfaidís. Na láinnéir i bhfostú sna clocha agus sa gcoirleach.

∞

Lá an chéad Chomaoineach a thosaigh scéal an húicéara. Ní fhéadfadh mearbhall a bheith orm faoi. Seasaim féin is Frank ar aghaidh a chéile. Sin ar an gcriathrach beag ag an gcrosbhóthar sula bhfágann muid cos ar an liathróid. Taispeánaim do Frank an póca laistigh, atá suite go teolaí faoi ascaill mo sheaicéid nua. Sacann Frank a lámh isteach ann, ach tá dhá phóca ar cheann Frank. Scrúdaíonn muid beirt an líonán is na cábaí. Comhaireann na cnaipí is cuireann i gcomórtas le chéile iad. Ach airím an chulaith nua is an léine is an gléasadh mar gheimheal ar mo chlaonta.

'Tá ceithre scillinge is sé pingne agamsa.' Tá spleodar i mo ghlór, is tugaim cúpla truslóg fhada ar an bhféar mar a bheinn ag triail na mbróg nua, a bhfuil gíoscán fós iontu.

'Tá níos mó ná sin agamsa,' arsa Frank, ag fáisceadh dornán bonn lena lámh i bpóca a threabhsair.

Ansin cromann muid beirt ar ár ngogaide leis an airgead a chomhaireamh ar an talamh. Níl thar thrí scillinge is dhá phingin ag Frank ach deireann go bhfuil an chuid eile sa mbaile.

Sracfhéachaint dá dtugaim thart feicim Sibéal Mélia ina seasamh os ár gcionn, ag breathnú thar mo ghualainn anuas. Carnaim mo chuid airgid i mo ghlaic agus éirím i mo sheasamh go tobann. Cuirim na boinn i ndiaidh a chéile ar mo bhos, ag dearbhú go bhfeiceann sí iad. Díomá orm nach bhfaigheann sí caidéis, fiú do mo chulaith nua. Is amhlaidh a sheasann sí siar uainn ag ardú is ag ísliú ar a barraicíní go neamhairdeallach ag breathnú uaithi. Ceapaim go mbreathnaíonn sí go hálainn. A gruaig fhionn fáiscthe i dhá thrilseán, is corraíonn na trilseáin is na ribíní go rithmeach le chéile timpeall a guaillí le gach cor dá cloigeann. Cuimlíonn sí a lámh go héadrom ar a gúna, á chothromu, is breathnaíonn go péacach ar a stocaí bána is a bróga dubha lonracha. Aird dá laghad níl aici ar an mbeirt. Airím mo chulaith rómhór is míchompordach den chéad uair. Suíonn sise ar aill eibhir ar thaobh na páirce, slíocann síos a gúna ar a glúine agus aischuireann an maide milis ina béal. Gan focal as ceachtar againn. Breathnaím i leataobh. Feithid aisteach ar chloch íseal. Fiosraím. Beirim ar an earc luachra.

'Earc luachra!' Á shlíocadh le mo mhéir i mo lámh os comhair Shibéal.

Caitheann sí súil fhaiteach i mo threo. Dreach samhnasach ar fud a héadain. Fáisceann a beola dearga is nochtann a drad bán fiacal. Léimeann sí anuas den aill is cúlaíonn cúpla slat siar uaim. Caithim uaim an t-earc luachra go deifreach, gan chuimhneamh. Airím ciontach ar bhealach éicint nach dtuigim, agus chun an éagóir a chealú, bogaim níos gaire di, osclaím mo shaicéad agus deirim, 'Seo é an póca taobh istigh.'

Ar éigean a thugann sí aird ar bith ar mo chuid cainte. Bogaim go neamhchinnte ina treo. Osclaím amach mo sheaicéad. Labhraím mar dhuine a bheadh ag tairiscint pribhléid mhór di. 'Is féidir leat do lámh a chur isteach i mo phóca.' Cuireann strainc uirthi féin agus cúbann uaim faoi mar a rinne sí roimhe sin leis an earc luachra. Tá boladh taitneamhach cumhráin ag úscadh uaithi.

Cloisim glór Frank ag glaoch ar ais orm le cluiche a imirt leis. Ní cumas dom corraí ón mball ina bhfuilim. Feicim

Frank ar chliathán thall na páirce, a bhróg ar an liathróid bheag rubair, ag fanacht go mífhoighdeach liom.

Ba mhór an trua, a cheapaim, nach féidir Sibéal a chur ar bhos mo láimhe agus í a iniúchadh mar an earc luachra. Ní thuigim anois ná go deo cén daol tobann a bhuail mé, nuair a thugaim sciuird anonn chuici agus tarraingím anall go dtí an t-earc luachra í, atá anois ag éalú leis isteach sa gcíb fhada. San iomrascáil, titeann sí ar an talamh. Ligeann sí beic. Tabhair béic ar bhéic. Tuigim ón uafás ina glór go bhfuil gníomh ifreanda déanta agam. Feicim Frank ag rith le hanbhá anall chugainn. Tá sí ar a cosa. Iompaíonn sí a droim is cuireann a lámha ar a súile. Ceapaim go bhfuil sí ag caoineadh. Ní féidir liom corraí ná labhairt. Breathnaíonn Frank go milleánach orm. Breathnaímse fúm ar an talamh. An-náire orm. Gan duine againn den triúr ag labhairt. Faoi dheireadh labhraíonn Frank.

'Chonaic mise thú.'

Go tobann baineann sí a lámha dá súile, agus gan iompú inár dtreo, deireann sí le teannas, 'Inseoidh mise sa mbaile ort é.' Tosaíonn sí ag siúl go giodamach siar abhaile.

'Tá mise ag dul abhaile anois freisin,' arsa Frank agus cúiseamh láidir ina ghlór. Siúlann sé i ndiaidh Shibéal.

Mé fágtha liom féin i mo staic mar dhuine as a mhothú. Má théim abhaile, is eol dom go mbeidh an drochscéala romham ag Frank. Leis an scéala a scaipeadh a d'imigh sé. Breathnaím fúm is tharam. Cuimlím mo mhuinchille de m'éadan, gan údar. Feicim gur fhág an t-allas lorg salach ar an muinchille. Cuimlím an smál le mo lámh ach gan maith dom ann. Comhairim na ceithre scillinge is sé pingne idir mo mhéaracha i mo phóca. Tá an nuaíocht imithe as an airgead féin dom.

Tar éis tamaill tosaím ag siúl, go spadánta, an bhealaigh a ndeachaigh siad, ach in áit casadh ar dheis ag an gcrosbhóthar le dul abhaile go Baile an Tobair, is amhlaidh a choinním orm díreach go dtí an chéib atá cúpla céad slat chun cinn. Ag déanamh ar an gcéib, feicim crann seoil húicéara ag bogadh go réidh síos is suas leis an sruth taoille tuile, atá ag lonnadh le neart an rabharta isteach sa gcéibh. Tá húicéir eile ag sníomh a bealaigh isteach ag ceann na céibhe, leis na seolta stríoctha. Tá bádóir ina sheasamh ar an deic, corna de théad thiubh ina lámh dheas agus é faoi réir le ceann téide a chaitheamh chuig duine ar an gcéibh le breith uirthi. Tugaim faoi deara beirt fhear ag bogadh amach ó sconsa thiar na céibhe, Antaine Seoighe – athair Frank – agus Jeaic Mór. Taitníonn an boladh tearra is ócaim a bhíonn ó Jeaic liom. Bíonn sé ag cogaint tobac. Ní bhaineann Jeaic a chaipín ariamh de, fiú nuair is ag ithe a bhéile atá sé. Tá na fiacla caillte aige agus a bhéal tite isteach ar a dhá chab dá bharr. Is nós leis a bheith ag caint leis féin. Ní bhím ariamh cinnte ón oibriú a bhíonn ar an dá chab cén iúmar a bhíonn air

'Céard a rinne tú ar an ngearrchaile?' a fhiafraíonn Antaine Seoighe díom an dá luath a leagann sé súil orm. Tá an sceimheal phianmhar a bhíonn go hiondúil ar éadan Antaine, agus na súile corracha ag lonrú amach ó na malaí dubha atá gan bhriseadh, le híochtar a bhaithise.

Ní fhéadaim focal a rá. Iompaím uathu, ag breathnú ar an mbád ag teacht isteach. Is amhlaidh atáim ag iarraidh gan tosú ag caoineadh. Is feasach dom gur fúm atá na fir ag caint.

'Nach maith luath.' Labhraíonn Antaine le glór gíoscánach a speireann m'éisteacht. Tuigim go bhfuil sé ag iarraidh scéal chailleach an uafáis a dhéanamh de.

'Nach bhfuil an mianach sin ann,' a deireann Jeaic Mór. Níl a fhios agam an cáineadh nó moladh atá i gceist aige.

'Cá bhfágfadh sé é?' Teannas i nglór Antaine, a íslíonn sé go comhcheilgeach.

'An mianach.'

'Deile?'

'Mianach an phocaide.'

Tá mo dhroim iompaithe agam leo. Samhlaím Jeaic ag gáire leis féin, gan aird aige ar dhíomá Antaine ach gan aon athrú ar a dhreach. Gan le feiceáil air ach féasóg is srón. 'Anois, céard a déarfá? Nach maith luath atá an dúchas ag briseadh amach ann? Nach gcaithfidh go bhfuil an diabhal croite istigh ann agus baint leis an ngearrchaile mar sin.' Tá ruibh ag neartú i nglór Antaine. Gan a fhios agam beo céard atá i gceist ag Antaine ná céard atá sé ag rá. Ach go bhfuil a fhios agam nach moltach orm atá sé. Aithním glór Jeaic ag briseadh isteach. 'Tar anall anseo, a stór. Ná tabhair aird ar bith ar an raibiléara beag sin. Nach faoin spleantairín atá an talamh. Cineál na bhfreangach is an chnis bhuí.' Tá sé ag ionramháil rud éicint i bpóca veiste, le trí mhéar. Sa bpóca céanna a choinníonn sé a chuid airgid agus aon mhilseáin a bhíonn le roinnt aige. Mé beophianta ag fanacht nó go dtarraingíonn sé amach bonn sé pingne. Breathnaíonn go grinn air mar dhuine nach bhfuil an t-amharc ar fónamh aige. Baisteann le smugairle beag é. 'Seo.' Síneann chugam é. 'Tá údar maith fir ionat.'

Taitníonn Jeaic liom, go háirithe ag an nóiméad sin. Is beag nach ndearmadaim gach ar tharla. Ardú croí ar aon nós dom Jeaic a fheiceáil. Milseáin nó síneadh láimhe gan teip aige i gcónaí i bpóca a veiste.

Faoin am seo an húicéir tagtha le céibh. Tá Antaine ag fáisceadh na téide cinn den mhullard teann cloiche. Seasaim ar cholbha na céibhe ag breathnú síos sa mbád. Deatach ghorm mhóna ag cornadh aníos as poll an scutail ar an deic. Cuireann maidí urláir is *futtocks* dalba an bháid iontas orm. An crann seoil daingnithe in eang sa gceaptró. Bádóir amháin ag ceangal an jib timpeall ar an mboghspriot.

Tugaim faoi deara an leathbhadóir a bhí ar an stiúir ag breathnú suas orm ón tile deiridh.

'Cé leis thú?' Labhraíonn sé liom i nglór slóchta.

Ní raibh mé cinnte ariamh cén freagra ba chóir a thabhairt ar an gceist sin ó tharla athair is máthair agam. 'Le Seán Ó Maolrúin.'

'Seán Mhicil Ó Maolrúin … ha.' Cúngaíonn an bádóir a shúile is breathnaíonn go géar orm. 'D'aithneoinn as do mháthair tú.' Tá sé ag fáisceadh na téide ceathrún. 'Céard atá t'athair ag déanamh ar an aimsir seo?' A dhroim iompaithe liom is é ag caint.

'Níl a fhios agam.'

'Níl a fhios agat! Má tá aithne cheart agamsa air, ní ag dul amú atá sé.'

An t-uafás a bhí déanta agam ag tréigean as mo cheann beagán. Antaine Seoighe ag fiafraí an raibh imeacht ar sheanfhataí i Mórinis – b'as Mórinis a tháinig na bádóirí.

Ceapaim ag an bpointe sin gur breá go deo an saol atá ag bádóirí. Thabharfainn rud ar bith a bheith in ann fanacht ina bhfochair. Samhlaím mé féin ar bord agus an húicéir faoi lán seoil amach an cuan agus siar ar an tseanfharraige mar a bhfuil oileáin nach eol do dheoraí a leithéidí a bheith ann. Ní bheadh seans ag m'athair is mo mháthair mé a cheistiú faoi chéard a rinne mé le Sibéal. Amach ó bhéal an chuain dom, chaithfinn dorú amach. Bhéarfainn ar iasc. Bheadh an t-iasc réidh don tae. Shuífinn faoin deic. Gheobhainn boladh an tearra is na móna go síoraí. D'fhéadfainn codladh i mo chuid éadaigh. Ní bheadh orm am a chaitheamh do mo ghléasadh féin ar maidin. D'aireoinn an bád ag luascadh sna tonnta. D'fheicfinn cailleacha dubha, corr-éisceanna agus geabhróga ag snámh ar an bhfarraige. Bheadh an coimhthíos caillte acu amuigh ansin ar an domhain, agus bheinn in ann seoladh isteach in aice leo agus mo lámh a chur orthu. Gheobhainn amharc maith freisin ar na rónta is na muca mara. Ní raibh mé gar do mhuc mhara ariamh. Sheolfainn liom go dtí nach mbeadh le feiceáil ach seolta bioracha ag péacadh as croílár na farraige. An húicéir feistithe anois. Leathbhádóir amháin ag dreapadh lena lámha is a chosa suas taobh na céibhe. Breathnaím thart. Tá Jeaic Mór téaltaithe siar leis féin leis an sconsa cloiche. É ag breathnú amach roimhe, a bhéal ag dul isteach is amach mar dhuine a bheadh á ithe féin. Anonn leis an mbádóir mar a bhfuil Jeaic is cuireann araoid air. Seasann Antaine Seoighe le taobh na beirte, a dhá lámh go domhain i bpócaí a threabhsair is a cheann cromtha. Triallann an dara bádóir chucu freisin, seanseaicéad is seanmhála crochta óna lámh. Cloisim iad ag caint ar an rabharta, ar fheamainn is ar tharraingt stuif, ar bháid is ar Mhórinis. Gan focal as Jeaic ach é ag breathnú soir uaidh. Mé buíoch nár tugadh suntas ar bith do mo chulaith nua.

Na fir ag scaipeadh de réir a chéile go dtí nach bhfuil fágtha ach Jeaic is mé féin. Sheachnóinn an teach chomh fada is ab fhéidir liom. Tosaíonn aisling atá ag borradh i m'intinn ag teacht chun cruthaíochta. Druidim le Jeaic go cuthaileach. 'An ndéanfá húicéir dom?' a deirim. Baintear geit as Jeaic. Mothaím a shúile glasa ag dul go beo ionam. Gan a fhios agam an scanradh nó iontas nó olc atá le sonrú iontu. A dhá chab ag oibriú níos tréine ná mar is gnách.

'Bheadh gnaithe agat di, muis.'

'Déanfaidh mé féin húicéir. Tabharfaidh m'athair cúnamh dom.'

'T'athair!' Fonóid i nglór Jeaic.

'Déanfaidh mé féin an húicéir má thugann tusa cúnamh dom.'

'Ceart go leor. Má shásaíonn sé sin thú. Tá do mháthair sa mbaile?'

Tosaíonn Jeaic ag siúl suas bóthar na céibhe, a dhá lámh i bhfostú dá chéile ar a dhroim faoi bhun a sheaicéid. Ní chorraím féin. Fios agam gur ar mo theach atá Jeaic ag triall. Airím aonarach is tréigthe. Caitheann Jeaic súil thar a ghualainn is fógraíonn gan choinne i nglór níos séimhe. 'Téanam ort. Tá do mháthair sa mbaile, a deir tú.' Siúlaim go mall in aghaidh mo chos ina dhiaidh, ar ais go dtí an teach. Breathnaím thart orm. Níl duine le feiceáil ach mo scáil féin, atá ag fadú leis an tráthnóna, do mo leanacht anoir i mo dhiaidh.

Tosaíonn an Fear Eile ag monabhar leis féin. Na focla sách soiléir dom:

'Is a bhruinneall gan smál a bhfuil an dealramh deas i do
   ghrua
Sé an buachaillín bán ab fhearr liom seal leat dá lua
Ní cheilfidh mé ar chách fios m'ábhair is go bhfuil mé faoi
   ghruaim
Ach d'ainneoin feara Fáil sí mo ghrá geal bean an fhir rua.'

Ní fear ceoil anois mé. Níor chas mé amhrán le fada. Ná a fhonn sin orm. Ní bheadh a fhios agam 'Bean an Fhir Rua' le gabháil. Níor chuala mé eisean ag giolcadh le tamall ach oiread. Súil le Dia agam nach gcloisfidh aon duine é. Ní tráth é seo do ghabháil fhoinn.

' ... bím i bpríosún ceangailte crua
Boltaí ar mo chaol is na mílte glas as sin suas
Thabharfainnse an sítheadh mar a thabharfadh an eala thar
   cuan
Nó go sínfinn mo thaobh seal síos le bean an fhir rua.'

Ní fheileann sé dá leithéid a bheith ag rá amhrán. Ach níl aon stopadh air:

'Is nár thé mé den saol seo choíche is nár chaille mé an
     greann
Go mbeidh mé 'gus mo mhian seal sínte faoi bharra na
     gcrann
Gan aon duine beo a bheith inár ngaobhar ach coilligh
fraoigh is duilliúr na gcrann
Is an fear rua a bheith sínte i gCill Bhríde is leac ar a cheann.'

Go sábhála Dia sinn. Cén sórt rachmaill atá á bhualadh? Is mór an trua nach ar a cheann féin an leac. Go maithe Dia dom é. Ní leac ach Cnoc Mordáin. I ngreim ina phaidrín ba chóir dó a bheith.

'Tá crann ins an ngairdín ar a bhfásann duilliúr is bláth buí
Is nuair a leagaim mo láimh air nach láidir nach bpléascann
     mo chroí
Ní iarrfainn de spás ar an Ardrí ó fhlaithis anuas
Ach aon phóigín amháin is a fáil ó bhean an fhir rua.'

Ní tada de mo ghnaithe é eisean a bheith ag casadh. An fhad is a choinníonn sé leis an amhrán. Ní thiocfaidh sé idir mé is codladh na hoíche. In am aige na mná a bheith caite as a chloigeann. M'anam ón diabhal go bhfuil sé tosaithe ar amhrán eile:

' ... tá an gairdín seo 'n' fhásach ... '

'Cén chaint seo a chaith Taibhse an Droichid a dúirt tú an lá cheana?' a deirimse, ag súil go stopfaidh sé.
'An lá cheana. B'iomaí sin rud a dúirt mé an lá cheana. Cén chaoi ... ?'
'Ní ag dul romhat é,' arsa mise. 'Inseoidh mise glan amach duit é. Is éard a dúirt tú:

'Féarach an dá chaora
is go daor leis na boicht
Sin a chaolaigh mo dhá chois.'

'Nach maith a chuimhníonn tú air,' ar seisean. Seans maith gurb é féin Taibhse an Droichid agus achainí aige orm. Seo é mo sheans. Drogall orm ceist a chur air. Gan dul as agam ach oiread ach araoid a chur air. Amach díreach a chaithfidh mé an cheist a chur an babhta seo. Ní hionann is cheana. Le fáil réidh leis. Cá gcuirfinn é? Dá mbeadh sagart thart. Ach níl. Ná Micil Ó Tnúthail ach oiread. Ní chreidfeadh Micil mé. Ní chreidfeadh aon duine eile mé ach oiread. Caithfidh mé féin tabhairt faoi. An seans a thógáil. Ní féidir mé a fhágáil mórán níos measa ná mar atáim, fiú má bhíonn éileamh aige ar mo shláinte. Fiacha a bhí amuigh ar Thaibhse an Droichid. Sin é an fáth a raibh a dhá chos caolaithe.

'An tú Taibhse an Droichid?' a deirim glan amach, gan a thuilleadh smaoinimh.

'I ndáiríre atá tú?'

'Cén sórt ...?'

'Níl taibhse ar bith chomh dona le do thaibhse féin,' a deir sé.

'Seafóid.' Nílim ag iarraidh go gcuirfeadh sé olc orm arís.

'Tá taibhsí is taibhsí ann.'

'Taibhse an Droichid a luaigh mé.' Dá bhfaighinn amharc amháin ar a dhá chos, ní bheadh orm an cheist a chur.

'Ní chuile dhuine a chreideann iontu.'

'Tusa a thosaigh ag caint ar thaibhsí.'

'Níl tú ag rá liom go gceapann tú ...?'

'Mar go raibh focla an taibhse ar do bhéal.'

'Níl ansin ach scéal. Ní raibh Taibhse an Droichid sa nádúr ariamh. Ach níl an saol gan taibhsí, cuimhnigh.'

Nílim ag iarraidh go dtosóidh sé ag pápaireacht dom faoi

thaibhsí. 'Ar ndóigh, chuala tú faoi Bheag-Árainn?' a deirim, ag athrú ábhar na cainte.

'Beag-Árainn?' a fhreagraíonn sé go drochmheasúil.

'Sea, Beag-Árainn.'

'Níl a leithéid d'áit ann.'

'Cén fáth nach mbeadh?'

'Oileán draíochta?'

'Bhí sé ariamh ann. Chaith Murchadh Ó Laidhe bliain ann. Agus sin cúpla céad bliain ó shin.'

'É féin amháin a dúirt é. Níl tusa ag rá liom ... '

Céard a bhí orm ag cur araoid ar bith air? Ba cheart go dtuigfinn nárbh aon sólás a bhí le fáil uaidh. Ní bheadh creideamh ar bith ag Micil Ó Tnúthail i dtaibhsí. Ní bheadh creideamh aige in aon ní beo nár fheil dó féin. Ar éigean a d'aithneoinn anois é. An bhádóireacht caite as a chloigeann aige, agus go leor nach é. Ag iarraidh nithe áirithe a dhearmad. Canúint ar a chuid cainte. Canúint Mheiriceá. Ní thógfadh sé i bhfad air dul i gcleachtadh an tsaoil nua. Sin an sórt duine é. Mhairfeadh sé in áit ar bith a d'fheilfeadh dó. Réiteach ar a fhadhb aige. Ní chuirfeadh aon saol a d'fhágfadh sé ina dhiaidh isteach air. Fear misnigh. Duine ar mhór le daoine é. Mar gheall ar a fheabhas. Ba chuma leis céard a cheapfadh aon duine. Níorbh ionann chor ar bith é agus Séamas an Chrompáin. Breá sásta a bheadh Séamas teach a bheith aige a bheadh beag beann ar thaoillí móra, mar a cheap sé, agus giota talún a choinneodh ag imeacht é. Dheamhan pósadh choíche murach an scanradh a chuir an stoirm is rabharta mór air, agus d'fheil an socrú do Bhid. Bhí sé chomh luite leis an áit is lena ghnaithe nach n-iarrfadh sé aon athrú, cheap mé. Ní fhéadfainn é a shamhlú óigeanta, aerach. Ach go raibh sé ansin i gcónaí agus go mbeadh go deo, gan athrú, nó go dtí an lá ar thug mé chuig an ospidéal é. Ach caithfidh an t-athrú a bheith ann.

Níor chaith mé na spéaclaí gréine ón lá ar cheap mé Nóra a bheith thart. Níl mé in ann na scáileanna ar an mballa a dhéanamh amach leo. Dhorchaigh siad gaetha na gréine tríd an bhfuinneog agus dath geal an tseomra. Níor thaitin an dorchú liom. Ba chosúil le duine as tír choimhthíoch an Fear Eile, rinne siad chomh buí sin é. Amanna déanaim dearmad go bhfuil sé sa seomra, go háirithe nuair a bhíonn na scáileanna ar an mballa. Is deacair dearmad a dhéanamh agus é i gcónaí le mo thaobh.

Ní féidir le duine a bheith cinnte ariamh. Ní fhéadfainn mionnú gur bádh aon duine lá na stoirme. Bhí an chosúlacht ann, ach ní hionann an dá rud. Tá scéalta ann nach féidir a bheith cinnte fúthu ach gur deacair iad a shéanadh. Ach oiread leis an Domhnach sin a raibh mé féin is m'athair tigh Chóil Mhóir, tar éis an Aifrinn. Bhí scata fear eile istigh freisin, ag breathnú ar an drisiúr a bhí déanta ag Cóil Mór. Duine ag rá gur bhreá an cheird a bhí ag Cóil Mór. Gur bhreá an ball troscáin é. Gur shlacht ar chisteanach ar bith é. Agus gan de leachtleibhéal aige ach braon uisce ar fhochupán. Bhí an tlú ina lámh ag Cóil Mór ag deasú na tine. D'éirigh sé go tobann agus sheas os comhair an drisiúir. Chosc an chaint. 'Níl drisiúr ar bith ceart gan bobsgunail agus slata boird,' arsa Cóil Mór go dáiríre.

Ní raibh mé in ann meabhair dá laghad a bhaint as caint Chóil Móir. Slata boird agus bobsgunail ar dhrisiúr! D'fhéadfainn haiste nó locar nó go fiú poll an scutail a shamhlú ar dhrisiúr ach bobsgunail is slata boird … B'ionann sin is babstae is boghspriot a chur air beagnach. Cheap mé gur ag déanamh grinn a bhí sé. Ach níor thosaigh aon duine ag gáire. Bhí a raibh i láthair ag breathnú rompu nó fúthu, gan rian d'aon mhothúchán le sonrú ina n-éadan. Mé ag breathnú ó dhuine go duine, ag súil le hugach. Ní raibh aon duine ag labhairt. Bhí Cóil Mór ag breathnú ó dhuine go duine freisin agus loinnir ina shúil, ag súil le hugach éicint, gotha dáiríre air is an tlú ina dheasóg. Thosaigh an comhluadar ag scaipeadh de réir a chéile. Ar an mbealach abhaile thosaigh mé ag sárú m'athar le ceisteanna. Cén áit ar an drisiúr a bhféadfaí bobsgunail agus slata boird a chur? An raibh Cóil Mór i ndáiríre? Ní raibh m'athair cinnte. Cén fáth nár thosaigh duine éicint ag gáire más magadh a bhí ann? Ní raibh a fhios sin ach oiread ag m'athair. Seans gur chreid Cóil Mór céard a dúirt sé. An mbeadh sé ag iarraidh babstae air? Ní fhéadfaí babstae a chur air gan bhoghspriot. Cén áit ar an drisiúr a ngabhfadh an boghspriot? Dúirt m'athair nár cheart bacadh le chuile shórt a déarfadh Cóil Mór. Go raibh sé aisteach. Ba chuma cé chomh haisteach is a bhí sé, ní raibh mé in ann aon chiall a bhaint as a chuid cainte. Níor theastaigh ó m'athair labhairt a thuilleadh faoi. Uamhan ar a raibh i láthair go ndéarfadh Cóil Mór a leithéid de rud. Nó, ní ba mheasa, go gcuirfeadh sé bobsgunail agus slata boird ar an drisiúr. Níor cheadmhach d'aon duine rudaí mar sin a cheapadh nó a dhéanamh. Ní raibh sé i gclár ná i bhfoirm. Ní raibh Cóil Mór sábháilte. Dá gcuirfeadh sé bobsgunail agus slata boird ar dhrisiúr, ba bhaol nach stopfadh sé leis sin. Go ndéanfadh sé rudaí ní b'iontaí agus crann seoil is seolta a chur ar an drisiúr. Ní mheasfadh Cóil Mór áiféiseach iad. Go mbeadh faitíos ar dhaoine breathnú ar an drisiúr le feistiú mar sin. Líonrith orthu teacht isteach sa teach leis an arracht seo rompu. Cruthú cinnte, dá mba chruthú a bhí uathu, go raibh Cóil Mór taobh amuigh dá shibhialtacht. Gan géilleadh aige d'ord ná d'eagar. Nach raibh a fhios cá stopfadh sé. Ní bheadh caint ar bith ar an obair fhiúntach a bhí déanta ar an drisiúr. Ní fheicfí ach a raibh corr faoi. Níor thuig siad é. Níor thuig seisean cén chúis nár thuig siad é. Níor iarr siad é a thuiscint. Faitíos an domhain orthu faoi rud amháin, sé sin, go raibh sé as cor leis an saol. An saol mar a mheas siad é a bheith. Thuigfinn Cóil Mór ní b'fhearr anois. Níor chóir go gcuirfeadh sé blas as d'aon duine anois drisiúr le bobsgunail agus slata boird a fheiceáil. Ag cur an tsaoil as a riocht, a cheap siad. Saol nach n-aithneoidís. Saol nach raibh ciall leis. Ach níorbh amhlaidh do Chóil Mór. Bhí marach ar an drisiúr. Bhí bobsgunail is slata boird de dhíth air. A údar féin ag Cóil leis. Údar nár thuig siad. Údar nár iarr siad a thuiscint. Níor thuig siad Cóil. Tuigimse do Chóil Mór. Tuigim Cóil Mór.

Cuireann an leagan a bhí faoi Sharon ag teacht isteach sa seomra míchompord orm. Is annamh gáire ar a héadan ná a súile dírithe orm. Is minic a cheapaim go bhféadfadh duine eile a bheith i m'áit sa leaba agus nach mbeadh a fhios aici é. Ní athraíonn a deilín. Na ceisteanna nach raibh le freagairt agus nach bhfuil éisteacht le tabhairt dóibh. Seo é an chéad uair, dar liom, a bhreathnaíonn sí orm. Tá sí ag deisiú an éadaigh leapa i mo thimpeall go neirbhíseach. 'Tá cuairteoir agat,' ar sise, ag déanamh iarrachta meangadh a bheoú ina héadan.

'Cuairteoir! A Dhia is a Chríosta!' a deirim de gheit.

'Sea, cuairteoir.'

'Agamsa?'

'Tá sí ag fanacht taobh amuigh le theacht isteach.'

'Ní chugamsa atá aon chuairteoir ag teacht. Níl aon chuairteoir le teacht chugam. Nílim ag súil le haon duine.

Níl a fhios ag aon duine go bhfuilim anseo.' Airím fuarallas ar m'éadan.

'Nach bhfuil deirfiúr agat?'

'Deirfiúr?' Mothaím an chaint ag cliseadh orm.

'Nóra. Do dheirfiúr Nóra. Bhfuil dearmad déanta agat?'

'Níl a fhios ag aon duine go bhfuil mé anseo. Ní raibh cead ag aon duine ... ' Feicim cloigeann Nóra an doras chugam isteach. A súile ag cuardach go faiteach timpeall an tseomra.

'Anseo!' a ghlaonn Sharon.

Déanann Nóra go mall in aghaidh a cos go dtí an leaba, a súile corrach agus scáth ina héadan. Airím mar choirpeach a bhfuil coir dho-mhaite déanta aige. Go bhfuil mé sáinnithe ar deireadh. Focal nílim in ann a labhairt ag an ngiorranáil. Mé in imní gur taom croí atá ag drannadh liom. Teannann Nóra liom go mall. A súile sáite ionam. Iontas nó uamhan anois ina súile. A deasóg ag corraí go héiginnte i mo threo. Ceapaim nach n-aithníonn sí mé. Ní raibh sé de chuntanós ionam na spéaclaí gréine féin a bheith orm. Coinníonn sí na súile orm. Ní cumas dom éalú uathu. Duine éicint san ospidéal i Londain, ina raibh mé tar éis na timpiste, ba dhócha, a chuir ar an eolas í gur in Albain a bhí mé. B'fhánach an mhaise dom a cheapadh go bhféadfainn imeacht gan tásc. Bonn fágtha i gcónaí le leanacht. Go fiú go dtí an áit choimhthíoch seo. An áit seo coimhthíoch dom féin.

Tá ciúnas san áit. Sharon ag teitheadh go leataobhach i dtreo an dorais. Súile Nóra ag bogadh. Deora ag briseadh iontu. Aithníonn sí mé. Mo shúile, mo bhaithis nó déanamh mo bhéil a aithníonn sí. Cuireann sí a lámh orm. Ar nós a bheadh sí ag iarraidh déanamh amach an raibh mé daonna. Sin a cheapaim. Ar nós a bheadh sí ag iarraidh an gaol a bhí ariamh eadrainn a aimsiú.

'Brian,' ar sí go lagbhríoch.

'Nóra.' Déanaim iarracht meangadh a choipeadh i m'éadan. Níl aon duine ag labhairt. 'Cén fáth nár inis … ?' Fáisceann sí mo lámh. 'Tháinig tú an bealach ar fad anseo. Ní raibh mé ag súil go dtiocfá anseo.' Níl a fhios agam go díreach céard a déarfaidh mé. Náire an domhain orm. Gur fhág mé mo mhuintir in imní. Ach ní fheádfainn mo scéal a chur ina láthair. Ní bheinn in ann é a chur i bhfocla. Ná ní cheadóinn iad i mo láthair sa riocht ina bhfuilim. Níor chumas dom a bpian a fhulaingt. An phian ní ba ghéire orthu ná orm féin, cheapfainn. Tharla chuile shórt chomh tobann. Chomh tobann sin nach dtuigim go maith fós céard a tharla dom. Ní fhéadfainn aon mhilleán a leagan ar Shibéal. Murach Sibéal, ní bheadh an oiread ólta agam go cinnte an oíche sin. Nó sin a mheasfainn. Ní fhéadfainn a bheith an-chinnte de sin. B'iomaí Sibéal a tháinig i mo bhealach, ach ba é an cás céanna é. Dá mbeadh arís ann. Dá mbeadh féin. Cén clabaire san ospidéal i Londain a thug mo thuairisc do Nóra? Nár chunórach an mhaise dó é. Gan a chead sin aige. Níorbh aon mhaith dom dul á fhiach.

'Chuardaigh muid chuile áit.' An chaint ag teacht chuici. 'Nach raibh a fhios agat go raibh an baile ag fanacht leat i gcónaí? Go raibh fáilte romhat ba chuma cén aire a theastódh uait.'

'Tá Mam … '

'Caithfidh mé é seo a inseacht duit.' Deacracht ag Nóra na focla a chur i ndiaidh a chéile. 'Tar éis duit a dhul ar iarraidh atá mé ag rá. Go gairid ina dhiaidh … '

'Bhí sí ag tabhairt uaithi go tréan. Thug mé sin faoi deara an uair dheiridh a bhí mé sa mbaile. An aois tagtha uirthi de léim amháin. An misneach caillte aici … ' Ní maith liom a thabhairt le fios do Nóra gur baineadh croitheadh asam. Choinneoinn orm ag caint. Ní cúnamh ar bith rud mar sin a bheith le haithint. Choinneoinn faoi cheilt é mar a choinnigh mé iamh ar a lán eile. B'fhearr sin féin ná an mhéis a bheadh de bharr a bhfoilsithe. B'fhaoiseamh dom a cheapadh i gcónaí go ngabhfadh Mam chun cille in aineolas ar mo staid. Ní ghuífinn pian mar sin uirthi ar a bhfaca mé ariamh. B'fhearr liom a bheith básaithe féin ná an neachuma atá fágtha orm. Cén bhrí, ach gurbh í mo chuid siléige féin a tharraing an mí-ádh orm, a cheapfaí. Ní fhéadfainn ar a bhfaca mé an chuid sin den scéal a ligean le mo mháthair. Ní ba mheasa ná mar a chuir sé as dom féin. Agus an mhuinín a chuir sí i gcónaí ionam. An meas a bhí aici orm. Agus ansin ... Bheadh olc aici liom. Do mo chur féin in adhastar an diabhail, gan ábhar.

'Níor chuala tú, mar sin, faoi Mham ...?'

'Ní chloisim tada faoi aon rud anseo.' Gearraim go grod isteach ar a cuid cainte. 'Sin é an rud iontach faoin áit seo: ní bhíonn aon duine ag cur isteach ort. Is mór is fiú an suaimhneas.'

'Tiocfaidh tú abhaile in éineacht liomsa.' Tá sástacht de chineál le sonrú anois i meon Nóra go bhfuil cinneadh déanta aici. 'Tá neart áite sa teach. An chlann ar fad imithe ina mbealach féin. Gan fágtha faoi dhíon an tí ach an bheirt againn. Go fiú agus gach duine ag baile, bheadh áit duit. Bheadh áit i gcónaí duit. Ba chóir go dtuigfeá sin. Ach gheobhaidh mé áit duit féin in aice linn.' Tá deora arís lena súile.

'Ní iarrfainn corraí choidhchin as an áit seo. Bhfeiceann tú an dath breá geal atá ar chuile bhall dá bhfuil istigh ann? An-suaimhneas go deo ann. Is maith liom an suaimhneas. Ní mhairfinn gan suaimhneas anois. Ní fheicfidh an dream atá i mbun na háite seo anó ar aon duine. Ní fheicfidh, muis. Samhlaím gairdín pléisiúir taobh amuigh den fhuinneog. Cé go bhfuilim cosctha é a fheiceáil. Dá mbeadh an fhuinneog sách íseal dom. Cúirt an tSrutháin Bhuí eile. Is fíor dom é. Tá an áit seo níos fearr ná aon chúirt a bheadh sa Sruthán Buí. Cúirt cheart í seo. Breathnaigh tú féin thart ort. Chaithfeá an marach a chuartú.'

'Cén Sruthán Buí?' ar sise, ag ísliú a glóir nuair a chríochnaím.

'Is fíor duit. Ní bheadh an domhan taobh le Sruthán Buí amháin.'

'Tá sé coimhthíoch ar bhealach éicint.'

Ní ligtear Nóra níos faide. 'Is amhlaidh go bhfeictear duit go bhfuil sé coimhthíoch. Mar nach bhfuil tú ina chleachtadh. Dá mbeifeása tréimhse anseo, ní aireofá nach sa mbaile a bheifeá. Is fíor dom é. An fear sin le mo thaobh, níl a fhios agam an ann nó as dó anois an chuid is mó den am. Gan cor as. A bhealach féin leis. Ach thiocfá ina chleachtadh. Tagann duine i gcleachtadh chuile shórt.'

Tugaim faoi deara Nóra ag stánadh go géar orm. Cuireann sé míshuaimhneas orm. Breathnaím uaithi amach an fhuinneog. Níl an ghrian ann a bhfuil mé ag súil léi. An spéir dorcha. Braonacha báistí ar an bhfuinneog. 'Agus na scáileanna a thagann isteach an fhuinneog … An crann fuinseoige é sin taobh amuigh?'

Siúlann Nóra go mall go dtí an fhuinneog. Féachann sí amach. Breathnaíonn sí anall go hamhrasach orm. 'Cén crann?'

'An crann ar aghaidh na fuinneoige.'

'Crann?'

'An ceann a chaitheann scáil ar an mballa os mo chomhair.'

Bhí Nóra mar a bheadh sí trína chéile ag filleadh ón bhfuinneog di. 'Níl a fhios agam ón saol cén fáth nach bhfuair muid amach faoin áit seo blianta ó shin. Bhí ceart agat scéala a chur abhaile.'

Imní anois orm. 'Tá crann in áit éicint ann. Tá crann idir

mé agus an ghrian. Crann a chaitheann scáileanna. Ní fhéadfadh na scáileanna a bheith ann gan chrann. Díreach mar nach féidir le taibhse a bheith ann gan duine. Crann amháin, nó géag de chrann. Is leor sin le scáileanna a chaitheamh ar an mballa.'

'Ní raibh mé thiar i mBaile an Tobair le fada,' ar sise go neamhchinnte. 'Ní aithneoinn mórán anois ann. B'fhacthas dom an uair dheiridh a bhí mé ann go raibh an áit athraithe, nó b'fhéidir gur mise atá athraithe. Go bhfuil cuid den nádúr a bhí agam leis an áit caillte agam.'

'Céard atá tú ag rá? Níl aon athrú ar Bhaile an Tobair. Ní féidir athrú a chur air. Na tithe céanna. Na sciobóil chéanna ar a gcúl. Nílim ag rá nach bhfuil riar de na daoine caillte. Agus é in am ag cuid mhaith díobh a bheith caillte. Níor athraigh na cnoic ná an fharraige ná an cladach ná an crompán ná an chéibh ann. Agus maidir leis na daoine óga, d'aithneofá as a muintir iad.'

'Ó dúnadh an teach, an teach sin againne, ní hí an áit chéanna domsa í. Bhfuil tú i bhfad san áit seo?'

'Níor dhún an teach sin againne domsa ariamh. An fhad is beo mé. Tús an tsamhraidh a bhí ann, nárbh ea? An uair dheireanach a bhí mé sa teach? Is cuimhneach leat é. Bhí tú anuas as Bleá Cliath don deireadh seachtaine. Mheas mé gan Mam a bheith sábháilte aisti féin. Sin é an t-am ar shocraigh mé a theacht agus cónaí sa teach léi.'

'Ní raibh a fhios agamsa é sin.' Tá Nóra do mo ghrinniú go géar. Í ag iarraidh cuimhneamh ar rud éicint le rá. Ansin tagann sé ina racht uaithi. 'Chaill Mam cuid mhór dá meabhair leis an aois. Díreach tar éis duit filleadh ar Londain, an uair sin a bhí tú sa mbaile, a fuair sí an drochiarraidh. Bhí an t-ádh ort, ar bhealach, gan a bheith thart lena feiceáil. Ní creidfeá é. Ní chreidfeadh aon duine go dtarlódh sé do Mham, seachas aon duine. Ní raibh dímheabhair ar bith uirthi faoina hóige. An saol mar a bhí blianta ó shin ab fhacthas di agus éidreoir ar fad uirthi faoin saol mar atá. Gan a fhios aici cá raibh sí nó céard a bhí ar bun aici. Gan aithne aici orainn ach oiread le strainséirí. Strainséirí ar fad a bhí sa saol. Ar nós a bheadh sí go síoraí ag iarraidh a fadhb a réiteach. Mar a bheadh scamall á dealú ón saol. Agus í ag iarraidh briseadh tríd. Sin é an fáth ar cuireadh chun bealaigh í. Go dtí an teach banaltrais. Ní fhéadfaí aire a thabhairt di sa mbaile. Í ag iarraidh imeacht go seasta. Gan a fhios aici cén áit. Ach imeacht. Imeacht as an teach. Imeacht roimpi. An doras glasáilte ar an teach banaltrais ar fhaitíos go n-éalódh sí. Í i gcónaí airdeallach ar a deis a thapú. An-chuimhne aici ar na daoine a bhí beo le linn a hóige. Í ag ceapadh go raibh siad fós timpeall uirthi. Ní á cheapadh a bhí sí ach cinnte de. Muid ag rá gur mhaith an lá di dá gcaillfí í, go maithe Dia dúinn é. Nár dhona an mhaise go ndéarfá faoi do mháthair é. Ach dá bhfeicfeá í agus an bhail a bhí uirthi. Chuirfeadh sí as duit chomh mór sin go mbeadh fonn ort imeacht ar fad uaithi. Dul i bhfolach uirthi. Gan súil a leagan arís uirthi sa riocht sin. Chuile fhocal as a béal ag goilliúint ort. Ciall agus réasún imithe as a cuid cainte. Ag iarraidh déanamh amach tú féin cén fáth a bhfágfaí bail mar sin ar aon duine. Go mórmhór ise. Seachas aon duine ar domhan nach raibh sé tuillte aici. Go leagfaí lámh Dé chomh trom uirthi nuair ba lú a bhí sí in ann dó. Déanfaidh mé socrú leo amuigh anseo thú a thabhairt abhaile. Chomh luath agus is féidir. An tseachtain seo chugainn, b'fhéidir.'

'Cén fáth? Cén fáth a ndéanfá rud mar sin?' Tá anbhá ag teacht orm.

'Is fearr le chuile dhuine teannadh leis an mbaile. Go Bleá Cliath. Níl baile i mBaile an Tobair d'aon duine againn níos mó. Agus duitse go háirithe.'

'Gabhfaidh mé féin chun cainte leo,' a deirim láithreach. 'Fág fúmsa é. Tá aithne mhaith agam ar an dochtúir. Sin é atá os cionn na háite seo. Socróidh mé cúrsaí. Cuirfidh mé scéala chugat. Ná bac tusa le tada a rá ná a dhéanamh. Neart ama agamsa le breathnú amach do na gnaithí sin. Dá bhféadfá áit éicint eile a fháil don fhear seo sa leaba le mo thaobh.' 'Cén fear?' Breathnaíonn Nóra go géar orm. 'Ní thaitníonn leis a bheith anseo beag ná mór. Níl aon luí aige leis an áit. Níl sé féin is na daoine anseo ag tarraingt le chéile. Deacair go maith ceart a bhaint de. Agamsa atá a fhios. Fágadh muid mar sin é mar scéal. Dá mbeadh a fhios agat áit ar bith eile a thógfadh é. Is fearr gan tada a rá leis féin faoi. É chomh cantalach leis an mí-ádh. Agus bheadh gar déanta agat dó agus do chuile dhuine eile san áit seo.' 'Ní fhéadfainn rud mar sin a dhéanamh.' Bhí imní i nglór Nóra. 'Ní bheadh sé ceart agam a leithéid de rud a thriáil. Níl aithne ar bith agam air. Cá bhfuil sé anois? Nó cén fáth a bhfuil sé in áit mar seo?'

'Ach ní hionann an áit seo agus chuile áit. Is féidir é a dhéanamh má tá tú ag iarraidh. Cé a stopfas tú? Níl deoraí sa saol ag an bhfear sin. Duine ar bith a dhéanfadh a leas. Ní hé a leas a bheith anseo agus an cantal atá air. Grá Dé a dhéanfá agus ní tada eile. Grá Dé dó féin agus do chuile dhuine anseo.'

'Níl tú i ndáiríre?' Teannann sí siar ón leaba. 'Ní fheicim aon duine. Níl aithne ná eolas agam ar an duine seo. Ní fhaca mé ariamh é agus tá tú ag iarraidh orm ... Dá n-iarrfadh an fear é féin orm é ... '

'Níl sé de ghus ann an méid sin a dhéanamh. Caithfidh duine éicint é a dhéanamh dó. Tá daoine mar sin ann.'

'Gheobhainnse áit fheiliúnach éasca go maith duit i mBleá Cliath. D'fhéadfá an deireadh seachtaine a chaitheamh sa teach sin againne.'

'Níl an áit seo basctha. Tá a fhios agam nach gcreideann tú mé. Séard atá contráilte leatsa nach bhfaca tú ach an saol amháin ariamh. Níor fhág tú an baile amach riamh, d'fhéadfá a rá. Ní dheachaigh tú thar Bhleá Cliath. Thrasnaigh mise an fharraige mhór. Ní thuigfeá.' 'Gheofá áit ní ba chóiriúla ná é seo. Áit a bheadh ní ba ghaire do bhaile. Áit a mbeadh daoine isteach chugat. Tá an áit seo, go dtarrthaí Dia sinn, as bealach ar fad. Céard a thug ort a theacht anseo ar aon nós? Níor chuala tú aon scéala aniar as Baile an Tobair le fada.' 'Nílim ag iarraidh aon tuairisc faoi Bhaile an Tobair. Níl aon scéala le n-inseacht domsa faoi Bhaile an Tobair. Tá a fhios agam chuile shórt faoi Bhaile an Tobair. Chuile shórt a theastaíonn uaim. Ní iarrfainn dul ar ais ann ach oiread. Tá Baile an Tobair mar a fheictear anois dom é. Mar a bheadh sé scríofa ar m'intinn. Níl ann ach an Baile an Tobair amháin domsa. Níor athraigh sé ariamh. Chuile chloch, sceach agus teach ina áit féin. Clocha áirithe gan aon chaonach. Ar chúis éicint. An saileánach sa nGarraí Domhain, an draighean agus an sceach gheal thiar le teorainn ina n-áit féin. An áit a bhí ceaptha dóibh. An áit le hais na carriage a n-osclaíonn an tsailchuach faoi Bhealtaine, i nGarraí an Átha. An nead ag an bhfáinleog greamaithe ar an rata sa stábla. Cora na hIothlainne agus Gob an Roisín agus Carraig na nGeabhróg. Áiteacha nach bhfuil ar aon mhapa agus nach mbeidh. Dá mbeadh Baile an Tobair ó aithne orm, cá mbeinn?' 'Bhfuil tú all right?' Súile Nóra leata orm. Cuireann sin míshuaimhneas orm. 'Nach bhfeiceann tú féin go bhfuil mé all right? Céard a bheadh orm?' Ba mhaith liom ag an bpointe sin go n-imeodh sí. Mothaím mar a bheadh scáth agam roimpi. Mar a bheadh sí ag brú isteach i mo shaol. Go gcuirfeadh sí ceisteanna nár theastaigh uaim a fhreagairt. Níor airigh mé mar sin i leith aon duine eile den chlann ariamh mar a airím. Tá sé mínádúrtha. Ar m'aire roimpi atáim. Faitíos go sciorrfadh focal uaim nár mhian liom go gcloisfeadh sí. Mar a bheinn in airdeall ar an bhFear Eile, slán an tsamhail. Is doiligh liom a chreidiúint go dtiocfadh a leithéid sa saol. Ní hí an Nóra í a raibh aithne agam uirthi. Alltacht ina súile. Go leor ceisteanna ina hintinn aici le cur ach leisce uirthi iad a chur. Mar dhuine nach mbeadh aithne aici orm. Mise coimhthíoch di agus ise chomh coimhthíoch céanna dom. Agus an chaoi a raibh sí ag caint faoi Mham. Agus, a dhiabhail álainn, dá mbeadh a fhios agamsa ag an am go raibh an mheabhair caillte mar sin ag Mam, níor dhócha gur anseo a roghnóinn teacht. Scéal eile ar fad a bheadh ann. Bhí brath orm a rá léi stopadh cúpla babhta. Ach coinníonn sí uirthi ag mioninseacht. Nach gcaithfidh donacht éicint an duine a bhualadh. Cé hiontas agus an aois a bhí aici. B'iomaí rud ba mheasa ná an mheabhair a chailleadh a d'fhéadfadh tarlú di. Cá bhfios nár mhaith an lá di an mheabhair a chailleadh? B'iomaí rud nach ngoillfeadh uirthi dá bharr. Más í Nóra atá ann chor ar bith. Ní fhéadaim a bheith cinnte.

Is dócha gurb í. A gruaig athraithe. A héadan biorach. Boghanna dorcha faoina súile mar dhuine a bhfuil corraíl intinne uirthi. Í athraithe go mór ag na blianta. Ó aithne orm. An chaint a d'aithin mé. Ach ní fhéadfadh duine a bheith cinnte dearfa. Bíonn an mearbhall ann. Ní haon éidreoir intinne faoi ndear é.

'An gcuimhníonn tú ariamh ar Shibéal Mélia?' a fhiafraíonn sí gan choinne.

'Sibéal ... Cén Sibéal?' a deirim leis an ngeit a baineadh asam.

'Sibéal Mélia. Cé eile?'

'Cén fáth nach gcuimhneoinn ar Shibéal? Nuair a casadh dom i Sasana í ... D'inis mé cheana duit faoi sin.'

'Bhí sí tógtha ceart i do dhiaidh sular fhág sí baile. Ní raibh lá nach sa teach a bhíodh sí, ag súil le casadh leat.'

'Cé a d'inis duit ...?'

'Cheap sí gur ort a bhí an ghrian ag éirí.'

'Má cheap, níor spáin sí é ag an am.'

'Tusa a bhíodh ag fanacht as a bealach. Mar a bheifeá cúthail nó rud éicint. Ní raibh sí ag dul duit.'

'Ní hin é ach oiread. Bhí sí geallta agus ceaptha dom.'

'Dá mbeadh ansin ... Cén fáth ...?'

'Cén fáth! Ach oiread le go leor rudaí eile sa saol seo ...'

'Chuala tú faoi Shibéal?'

'Níor fhág sí m'intinn ariamh. Ní raibh David i bhfad básaithe nuair a casadh dom go deireadh i Londain í. Thaitin Sibéal liom ó bhí sí ina cailín óg.'

'Más mar sin an scéal, ba mhór an trua ...'

'Bhí mé i bhfad ró-óg ansin le go dtuigfinn. Le go dtuigfinn mo leas. Le go dtuigfinn Sibéal. Agus cuimhnigh go raibh sí bliain nó dhó ní ba shine ná mé.'

'Agus í ag rith i do dhiaidh go seasta.'

'Ní raibh a fhios agam sin. Thaitin sí liom i gcónaí thar aon chailín eile. Agus ní raibh mé ag iarraidh í a chur ag caoineadh lá an chéad Chomaoineach. Ná olc a chur uirthi. Tharla sé chomh tobann. Cheap mé go raibh coir mo chrochta déanta agam. Shíl mé nach ndearna sí dearmad ariamh air. B'in an lá ar thug mé suntas ceart i dtosach di. Suntas faoi leith. Mar a thabharfadh leaid óg do chailín.'

'Bhíodh sí i gcónaí ag cur do thuairisce, go fiú nuair a d'fhág sí baile.'

'Agus mise i gcónaí ag cuimhneamh uirthi. Mé mearaithe ar chúis éicint.'

'Chuala tú gur le Frank Seoighe atá sí anois?'

'Nach bhfuil Frank Seoighe pósta?' D'airigh mé mar a

bheadh lagar orm is m'éadan ag trá. Mé ag iarraidh é a cheilt ar Nóra.

'Tá siad scartha le fada, Frank is a bhean.'

'Ní fhéadfadh Frank í a phósadh.'

'Níl a fhios agam ach tá siad le chéile le fada.'

Nár thráthúil nár dhuine éicint eile a casadh léi, a cheap mé, nó sin nach n-inseodh Nóra dom faoi. Cén fáth a mbeadh sé ag cur as anois dom is gan mé i riocht éirí i mo sheasamh, gan trácht ar chuimhneamh ar bhualadh faoi bhean? Go háirithe bean ar nós Shibéal, nár mhór do chuid ball is céadfaí a bheith ar deil ina comhair. Ba mhór an trua nach sa mbaile a d'fhan Nóra. Í féin is a cuid nuachta as baile. Ach níor thuig sí. Gan aon chúis oilc agam do Frank. Ní iarrfadh sé cur as dom. Ná a údar aige. An bastard. Ach a chuid cainte. An bealach teanntásach atá faoi.

'Sinéad de Barra, duine eile.'

'Céard faoi Shinéad de Barra?' a deirimse.

'Bhíodh tú ag dul amach le Sinéad, agus ansin lig tú síos í.'

'Níor lig. Sinéad a lig síos mise, más tada é.'

'Ní mar sin a chonaic Sinéad é.'

'Nach bhfuil mé á rá leat.'

'Scéal eile a bhí ag Sinéad.'

'Ní fhéadfadh aon scéal eile a bheith aici ach mar a d'inis mé duit.' Olc ag teacht orm.

'Bhí tú ag dul amach léi.'

'Tráthnóna amháin a bhí muid amuigh le chéile.'

'Níor iarr tú amach an dara huair í.'

'Ní fhéadfaí a rá gur ag dul amach le chéile a bhí muid.'

'Mar?'

'Mar gur trí thimpiste a casadh an bheirt againn le chéile go deireanach sa tráthnóna ag an gcrosbhóthar. Dá dtuigfeá céard a tharla, ní bheifeá ar an gcaint sin. Caithfidh go raibh míthuiscint ar Shinéad freisin má cheap sí gur lig mé síos í.

Nárbh é a mhalairt a theastaigh uaim tarlú? Nach raibh mé cráite ar feadh leathbhliana – go Nollaig – ag cuimhneamh uirthi? Ag comhaireamh na laethanta go dtiocfadh sí abhaile ó Bhleá Cliath.'

Tráthnóna a bhí ann. Ní fhéadfadh dearmad a bheith orm faoi. An-deireanach. An ghrian imithe faoi nuair a d'fhág mé an pháirc peile ar an gcriathrach beag soir ón gcrosbhóthar. An domhan ag dorchú go mall in aghaidh a thola mar a bhíonn ag an tráth sin bliana. Cois na coille dom ag an gcrosbhóthar, tháinig scréach fheargach gan choinne, ó londubh, a smálaigh an ciúnas. Ar éigean a rinne mé amach cumraíocht duine romham ar an mbóthar. Sinéad a bhí ann. Thug mé faoi deara a súile soilseacha ag breathnú orm nuair a theann mé léi, mar a bheadh an mac imreasan iontu ag scaladh orm. Bhí rud éicint tar éis beoú istigh ionam. Mhothaigh mé teas a colainne thart orm agus tarraingt bhog rialta a hanála nuair a tháinig mé ina láthair.

'Téanam ort,' ar sise. Cúpla dual gruaige ag maolú go cuarach timpeall a plucaí.

Siar an bóthar a bhí mo thriall. Mar sin féin, chaith mé uaim an feisteas peile le taobh an chlaí is lean mé di síos bóthar na céibhe. Sa gclapsholas bhí an bóthar dorchaithe ina oíche ag na crainn sprúis is seiceamair a bhí ag fás chaon taobh de. D'aithin mé an boladh úr, spríosrach a bhí ag teacht ón sprús. Isteach linn i bhfolach dothomhaiste na gcrann.

Dúirt Sinéad, 'Is minic a dhéanaimse an turas seo le titim na hoíche. Tá rud éicint diamhrach faoin áit seo, a mheallann chuige thú.'

Mise ag éisteacht lena glór bog a bhí go binn ar mo chluasa.

Go tobann bhris torann amach i measc na ngéag. B'eagal liom gur dhuine a bhí ann. Níor theastaigh uaim casadh le haon duine beo eile ag an nóiméad sin. Chuala muid bualadh tréan sciathán. Colúr, a dhúisigh muid as a chodladh. Ag ceann thíos na coille d'oscail Sinéad an geata iarainn a bhí ar an gcoimín a bhí ag leathadh síos is soir le cladach. Shiúil muid sa bhféar faoi scáth na gcrann, le ciumhais na coille. Boladh an fhásra úir ina phuthanna ar ár n-éadan. Sheas Sinéad go tobann os mo chomhair is d'fhiafraigh, 'An bhfaigheann tusa boladh an tsamhraidh?'

Chroch mé mo cheann is thosaigh mé ag bolú an aeir. 'Faighim.'

'Cuirfidh mé geall nach bhfuil a fhios agat cén bláth ar a bhfuil an boladh sin?'

Ba mhinic an boladh céanna faighte agam ach níor chuir mé aon tsuim ann go dtí sin. 'Níl a fhios agam.'

'Seamair dhearg.'

Chrom sí ar a gogaide is stoith an bláth sa meathdhorchadas agus chuir faoi mo shrón é. Boladh milis cumhra. D'inis mé di gur dhá thráthnóna eile a bheadh muid ag cleachtadh peile. Go raibh gach seans go mbeinn féin ar an bhfoireann. D'inis mé di cé mar a bhí baill eile na foirne ag teacht chun cinn ag na cleachtaí. Dúirt mé léi nach raibh foireann san áit ariamh a bhí inchurtha le foireann na bliana sin.

I rith an ama bhí sise ag siúl léi go tostach agus a cloigeann cromtha. Díomá ag teacht orm nach raibh focal uaithi faoin gcluiche. Baineadh siar asam nuair a labhair sí. 'An airíonn tusa faoi dhraíocht san áit seo?'

'Faoi dhraíocht!' Bhí mé gan freagra. Ní raibh aon chleachtadh agam ar chaint mar sin. Ba chinnte nár airigh mé ariamh cheana mar a d'airigh mé ag an nóiméad sin. Ach thuig mé nach mar gheall ar an áit a raibh muid ach mar gheall uirthi féin a bhí mé sna flaithis. Ní fhéadfainn rud mar sin a rá léi. Faitíos orm go dtosódh sí ag gáire. Dúirt mé, 'Sin é an chéad chluiche mór a imreoidh mé, sin má … ' Chaith Sinéad siar a ceann is thosaigh ag rachtaíl gáire. 'Tá tú fós ag an gcleachtadh peile i d'intinn.'

Ba mhaith liom tosú ag gáire in éineacht léi ach ní raibh mé in ann. Ná ní raibh a fhios agam céard ba hábhar gáire di. Nuair a tháinig muid go bruach an tsrutháin a bhí ag sní amach as an gcoill, chaith mise go haclaí de léim é. Nuair a bhreathnaigh mé ar ais, bhí sise ar an mbruach thall is a lámh sínte anall chugam. Ba mhaith liom go mór breith ar a lámh lena tabhairt trasna ach ní raibh sé de dhánaíocht ionam sin a dhéanamh. Ina áit sin, rug mé ar bhláth seileastraim a bhí taobh liom agus thosaigh á fháisceadh as a chéile idir mo mhéaracha.

'Má théann tú chun cinn cúpla slat eile, tá tóchar ar an sruthán … spáinfidh mé duit é … '

Níor thug sí cead dom ní ba mhó a rá. 'Beir ar mo lámh.' Mhothaigh mé a lámh bheag íogair i mo ghlaic. Nuair a fuair sí í féin ar an mbruach thall, dúirt sí le greann, 'Is beag nár lig tú dom titim sa sruthán.' D'fháisc sí mo lámh. Níor tharraing sí a lámh ar ais uaim mar a bhí súil agam.

Ba mhaith liom rud éicint a rá a thaitneodh léi. 'Má bhuann muid an cluiche Dé Domhnaigh, spáinfidh mé an bonn duit a gheobhas mé.' I ngan fhios dom féin, tharraing mé mo lámh as greim. Ba mhaith liom breith ar a lámh arís. Chuir sise a lámh ina cuid gruaige is shlíoc siar óna baithis é. Chas muid ar ais. Bhí Sinéad ag caint léi an t-am ar fad, caint nach raibh aon chleachtadh agam uirthi. Nuair a d'inis mé di go raibh fúm húicéir a dhéanamh lá éicint, níor chuir sí de shuim ann ach a rá, 'Breathnaíonn na húicéirí mar fhéileacáin nuair a bhíonn siad amuigh ar an bhfarraige. An gceapann tusa é sin? Is mór an trua nach mbíonn seolta bána nó dearga nó gorma orthu seachas iad ar fad a bheith donn. Cén dath a bheas ar na seolta agatsa?'

'Cén dath ar mhaith leatsa?' Faitíos orm nach dtaitneodh an dath a déarfainn léi.

'Bán. Ansin beidh sí ina féileacán bán.'

'Sin é an dath céanna a bhí i mo chloigeann agamsa.' Bhí mé sásta go raibh mé in ann í a shásamh.

Ag siúl amach ar an tóchar cúng a thrasnaigh an sruthán, bhuail sí i m'aghaidh. Chuir an teagmháil mo chorp ag coipeadh taobh istigh. Bhí a pearsa mar bholadh an tseamair timpeall orm, cé nach raibh ag teacht chugam ach a gáire croíúil. Nuair a tháinig muid amach an geata ar an mbóthar, sheas muid ar feadh nóiméid.

'Tá do chuid gruaige gliobach.' Bhí sí ag gáire.

'Ó, gabh mo leithscéal,' arsa mise go himníoch. 'Níor chíor mé í tar éis na peile.'

'Ach is maith liom mar sin í.' Rith sí a méaracha trína gruaig is theann in aice liom.

Ba mhaith liom ag an nóiméad sin mo dhá lámh a chur ina timpeall agus í a fháisceadh isteach liom. Ní raibh ionam gníomh mar sin a dhéanamh. B'fhéidir go gceapfadh sí gur ag baint léi a bheinn. B'eagal liom go millfeadh a leithéid an cairdeas a bhí eadrainn. Neart ama leis sin eile a dhéanamh. Ag siúl ar aghaidh suas an bóthar. Faoin am seo bhí an taobh tíre folaithe sa duifean. Ba le deacracht a d'aimsigh mé m'fheisteas peile le hais an chlaí. Ag an gcrosbhóthar d'fhan muid tamall ag caint. Mar a bhuailfeadh smaoineamh tobann Sinéad, dúirt sí, 'Caithfidh mé imeacht. Beidh imní orthu sa mbaile nuair nach bhfuil mé ar ais roimhe seo.' Ansin chas sí le fuinneamh ag luascadh a gúna ar a gorúin agus d'imigh sí uaim sa dorchadas. Ní raibh deis agam aon socrú a dhéanamh. Mar a scuabfaí uaim í.

'Beidh mé ag caint leis an dochtúir ar an mbealach amach,' a deireann Nóra, gan súil agam leis.

'Tuige?'

'Mar a dúirt mé leat ... '

'Níor dhúirt tú liom ... '

'Tá a fhios agam,' ar sise ag cur isteach ar mo chuid cainte. 'B'fhearr liom dá bhfanfá ón dochtúir. Cuimhnigh céard a dúirt mé leat.'

'Is aistear an-fhada é a theacht anseo.'

'Rófhada.'

'Is cuma.'

'B'fhéidir go mbeinn athraithe go háit éicint eile.'

'Má bhíonn féin ... '

Airím sáinnithe. Táim sáinnithe. Sáinnithe den chéad uair i mo shaol. Ní bheidh aon éalú eile ann. Beidh mo bhonn le fáil. Ní leagfaidh Nóra as. Beidh sí aniar sna sála orm pé áit a iarrfaidh mé dul. Agus ní bheidh aon Mhicil Ó Tnúthail le teacht i gcabhair orm. Dá bhfanfadh sé i Londain, in aice an Elephant, bheadh seans ann. Seans go gcuirfinn scéala chuige. Seans fánach, b'fhéidir. Ach seans, dá laige é.

Chaithfinn mo bhád a thabhairt timpeall arís is leathbhord eile a thabhairt. Ní bheadh aon Bheag-Árainn le seoladh ann ná gaoth chóiriúil le mé a thabhairt siar. An bád a thabhairt i dtír an t-aon rogha. Ach cá mbeadh an chéibh? Ba dheacair céibh a dhéanamh amach agus gan a fhios agat cá raibh tú. Gan aon chomhartha le cósta a d'aithneodh duine. Ach b'in a d'iarr mé. Mé féin amháin a shocraigh é. Dom féin a rinne mé an socrú teacht anseo agus ní do dhaoine eile. Mo mhuintir ar aon nós. Mar sin ab fhearr dóibh go cinnte. Sin a cheap mise ag an am. Ní raibh cloiste agam faoi mo mháthair. Is beag a bhí le déanamh ag an té a thug le fios do Nóra gur anseo dom.

Gan duine i mo dhiaidh sa saol. Gan tada i mo dhiaidh sa saol. Dá mbeadh, ní ar an gcúlráid in Albain a d'iarrfainn ar an gcéad dul síos. Ní bheadh call dom dul ann. Mar sin a d'aireoinn. Dá mbeadh duine i mo dhiaidh. Ba chuma cén riocht ina mbeinn. I lár mo mhaitheasa nó i mo chláiríneach, ní bheadh call le dul ar chúl an téarma. Ní bheadh tada le ceilt, a cheapfainn. Ní ábhar náire a bheadh in aon tuisle a bhainfí as duine. Deacair é sin a thuiscint ach is mar sin a bheadh. Ach níor oibrigh sé. Níor oibrigh sé teacht anseo. Céard a thug ar Nóra teacht anseo ar an gcéad dul síos? Cén fáth a bhfuil smaointe mar sin ag teacht ar ais chugam le mé a bhuaireamh? Saol nach féidir a thabhairt ar ais. An saol a d'fhéadfadh a bheith. Rud éicint ag eascairt as an saol sin a d'fhéadfadh a bheith. Sin é an fáth go bhfuil sé ag teacht ar ais. Saol nár caitheadh is nach bhféadfaí a chur go nádúrtha i gcré i gceart sa reilig go deo, le leabhar, clog is coinneal. Cosúil le geallúint nár comhlíonadh agus ar an duine teacht ar ais arís ina thaibhse. Gan suaimhneas i ndán don duine ná don taibhse.

Agus bhíodh an bád sí ag seoladh. Mar a d'fheiceadh na bádóirí i lár an lae ghil chomh maith le hoícheanta gealaí is spéirghealaí í. Agus chonacthas í ar an ré dorcha chomh maith. Ar ndóigh, bhí fáth maith léi a bheith ann. Do na daoine a chonaic í. Mar atá go bhfuil taibhsí i mo dhiaidh féin. Le rud éicint a mheabhrú dom. Go díreach mar a bhí Taibhse an Droichid ann leis an tiarna talún a mheabhrú do na daoine. Níl aon dul uathu agam. Leanann siad duine.

Níl aon ghnáthshaol fágtha agam. Is mar sin atá. É chomh marbh le corp. Mar gurbh é an saol sin eile a bhí ag dul dom. Ach ceileadh orm é. Mé féin a rinne an cheilt. Saol a bheadh. Saol a bheadh nádúrtha. Saol a bheadh beo is a leathnódh. A raibh earrach geallta dó. Shílfeá go dtuigfeadh Nóra sin. Agus go stopfadh sí ag iarraidh mé a tharlú léi go Bleá Cliath nó go háit éicint eile a mbeinn i mo strainséir. Strainséir críochnaithe. Áit nár thoil liom a bheith. Ní thiocfaidh athrú chun feabhais ar mo shaol anois. Athrú ar bith. Bhí an taoille sin tráite. Ní fhanann taoille ná am le haon duine. Meastú ar chuimhnigh Nóra chor ar bith ar an sórt saoil a bheadh agam i mBleá Cliath? Nóra í féin ó aithne orm, gan trácht ar a fear is a clann. Strainséirí, is mise níos strainséartha ina measc. Ní bheadh sin in ord domsa, agus ar éigean gurbh é a leas ise é ach oiread. Ní thuigfeadh Nóra sin. Cén chaoi a dtuigfeadh? Ach thuigfinnse é. B'fhearr go mór cúrsaí a fhágáil mar atá. Mar a bhí socraithe agam féin ón tús. Mé i gcleachtadh an tsaoil sin anois. Ach tá Nóra sáiteach. Rósháiteach. Caithim mo shúile timpeall an tseomra ag súil le cúinne dorcha éicint a fheiceáil le dul i bhfolach ann.

'An beo nó marbh don fhear sin thall? Níor labhair sé le fada,' a deirim.

'Dúirt mé leat cheana nach bhfuil aon duine eile sa seomra ach tú féin. Caithfidh gurb é do scáil féin a fheictear duit,' a deir Nóra is meangadh uirthi. 'Nach cuimhneach leat an tomhais a bhí againn is muid inár ngasúir: céard é an rud nach féidir le haon duine imeacht uaidh?

'Ní cuimhneach.' Níl aon dul uaithi.

'Do scáil. Ní féidir imeacht ó do scáil. Leanann sé duine gach áit dá dtéann tú.'

'Nach mbíonn mé ag caint leis. Níl tú ag rá gur taise atá á fheiceáil dom?'

'Scáil nó taise, nach mar a chéile iad. Le do scáil a bhíonn tú ag caint, mar níl aon fhear eile ann,' ar sí go fonóideach.

'Ní caint mhaslach a chaithfeadh mo scáil féin liom, dá gcreidfinn féin tú.'

'Tá mé ag rá leat … '

'Tá tú ag rá liom … ? Cén chaoi a bhféadfainn labhairt leis an té nach bhfuil ann?' Tá mífhoighid orm léi.

'Bhí an dul amú is an seachmall ariamh ann.'

'Rud eile ar fad é sin.'

'Nuair nach bhfuil tada níos fearr le déanamh agat.'

'Tada níos fearr le déanamh agam.'

'Comhluadar a theastaíonn uait.'

'B'fhearr liom go mór a bheith liom féin. Ní chreidfeá é, ní airím dhá mheandar sa lá. An oiread sin le déanamh. Gan mo leathdhóthain ama agam. Ní easpa cuideachta a bhíonn orm. Sin rud amháin nach bhfuil anseo, easpa cuideachta.'

'Airíonn tú uait Baile an Tobair.'

'Ní hé Baile an Tobair is cás liom.'

'Mar sin féin … '

'Níl aon "mar sin féin" faoi. Céard a d'aireoinn uaim faoi? Ag breathnú ar na clocha is ar an bhfeamainn. Níl tada eile ann nuair a chuimhníonn tú air ach clocha is feamainn is fraoch. Tá siad sin le fáil sa tír seo. Ní aithneoinn aon duine anois ann.'

'Chomh luath is a ghabhfas mé ar ais, gheobhaidh mise áit fheiliúnach duit, i mBleá Cliath. Ar mhaith leat féin aon áit speisialta nó aon deis speisialta a bheith ann? Fuinneog ann ar aghaidh na gréine faoi mar atá anseo. Is breá an rud an ghrian a fheiceáil ag scaladh isteach ar maidin … '

'Ní aireoinn sábháilte i mBleá Cliath … ' Níl mé in ann cuimhneamh ar aon ní amháin níos fearr le rá.

'Cén fáth nach n-aireofá sábháilte? Tá meangadh iontais ar a héadan.

'Ní haon dea-cháil atá ar Bhleá Cliath, tá a fhios agat.'

'Ní thuigim go maith tú.'

'Drugaí. Lucht drugaí.' Breathnaím uaithi.

'Ní bheadh aon bhaint agatsa leo sin.'

'Ní aireoinn sábháilte ann.'

'Tá mé cinnte go bhfuil siad ar an mbaile seo chomh dona céanna le Bleá Cliath.'

'Ní chloiseann muid fúthu. Níl aon duine sábháilte i mBleá Cliath. Snáthaidí contúirteacha acu. Gadaithe. Robálaithe. Chuile chineál scaibhtéara.'

'Bhfuil tú i ndáiríre?'

'Ní hamhlaidh go gceapann tú … B'as Bleá Cliath geaing Mhangan.'

'Níl tú ag iarraidh a theacht go Bleá Cliath?'

'Ní áit mhaith í Bleá Cliath do dhuine.' Ní raibh mé in ann breathnú uirthi. Í ag cur na súl tríom. Ba mhaith liom éalú. Dul faoi na héadaí leapa. Ní fhéadfaidh mé é sin a dhéanamh. Níl éalú ón laincis atá ag a súile orm. Casaim mo shúile ar an tsíleáil. Mothaím grinniú a súl fós orm. Breathnaím ar an mballa ag súil go bhfeicfidh mé na scáileanna. Níl scáil in áit ar bith sa seomra ach duifean éagruthach sna coirnéil.

'Tá mise ag rá leat nach mbeidh contúirt dá laghad ort i mBleá Cliath. Geallaim duit.'

'Níl a fhios agam, muis.' Coinním mo shúile uaithi. Ach chaithfeadh sí freagra a fháil. Freagra cinnte. Ní raibh aon dul uaithi. 'Níl aon duine sábháilte san áit a bhfuil scaibhtéirí. Nach gearr a bheidís ag cuimhneamh caor thine a dhéanamh den teach. Níorbh é an chéad uair acu é agus duine a loisceadh ina bheatha. Nó duine a bhualadh gan fáth gan ábhar. Cén seans a bheadh ag duine in aghaidh treibhe acu sin?'

Cuireann Nóra meidhir ina glór. 'Breathnaigh ar na réaltaí, ar an taobh geal, agus ní fheicfidh tú an dochar céanna sa saol. An dochar a fheicfeas tú sa bpuiteach.'

'Is furasta do dhaoine a bheith ag caint.'

Nóra ag rá nach raibh aon chrann ar aghaidh na fuinneoige. Agus mé ag feiceáil a scáile romham ar an mballa. B'fhaoiseamh dom Nóra a bheith as an mbealach. Í a bheith bailithe ar ais go Bleá Cliath. Chaith mé a bheith ar an airdeall uirthi an fhad is bhí sí thart. Ar mo chosaint. Gan a bheith sleamchúiseach i mo chuid cainte. Ach tá nithe ann gur fearr di a bheith ar a n-aineolas. Nach bhfuil mise ag iarraidh labhairt fúthu. Go raibh socrú déanta agam fúthu le fada. Iad curtha de leataobh. Iad curtha i gcré, mar a cheap mé. Níor mhaitheas d'aon duine dul ag rómhar ina measc arís. Á dtabhairt ar ais. Ag cur cosa fúthu. Gur fearr go mór as an saol iad.

Scáileanna difriúla le feiceáil ar an mballa. Gealán agus duifean ar a lorg aniar. Ní fhéadfadh sé gur dhuilleoga a bhí á scáthú ar an mballa. Na géagáin loma. Bheadh na duilleoga séidte leo le fada. An ghrian íseal sa spéir an lá ar fad, ar nós nár cumas di dul níos airde. Gach scáil as cumraíocht ar chúis éicint.